Adam Croft

TUE-MOI SI TU VEUX

Traduit de l'anglais
par Nordine Haddad

CHARLESTON
NOIR

1

Nick

Le mélange de toast brûlé et de café froid ne m'a jamais emballé, mais je m'y fais doucement. Le temps est un bon allié.

Je ne prends même plus la peine de gratter les parties carbonisées, mais le café, lui, va toujours au micro-ondes. Du café froid, passe encore, mais tiède ? Autant boire de la pisse de chien ! C'est déjà assez moche d'avoir dû renoncer à la caféine, pour ne pas en plus jeter le goût aux oubliettes.

Le micro-ondes bipe trois fois pour m'avertir que c'est prêt, le son strident me perforant le crâne tandis que je mâche bruyamment une bouchée de toast en projetant de gros résidus calcinés jusque sur le sol.

La pensée lancinante qui occupe mon esprit est que je ne vais jamais réussir à terminer ce foutu livre. La semaine prochaine, cela fera un an que j'aurai commencé à l'écrire, et j'ai déjà repoussé trois fois la date de remise. Pete me jure qu'il n'y en aura pas de quatrième. Je sais qu'il est sérieux cette fois. Je commence vraiment à me demander si je ne ferais pas mieux de tout recommencer à zéro, et de repartir sur une autre idée. Mieux vaut un livre, n'importe lequel, que pas de livre du tout.

Tasha traîne Ellie, qui balance des coups de pied et hurle dans la cuisine, me faisant presque regretter la sonnerie du micro-ondes.

— Bon, maintenant, sois sage avec papa, d'accord ? Il a été très stressé ces derniers temps, et il a besoin que tu sois gentille avec lui.

Tasha n'a jamais pu accepter que je puisse me mettre en colère contre certaines choses qu'elle fait. C'est simple, pour elle, tout est de ma faute, parce que je suis « stressé ».

— Elle a cinq ans, dis-je à travers une bouchée de miettes tout en m'asseyant près de la table. Elle ne sait pas ce que tu racontes. Si tu as un reproche à me faire, dis-le-moi directement.

— D'accord, comme tu voudras. Pourris-lui la vie, ma fille, réplique-t-elle en ébouriffant les cheveux d'Ellie et en me gratifiant d'un sourire.

Ça ne suffit pas à calmer la petite. Je ne peux pas le lui reprocher. Je suis un adulte, et pourtant j'ai du mal à tenir debout à cette heure. Comme les braillements de notre fille montent en puissance, Tasha attrape la poupée Rosie au-dessus de la pendule de la cuisine et la lui tend. Les pleurs d'Ellie cessent instantanément.

— J'aimerais bien que tu arrêtes de lui donner ça, Tash. Ce n'est pas un jouet.

— Bien sûr que si, c'est un jouet, Nick. C'est une poupée de chiffon.

Tasha ne comprendra jamais le problème. Ellie adore cette poupée, mais ça me gêne qu'elle la lui donne à chaque fois qu'elle nous fait une colère. Posée au-dessus de la pendule, elle ressemble un peu trop à mon goût à Worzel Gummidge, l'épouvantail[1], en plus effrayant : brins de paille collés dépassant de ses jambes de pantalon et de ses manches, un canotier cousu à l'oblique sur sa tête. Ma mère l'avait déjà dans sa cuisine ; nous la lui avions achetée peu après la mort de papa. Un de ces stupides cadeaux que l'on accompagne du fameux : *On est tombés là-dessus et on a pensé à toi.* Mais cela signifiait beaucoup pour elle. À chaque fois que nous emmenions Ellie là-bas, elle demandait à jouer avec, même bébé. La poupée la fascinait. Nous devions veiller à ce qu'elle la manipule avec précaution, parce qu'elle n'a pas été conçue pour servir de jouet, quoi qu'en dise Tasha.

Il me reste assez peu de choses qui me rappellent ma mère, mais poupée Rosie – Dieu seul sait pourquoi elle l'appelait ainsi – fait partie de ces petits objets symboliques qui nous font signe au passage, et veillent sur nous. Maman est morte peu après le deuxième anniversaire d'Ellie, du même cancer qui avait emporté papa huit ans plus tôt. Alors,

---

1. Personnage de la littérature jeunesse aux allures de vieille sorcière ; créé par la romancière Barbara Euphan Todd, et popularisé par l'adaptation télévisée britannique du même nom. (Toutes les notes sont du traducteur.)

voir Tasha fourrer tranquillement la poupée dans les bras d'Ellie comme elle lui collerait une tétine à la bouche ou comme si c'était un doudou, rien ne m'irrite autant.

— Je crois seulement qu'il faut la manier avec délicatesse, dis-je. Rien de plus.

Elle s'approche et me donne un baiser sur le front.

— Ne t'inquiète pas. Elle est sage comme tout. Et puis, ça a marché, non ? Maintenant, avale-moi cette tasse de café, et arrête d'être aussi grognon.

— Tu t'attendais à quoi, Tash ? Il est cinq heures du matin. Je ne comprends pas pourquoi il faut qu'on se lève tous, juste parce que tu dois te rendre à une foutue conférence.

— Crois-moi, Nick, il vaut mieux ça plutôt que je m'inquiète toute la matinée de savoir si vous vous êtes réveillés à l'heure, et si tu as pensé à conduire Ellie à l'école, réplique-t-elle en versant des céréales enrobées de sucre dans un bol pour sa fille.

Génial. Exactement ce qu'il faut à une gamine émotionnellement instable de cinq ans à une heure aussi matinale.

— Tu as une idée de l'heure à laquelle tu rentreras ?

— Tard. Si ça se termine comme prévu, je devrais être sortie à six heures, et rentrée à dix, avec un peu de chance. Si ce n'est pas la cohue des sorties de bureaux à la gare.

Je hausse brièvement les sourcils. Quand comprendra-t-elle que cette cohue-là, elle en fait partie elle aussi ? Son travail est toujours cent fois plus important que celui de n'importe qui, et ce n'est pas près de changer.

— Bon, je dois filer maintenant, prévient-elle en attrapant son sac à main sur le dossier de la chaise, avant de planter un baiser sur la joue d'Ellie. Passe une bonne journée à l'école, recommande-t-elle à la petite. Travaille bien et sois sage. Et toi, amuse-toi bien, ajoute-t-elle en me faisant un petit signe puéril de la main, pliant et tendant les doigts d'un mouvement papillonnant.

Quelques secondes plus tard, elle a disparu, et Ellie et moi restons seuls. Comme si nous l'avions toujours été.

2

Tasha

Il m'arrive de me dire que l'unique raison pour laquelle Nick et moi sommes toujours ensemble, c'est Ellie. Je déteste devoir le dire, mais c'est probablement vrai. Et je crois que je l'ai toujours su. Bien entendu, je ne dis pas que nous avons eu Ellie pour éviter une séparation, mais au fond de moi je crois bien m'être demandé si le fait d'avoir un enfant changerait quelque chose à notre relation. C'est ce qui s'est produit, mais pas comme je m'y attendais.

La joie initiale a été de courte durée quand j'ai fait part à Nick de ma volonté de retourner travailler plus tôt que prévu. Plus tôt qu'il ne l'avait prévu *lui*, en tout cas. Il voulait que je prenne les vingt semaines complètes, affirmant que nous pourrions nous en sortir avec la double allocation par enfant. Gérer un budget n'a jamais été son point fort, mais je pensais tout de même qu'il se rendrait compte qu'échanger mon salaire contre 120 livres par semaine, ça n'allait pas être possible. Pas avec un enfant en bas âge. Pas avec ses revenus aléatoires. S'il y a une chose dont j'ai fait un impératif, c'est bien de pouvoir subvenir aux besoins de mon enfant, de lui offrir tout ce qu'elle mérite.

Nous nous sommes finalement mis d'accord sur huit semaines, afin de conserver l'essentiel de mon salaire, avant de repartir sur une base me permettant de travailler depuis la maison deux ou trois jours par semaine. Ce que Nick ignorait à l'époque, c'était que j'avais déjà dit à mon responsable que je serais de retour à mi-temps après les deux semaines minimum, et à plein temps six semaines plus tard. Je n'aime pas mentir, mais Nick est le genre de personne qui vous y oblige de temps en temps, histoire d'éviter une dispute, parce que c'est plus simple ainsi.

Quand je suis tombée enceinte d'Ellie, nous avions déjà un long vécu derrière nous. Les deux premières années, tout se passait plutôt bien. Au boulot, je ne ménageais pas mes efforts, et Nick bataillait pour accoucher de son premier roman, mais la perspective d'avoir un enfant nous donnait un but auquel nous accrocher. La dilution de cette perspective a plus ou moins coïncidé avec le premier contrat d'édition de Nick et le fait que les choses s'améliorent pour moi professionnellement, si bien que l'idée d'avoir un enfant a été reléguée, en quelque sorte, au second plan.

Nous avons emprunté alors toutes sortes de détours, jusqu'à accepter dans une large mesure le fait qu'il ne se passerait plus rien. Je m'attendais vraiment à ce que nous nous séparions dans les mois qui allaient suivre. J'ai commencé à prendre plus de responsabilités au travail, en bonne partie sans doute pour oublier l'atmosphère pesante qui régnait à la maison, mais surtout parce que ma carrière avait décollé. Nous venions juste de signer avec un nouveau client important, et on m'avait confié la gestion du dossier. Trois semaines plus tard, j'ai découvert que j'étais enceinte.

J'étais folle de joie, mais au fond de moi j'étais minée par la question de savoir comment j'allais pouvoir trouver mon équilibre entre mon enfant et ma carrière. Le fait que Nick travaillait à la maison était une chance, mais je savais aussi qu'il n'allait pas l'entendre de cette oreille. Il adore les longues promenades dans la campagne et les escapades en famille. Pourtant, il ne prend jamais en compte que tout cela, d'une manière ou d'une autre, a toujours un coût.

Il se montre si moqueur, si méprisant vis-à-vis de mon travail que cela me rend malade parfois. Je crois qu'il me voit juste comme un de ces banlieusards anonymes qui passent devant notre maison chaque matin pour se rendre à la gare et au boulot. Je les vois, moi aussi, dans le train, l'air chaque jour un peu plus hagard. Je sais que je ne suis pas comme eux, parce que je me sens, moi, chaque jour un peu plus revigorée, excitée par la direction que ma carrière est en train de prendre et grâce à laquelle je vais pouvoir nous construire un avenir à tous les trois. Mais Nick ne voit rien de tout cela. Il croit que c'est uniquement pour mon plaisir que je fais ça.

La conférence d'aujourd'hui est une vraie chance à saisir. Le *networking* – le « réseautage professionnel » –, peut s'avérer crucial pour le développement de mon avenir professionnel, et donc pour nous apporter plus de sécurité ainsi que permettre à Ellie de mieux démarrer dans la vie. Après tout, c'est bien pour cela que, tous autant que nous sommes, nous nous donnons la peine d'aller travailler, non ? Parce que nous voulons le meilleur pour notre famille. Mais Nick a-t-il jamais vu les choses ainsi ? Est-ce que ça lui a seulement traversé l'esprit une seule seconde ?

Je crois qu'il est dans la projection. C'est son problème. Il n'arrive pas à accepter le fait que ce sont ses propres sentiments d'échec et d'insécurité qui sont la cause de ses soucis. Il ne supporte tellement plus d'être incapable de reproduire le succès de *Marée noire* qu'il semble croire que tout le monde est en situation d'échec. C'est pourtant un bon père. La plupart du temps. Quand ça ne lui demande pas de faire preuve d'organisation. Il adore Ellie, et elle le lui rend bien. Il m'arrive de la regarder et d'avoir l'impression de lire du désarroi dans ses yeux, un peu comme si elle n'était pas certaine de savoir qui je suis exactement, comme si la figure maternelle, pour elle, c'était Nick. Je suis sûre que je me fais des idées, mais je ne peux pas m'empêcher de me sentir coupable quand cela arrive. Et puis, je me souviens que je suis victime du transfert négatif de Nick, et je refuse de m'y abandonner.

Je sais que je ne suis pas une mère conventionnelle. Cela vient peut-être de mon éducation. Mes parents ne filaient pas le parfait amour, contrairement à ceux de Nick. Mais cela ne signifie pas que je n'adore pas ma famille autant que lui. Il n'a qu'à ouvrir les yeux pour constater l'amour que je porte à Ellie.

Tous les couples connaissent des hauts et des bas, même si dans notre cas, ce sont plus souvent des bas ; dans ces moments-là, je pense à Ellie. Notre miracle de petite fille. Elle est la raison pour laquelle je travaille si dur. C'est pour elle que je me lève à l'aube – quand ce n'est pas plus tôt encore –, et que je rentre tard le soir. Je la vois moitié moins souvent que je ne le voudrais, mais c'est un sacrifice qu'un parent doit faire quelquefois. Ce que Nick ne comprend pas, c'est que je le fais pour elle. Pour nous.

3

Nick

Nous avons du temps à tuer. J'en veux vraiment à Tasha de nous avoir fait nous lever aussi tôt. Je suis en colère parce que je suis fatigué, parce que Ellie a besoin de sommeil à son âge et parce que Tasha a laissé entendre que je n'étais qu'un balourd de père à qui on ne peut même pas faire confiance pour se lever à l'heure et conduire sa gosse à l'école.

Je dis souvent à Tasha qu'elle pourrait passer plus de temps avec Ellie si elle faisait moins d'heures ; du coup, nous n'aurions pas à nous lever une éternité avant que l'école n'ouvre ses grilles. Ça ne peut être que préjudiciable à la croissance d'Ellie, et toutes ces heures interminables au travail ne doivent pas non plus faire beaucoup de bien à Tasha. Elle n'arrête pas de dire que nous avons besoin d'argent, mais je suis convaincu du contraire. Nous n'avons jamais été riches, mais nous n'avons jamais eu non plus de réels problèmes d'argent. Sans parler du fait qu'il n'y a pas que l'argent qui compte.

Je suis assis sur le canapé, le regard opaque, tandis que, sans enthousiasme, je fais mine d'avoir plaisir à regarder le dessin animé à l'écran. Ellie est assise devant moi sur la moquette, les jambes croisées, comme hypnotisée par les couleurs vives et les bruits rigolos provenant de la télé.

Je sais bien que je suis censé savoir faire la différence entre tous ces programmes pour enfants, mais pour moi ils se ressemblent tous. Ces chaînes pour les gosses, c'est juste des couleurs pétantes et du bruit à répétition. Je suis toujours bluffé de voir que l'on dépense autant d'argent pour distraire les gamins, alors que tout cela est d'une crasse sans nom.

Je fais la comparaison avec le livre que je suis en train d'écrire en ce moment même. Les salopards qui pondent ces trucs pour gosses se fichent totalement que l'intrigue présente des incohérences. Ils n'ont qu'à coller un monstre dans l'histoire, et le tour est joué. L'évolution psychologique des personnages ? N'y comptez pas. Tant qu'ils se balancent des trucs cradingues à la figure, vous êtes le roi. Mais peut-être bien que je passe à côté de quelque chose. Peut-être que c'est le genre de trucs que je devrais écrire. Je veux bien mettre ma fierté de côté en échange d'un joli paquet de billets.

Je n'en blâme pas Ellie pour autant. Bien sûr que non. Elle est comme tous les gosses de cinq ans, complètement fascinée par tout cela. Une partie de moi aimerait bien lui donner une éducation plus classique mais, pour être tout à fait honnête, je ne sais pas comment. Il m'arrive même de douter d'être fait pour la paternité. Mais il suffit alors que je surprenne le grand sourire rayonnant d'Ellie pour comprendre que pour rien au monde je ne voudrais qu'il en soit autrement.

J'ai même suggéré à Tasha d'essayer de trouver un autre travail qui lui permettrait de passer plus de temps avec Ellie et moi. Elle m'a regardé comme si je débarquais de Mars. Je comprends. Elle adore son travail. C'est formidable. Mais je crois que ce qu'elle aime surtout, c'est assumer des responsabilités et relever des défis, bien plus qu'assurer la promotion de produits liés aux énergies renouvelables. Elle n'a même pas conscience de l'ironie de son travail, qui consiste à vanter les mérites d'un nouveau mode de vie permettant d'accéder à plus d'indépendance et à une meilleure jouissance du monde – tout cela du fin fond d'un bureau encombré qui exige d'elle deux heures de trajet par jour, aller et retour.

Je regarde ma montre. Il n'est encore que sept heures trente. Il nous reste au moins une heure avant que nous n'ayons à nous soucier d'y aller. J'essaie d'engager une conversation avec Ellie, mais ça ne l'intéresse pas. Quoi d'étonnant à cela d'ailleurs ? Il est déjà rare que des adultes voient en moi un interlocuteur intéressant, alors une gosse de cinq ans…

Ellie est adorable, mais elle est typique des gosses d'aujourd'hui. Je me demande parfois si l'expérience d'un véritable échange humain finira ou non par lui manquer. Nous ne prenons jamais le temps de nous asseoir et de parler. Il en va de même dans la plupart des familles, j'imagine, mais ça ne signifie pas que ce n'est pas un problème.

Pour être tout à fait honnête, la voir assise là en train de sourire et écarquiller de grands yeux ébahis suffit à mon bonheur. Elle est parfaitement heureuse. Mais là encore, elle ne connaît rien d'autre. C'est le monde qui lui est familier et qu'elle accepte. Que sait-elle de ce qui a changé ? Elle n'était pas là pour le voir.

Je me demande quels bouleversements elle verra se produire au cours de sa vie. Des choses que nous ne pouvons sans doute même pas imaginer, tout comme nos parents ne pouvaient pas concevoir le concept d'Internet quand ils étaient enfants, ou nos grands-parents l'avènement de la télévision. Quel que soit le prochain grand bond technologique en avant, ce sera quelque chose dont l'idée même nous échappe totalement aujourd'hui. Voilà le genre de pensées qui me viennent à l'esprit de temps à autre, et qui ont tendance à me coller un début de migraine.

J'ai justement mal à la tête mais c'est surtout dû au fait que j'ai été tiré du lit à cinq heures ce matin, quand j'aurais facilement pu me lever bien plus tard sans que cela ne pose le moindre problème. Tasha ne fait pas seulement partie de notre vie, à Ellie et à moi – elle la régente, à sa façon bien à elle ; elle s'y insinue discrètement, s'arrange pour y jouer en quelque sorte le premier rôle. Il m'arrive d'avoir l'impression qu'elle y parvient en me rendant de plus en plus inutile, en s'arrangeant pour que je me repose finalement sur elle. Je sais pourtant que ce n'est pas le cas. Je suis un homme. J'ai besoin de conserver ce degré d'indépendance.

Mais qui dit indépendance dit responsabilité. Je ne suis pas assez naïf pour croire que je suis la personne le plus responsable du monde. J'oublie des choses. Je suis constamment en retard. Je manque d'organisation. Je n'ai aucun sens des priorités. Mais personne n'est parfait. Organisée, Tasha l'est pour nous deux, et c'est très bien ainsi. Il n'en faudrait pas deux comme elle, c'est tout – bon sang, non !

Voilà pourquoi je n'aime pas me lever tôt. Mon cerveau est toujours en suractivité, et c'est le genre de pensées qui finissent par me traverser l'esprit. Je soupire profondément, renverse la tête contre le dossier du canapé et ferme les yeux.

4

Nick

Je me réveille en sursaut en même temps qu'Ellie s'esclaffe joyeusement devant l'écran. L'espace d'un instant, je me sens groggy ; de toute évidence, je viens d'interrompre mon cycle de sommeil au mauvais moment. Je cligne des yeux et jette un coup d'œil à la pendule. Merde.

La dernière chose dont j'ai besoin maintenant, c'est de me faire houspiller par Tasha ou par l'école, et de m'entendre rappeler que ma responsabilité est de faire en sorte qu'Ellie soit à l'heure le matin. Je connais tout ça ; rien n'y fait. Je ne suis pas doué pour les responsabilités, voilà tout. Je ne l'ai jamais été.

Je me précipite pour essayer d'aider Ellie à enfiler son uniforme. Elle le déteste, et je ne peux pas lui en vouloir. Le tissu gris terne paraît plus adapté à un goulag soviétique qu'à une école primaire publique. Vous voyez Hillgrove, la célèbre école sud-africaine ? Eh bien, les deux ne sont pas si différentes. Personnellement, je me souviens de mon passage en primaire comme d'une période pleine de couleurs et de rires. À chaque fois que j'entre dans l'école d'Ellie, je la trouve tout bonnement déprimante.

Elle se tortille pendant que j'essaie de lui enfiler le pull-over par la tête, comme elle le fait chaque matin. Du lundi au vendredi, c'est le même numéro stupide, et tout est dix fois plus difficile pour moi.

— Non, j'ai trop chaud ! hurle-t-elle.

— Tu ne crois pas que si tu arrêtais un peu de gigoter, tu aurais moins chaud ? Alors maintenant ça suffit : enfile-moi ce pull.

On se croirait dans *Un jour sans fin*[1]. Ce petit numéro aussi agaçant qu'épuisant d'Ellie me rappelle que nous ne sommes que lundi, et qu'il faudra encore subir ça quatre jours durant, sans interruption.

Je furète un peu partout dans sa chambre pour rassembler ce dont elle a besoin pour sa journée d'école : tenue de sport, manuel de lecture, boîte d'images à reconnaître et nommer. Le nombre de choses que l'on demande à un gosse de cinq ans d'apporter à l'école et de ramener chez lui est tout bonnement ridicule. Je suis sûr qu'à mon époque, on se contentait de nous envoyer au bac à sable.

1. Référence au Groundhog Day – « Jour de la marmotte » –, événement populaire célébré en Amérique du Nord le 2 février et rendu célèbre par le film éponyme – en français, *Un jour sans fin* – de Harold Ramis, avec Bill Murray.

J'ai pratiquement disparu sous la commode quand j'entends sonner à la porte. Je fais comme si je n'avais rien entendu. Qui que ce soit, il ou elle attendra. Si ça se trouve, c'est juste des Témoins de Jéhovah, ou quelqu'un qui veut me fourguer du double vitrage.

Cinq minutes plus tard, son sac d'école fait, j'aide Ellie à enfiler ses chaussures en les tortillant et en les poussant du mieux que je le peux. Je la soulève et descends l'escalier en la portant dans mes bras pour gagner quelques précieuses secondes. Le courrier est arrivé ; il est sur le paillasson. Juste deux factures, portant la mention « Dernier rappel » estampillée en rouge cette fois ; l'avertissement est monté d'un cran par rapport à samedi. Je les pose sur la console de l'entrée, en me promettant d'y revenir et de les payer un peu plus tard.

Je passe la porte avec Ellie et nous nous retrouvons dans l'allée. Il y a un léger brouillard, mais rien qui n'aura pas disparu dans les deux heures. Ce devrait être une belle journée, tout compte fait. Il se pourrait même que je puisse m'installer avec mon ordinateur portable dans le jardin et travailler un peu à l'extérieur. De la tranquillité, du silence et du soleil. Que demander de plus ?

La voiture émet un bip qui m'indique qu'elle est déverrouillée ; j'ouvre la portière arrière, installe Ellie dans son siège auto et boucle sa ceinture. Ces sièges pour enfant sont ridicules. Ils sont peut-être fiables, mais Ellie a davantage l'air d'une astronaute sur le point de s'envoler pour l'espace que d'une enfant de cinq ans en passe de se rendre à l'école en voiture à vingt kilomètres à l'heure. Je pose le sac d'école sur le siège avant, et nous voilà prêts à partir. Je suis sur le point de mettre le contact quand Ellie se met à crier :

— Mon dessin !

Je soupire. Je n'ai vraiment pas besoin de ça maintenant, non, *vraiment pas.*

— Quel dessin, ma chérie ? dis-je en m'efforçant de paraître aussi calme, aussi imperturbable que possible.

Je ne veux pas que ma frustration déteigne sur elle. En général, cela la stresse encore plus, et le risque d'escalade n'est jamais bien loin.

— J'ai dessiné Mlle Williams, dit-elle en me jetant un regard noir, certaine qu'elle obtiendra ce qu'elle veut.

— Tu ne peux pas le prendre un autre jour ?

Je tripote la clé sur le contact, conscient que nous perdons un temps précieux, et persuadé que Mlle Williams préférerait de loin qu'Ellie soit à l'heure à l'école plutôt qu'en retard avec un portrait d'elle au crayon.

— Non ! J'en ai besoin ! insiste-t-elle en commençant à s'agiter. Je ferme les yeux. Je les sens qui me piquent. Je décide de limiter les dégâts.

— D'accord. Reste ici. Je vais te le chercher, dis-je en retirant la clé du contact et en la glissant dans ma poche. Où est-il ?

— Dans la cuisine. À côté du grille-pain.

L'expression de son visage a totalement changé maintenant qu'elle sait qu'elle a obtenu ce qu'elle voulait. Elle sait exactement sur quels boutons appuyer. Elle sera exactement comme sa mère, cela ne fait aucun doute dans mon esprit – déterminée à obtenir tout ce qu'elle veut dans la vie, quelles que soient les circonstances, et quoi qu'il en coûte.

Je cours jusqu'à la porte, ouvre et file dans la cuisine. À côté du grille-pain, appuyée verticalement contre la planche à découper en bois, se trouve une feuille de papier de format A4 sur laquelle se trouve représenté ce qui pourrait être un être humain. Je ne sais pas. Ça pourrait tout aussi bien être un dinosaure ou une chèvre. Tout ce que je sais, c'est que mon devoir de père responsable est de m'exclamer : « Oooh, quel joli dessin ! » à chaque fois qu'elle m'en montre un. Tasha est bien meilleure que moi à ce petit jeu qui consiste à paraître sincèrement impressionné. Je secoue la tête, ramasse le dessin et ressors de la maison.

Je remonte dans la voiture et remets la clé sur le contact, le dessin brandi par-dessus mon épaule gauche en même temps que je demande à Ellie :

— C'est bien celui-là, n'est-ce pas ?

Pas de réponse.

Je me retourne.

La voiture est vide.

5

Nick

Bon, d'accord. Elle s'amuse. Elle joue à cache-cache. Rien de plus.

Je me raconte tous les mensonges qui me viennent à l'esprit, en même temps que ma tête pivote dans les deux sens et que je balaie la rue du regard, à la recherche du moindre signe d'Ellie. Je suis resté à l'intérieur, quoi, trente secondes ? Une minute ? Elle n'a pas pu aller bien loin.

Je vais au bout de l'allée et tourne à gauche ; tout en courant le long du trottoir, j'appelle son nom. Un type perché sur une échelle qui nettoie une vitre quelques maisons plus loin, de l'autre côté de la rue, se retourne et me regarde. Je lui demande :

— Vous n'avez pas vu ma fille ? Elle était là il y a une minute. Il secoue négativement la tête et retourne à sa fenêtre sale.

Je repars en courant vers la maison, la dépasse et continue d'appeler Ellie. Rien.

Je remonte l'allée, fais le tour de la voiture, regarde dans les buissons – partout où j'imagine qu'elle peut se cacher –, certain qu'elle ne peut pas être allée au bout de la rue toute seule ; elle est donc forcément encore quelque part autour de la maison.

— Ellie, ce n'est pas drôle. Allez, sors, maintenant, dis-je en m'égosillant, tout en essayant de me convaincre qu'elle se trouve tout près, et me joue un tour cruel.

À cet instant, je me rappelle le raisonnement que je viens d'avoir :

Elle ne peut pas être allée au bout de la rue toute seule ; elle est donc forcément encore quelque part autour de la maison.

Elle ne peut pas être allée au bout de la rue toute seule.

Toute seule.

Si elle n'est plus là, c'est que quelqu'un l'a emmenée.

Je n'y comprends rien. Je plonge la main dans la poche de mon pantalon et en tire mon téléphone portable ; les mains tremblantes, je réussis à entrer mon code d'accès à la troisième tentative.

J'appuie sur l'icône d'appel verte, mais sans savoir quel numéro je dois composer. Je sais que je veux joindre la police, mais dois-je faire le 999 depuis un portable ? Y a-t-il un numéro dédié pour les mobiles ? Je ne m'en souviens plus. Le 999 devrait fonctionner. Ou bien faut-il que je passe par les appels non urgents ? Le numéro m'est sorti de l'esprit aussi, de toute façon, et en ce qui me concerne, la disparition de ma fille est une urgence. Je fais donc la seule chose qui s'impose à cet instant : je compose le 999.

J'ai très vite un opérateur au bout du fil, à qui je dis que je veux joindre la police. En quelques secondes, il me met en relation ; et avant que j'aie pu mettre de l'ordre dans mes idées, je me retrouve à bafouiller que ma fille a disparu, que quelqu'un a dû l'enlever, tout en me perdant dans des détails à propos du dessin qu'elle a fait de Mlle Williams.

L'homme que j'ai en ligne fait de son mieux pour me calmer en me posant des questions concrètes.

— Depuis combien de temps a-t-elle disparu ? me demande-t-il. Je regarde ma montre. Je ne sais pas. J'ai l'impression que cela fait des heures, des semaines, des années, mais il y a quelques minutes tout au plus. Je ne sais même pas l'heure qu'il était quand nous sommes montés dans la voiture. Pour le moment, c'est à peine si je me souviens de mon nom.

— Je ne sais pas. Pas longtemps. C'est la première fois qu'elle fait une chose pareille. Je ne l'ai laissée seule qu'une trentaine de secondes. J'ai regardé partout. Je ne sais pas.

Je suis au bord des larmes.

— Et vous dites que vous l'avez vue pour la dernière fois devant votre maison ? Avez-vous cherché dans la rue, demandé à vos voisins s'ils ont vu quelque chose ?

— J'ai regardé. Et j'ai interrogé un homme sur une échelle. Je ne la trouve pas. Elle n'est nulle part. Je vous en prie, aidez-moi, d'accord ? Venez m'aider à la trouver.

— Quel âge a votre fille ?

— Cinq ans. Elle est censée arriver à l'école à l'heure qu'il est, dis-je, mon cerveau basculant soudain en mode rationnel, comme pour me rassurer. Elle va être en retard.

— Essayez de ne pas trop vous inquiéter, réplique mon interlocuteur qui, à vouloir paraître rassurant, est à la limite de la condescendance. La plupart des enfants rentrent très vite. Il s'agit généralement d'un malentendu. Avez-vous des amis ou de la famille autour de vous qui pourraient vous aider à la chercher ?

— Non. Je vous en prie, s'il vous plaît, venez m'aider. Je... je crois qu'elle a été enlevée.

À l'autre bout du fil, j'entends quelque chose qui ressemble au cliquetis d'une souris d'ordinateur, ou bien à des claquements de langue.

— Voyez-vous quelqu'un qui voudrait enlever votre fille, monsieur ?

— Je... je ne sais pas. Mais j'ai regardé partout. Je ne la trouve nulle part. Elle n'a pas pu rentrer dans la maison, j'y étais. J'ai vérifié dans le jardin, devant ; et il ne permet pas d'accéder derrière. J'ai regardé dans la rue. Elle n'y est pas !

— D'accord, monsieur, essayez de ne pas paniquer, dit l'homme, ce qui m'exaspère encore plus. A-t-elle pu atteindre le bout de la rue durant le temps où vous avez été séparés ?

— Non, dis-je, catégorique. Aucune chance. C'est impossible.

Il y a un silence de quelques secondes, mais j'ai l'impression qu'il dure des heures, jusqu'à ce que l'homme reprenne :

— Ce que je vais faire, c'est que je vais vous envoyer des agents de la police locale. D'ici là, est-ce que vous pouvez aller frapper chez vos voisins et leur demander de jeter un coup d'œil chez eux et dans leur jardin ? Il est possible qu'elle soit allée chez l'un d'eux en toute innocence.

— Je m'en occupe. Merci.

Il faut que je prévienne Tasha. Je cherche son nom dans la page « Favoris » de mon répertoire téléphonique. L'appel prend un temps fou à lui parvenir.

— Qu'y a-t-il, chéri ? J'arrive justement au bureau, explique-t-elle sans me laisser le temps de parler ni même de dire bonjour.

— Ellie n'est plus là, dis-je.

— Plus là ?

— Oui. Elle a disparu. Je suis allé lui chercher quelque chose et à mon retour elle n'était plus là. La police est en route, mais…

— Qu'est-ce que tu veux dire ? Elle est sortie de la maison ?

— Non, elle était dans la voiture. Je suis allé…

— Tu l'as laissée dans la voiture ? me demande-t-elle, sa voix montant soudain en intensité.

— Dix secondes. Pas plus. Je suis allé chercher quelque chose. Quand je suis revenu, elle n'était plus là.

— Oh, Seigneur, Nick.

C'est tout ce qu'elle trouve à dire. Génial.

— Est-ce que tu rentres à la maison ?

— Est-ce que j'ai le choix ? rétorque-t-elle. Alors que je viens tout juste d'arriver. Tu *savais* que j'avais ce rendez-vous avec Maxxon aujourd'hui. Pourquoi est-ce que tu me fais toujours ça ? me demande-t-elle, avant de mettre fin à l'appel.

6

Tasha

Merde, merde, merde. Je n'arrive pas à me répéter autre chose, là, tout de suite. C'est le brouillard complet, le chaos. Une partie de moi est furieuse contre Nick. Tout ce qu'il avait à faire, c'était préparer Ellie et la déposer devant la grille de l'école. Même lui en était capable. Elle est probablement allée faire un tour, me dis-je. Elle est sûrement quelque part dans la maison ou dans le jardin, ou bien chez des amis, à côté. Les enfants ne se font pas enlever comme ça. C'est rare. Ça n'arrive pas à des gens comme nous.

Qui plus est, j'imagine que Nick a mal cherché. Il a dû faire ce qu'il fait d'habitude et se mettre à paniquer, incapable de gérer le moindre imprévu. Et voilà comment je me retrouve à devoir manquer la conférence, et mon rendez-vous avec Maxxon.

Je vais peut-être pouvoir reprogrammer le rendez-vous, mais la conférence aura lieu quoi qu'il arrive, avec ou sans moi. C'est toujours un numéro d'équilibriste, et c'est moi qui me retrouve régulièrement le nez par terre. J'ai fait de mon mieux pour passer un moment avec Ellie tôt ce matin, et pouvoir assister à cette conférence, et voilà que je vais en être privée. Comme si cela ne me suffisait pas qu'elle grandisse sans moi. J'adorerais pouvoir la déposer à l'école le matin, et être là quand elle sort l'après-midi, mais si je faisais cela nous n'aurions même pas un toit au-dessus de nos têtes. Je sacrifie le présent pour nous assurer un avenir.

Je glisse mon billet de train dans la fente du tourniquet. Il ressort instantanément au-dessus, mais le voyant rouge clignote et un bip retentit. J'essaie à nouveau, mais le résultat est le même. Je me fraie un chemin à contresens au milieu de la foule qui s'agglutine derrière moi, et m'approche de l'homme qui se trouve à la barrière d'entrée. Il a l'air d'en avoir plein le dos et de s'ennuyer à mourir. Je connais cela.

— Je n'arrive pas à passer avec mon billet, dis-je en le lui tendant.

— Parce que c'est un reçu, rétorque-t-il. C'est le ticket lui-même qu'il faut insérer.

Je serre les dents. Tout ce que je veux, c'est rentrer chez moi. Maintenant. Je regarde le billet. C'est un reçu de carte bleue, aucun doute. Je fouille dans mon porte-monnaie à la recherche du billet proprement dit, mais je ne le trouve pas.

— Écoutez, j'ai une urgence, dis-je. Ma fille. Je dois rentrer plus tôt que je ne le pensais. Je ne sais pas où est mon billet, mais j'ai le reçu ; vous voyez donc bien que j'en ai effectivement acheté un.

— Désolé, dit le contrôleur. Ça ne me dit pas grand-chose, à part combien vous avez payé.

— Exactement. Donc, vous pouvez voir que c'est un forfait, et pas un trajet simple, n'est-ce pas ?

— Désolé, répète-t-il. Je ne peux pas vous laisser passer sans un billet valide. Il faut que vous en achetiez un autre au guichet.

Je serre le poing, froisse le reçu dans ma main, le déchire en morceau et le jette en direction de l'homme. Je comprends immédiatement qu'il pourrait m'ordonner de le ramasser, ou me faire expulser de la gare – voire pire –, mais je pense qu'il peut lire sur mon visage toute la frustration et le désespoir que je ressens, tandis qu'il se penche calmement pour le ramasser lui-même.

Quelques minutes et 16 livres plus tard, j'ai mon billet et je franchis les tourniquets – sans problème cette fois –, en ayant pris soin au passage d'éviter de croiser le regard du contrôleur.

J'ai l'impression que le train met une éternité à arriver, mais l'horloge me rappelle que cela ne fait que trois minutes que j'attends. Je monte à bord et me trouve une place ; la plupart des sièges sont jonchés de journaux à moitié lus et de gobelets de café.

Le train progresse à vitesse réduite. C'est habituel sur cette ligne ; pour une fois que je voudrais qu'il aille vite, je n'ai pas cette chance. Si je pouvais descendre et courir, je le ferais. Pour la vingtième fois peut-être depuis que j'ai quitté Londres, je regarde mon téléphone. Pas de signal. Je n'arrête pas de dire à Nick qu'il faut que nous changions d'opérateur, pour qu'au moins notre région soit couverte correctement, mais je ne me fais pas d'illusions. J'ai du signal à la maison et au travail, mais c'est tout. Entre les deux, c'est une zone blanche.

Je jette un coup d'œil à ma montre. Encore une quarantaine de minutes avant mon arrêt, et puis je dois marcher jusqu'à la maison. Un taxi peut permettre de gagner du temps, mais tout dépend encore de la circulation. Tout cela va s'avérer un gâchis total, de toute façon. Nick aura certainement retrouvé Ellie à mon arrivée, ce qui voudra dire attendre à nouveau un train pour retourner à Londres et manquer de toute façon la conférence. Sans parler des frais supplémentaires. Je voudrais qu'au moins une fois dans sa vie Nick se rende utile, et qu'il cesse de me compliquer la mienne plus qu'elle ne l'est déjà. Je vais rentrer, Ellie sera là, et j'aurai fichu une journée en l'air.

Je ne tarde pas à me rendre compte que je ne fais pas que me mettre en colère contre ce que j'imagine qu'il va arriver : je veux que cela arrive. Je veux avoir totalement perdu mon temps. Je veux que tout soit de la faute de Nick. Je veux qu'il ait retrouvé notre fille avant que j'arrive. Parce que si ce n'est pas le cas, cela ne peut vouloir dire qu'une chose : notre bébé a disparu.

7
Nick

Je fais ce qu'on m'a dit : je me précipite dans la rue, je scrute les jardins, je frappe aux portes, j'essaie d'attirer l'attention de mes voisins. Je parcours quatre maisons de notre côté de la rue avant que quelqu'un ne me réponde. Je suis maintenant en face de l'homme à l'échelle, et une fois de plus il me regarde bizarrement.

Une vieille dame ouvre sa porte. Elle doit avoir au moins quatre-vingt-dix ans.

— Bonjour. J'habite un peu plus loin et je cherche ma fille. Je pense qu'elle a pu aller se cacher dans un jardin ou une maison voisine. L'auriez-vous aperçue, par hasard ? Une petite fille, pas plus grande que ça, dis-je en indiquant sa taille, main à plat.

La femme se contente de me regarder. À en juger par le nombre de chaînes et de verrous qu'elle a dû enlever et tourner juste pour ouvrir sa porte, je ne vois pas comment Ellie pourrait se trouver chez elle.

— Je voudrais juste jeter un coup d'œil dans vos haies pour voir si elle ne s'y cache pas, dis-je.

La femme garde le silence.

Je me retourne et inspecte le jardin de devant. L'herbe est assez haute et en fait de « haies », c'est plutôt un entremêlement de chardons et d'autres plantes nuisibles. J'écarte quelques tiges avec mon pied et appelle Ellie, mais il n'y a rien.

Personne ne répond non plus aux deux maisons suivantes, et avant que j'aie le temps d'essayer la troisième, j'entends un bruit de moteur qui se rapproche. Je regarde. C'est la police. Je cours dans la rue en agitant les bras au moment où ils tournent, et ils s'arrêtent à ma hauteur. Je leur demande aussitôt :

— Vous êtes là pour ma fille ?

— Vous êtes M. Connor ? s'enquiert l'agent en uniforme, un homme d'âge moyen, en même temps qu'il descend du côté passager.

— Oui. Nick Connor. Je ne sais pas ce qu'on vous a dit au juste, mais ma fille est restée à peine quelques secondes à l'arrière de la voiture. Je suis retourné dans la maison pour récupérer quelque chose qu'elle avait oublié, et quand je suis revenu, elle n'était plus là.

— D'accord. Votre maison, c'est laquelle ?

— Elle est un peu plus loin. Au numéro 40.

L'homme fait un petit signe de tête à son collègue plus jeune, et ils me suivent tous les deux vers la maison.

— Merci d'être venus aussi vite, dis-je en essayant de me comporter aussi normalement que possible, une partie de moi me soufflant qu'ils doivent penser que j'ai réagi excessivement. Je pensais que vous attendiez habituellement un ou deux jours avant de rechercher les personnes.

— Ça dépend des circonstances, explique le jeune agent. Avec les jeunes enfants, c'est un peu différent. Surtout s'il est possible qu'ils aient été enlevés par quelqu'un.

Le plus âgé lui décoche un regard, croyant que je ne le remarquerai pas.

— Vous avez l'air très calme, monsieur Connor, reprend le jeune agent. Est-ce que ce genre de choses arrive souvent ?

— Non, bien sûr que non. Je ne voulais pas avoir l'air complètement hystérique, c'est tout. Mais intérieurement, c'est une torture. Croyez-moi.

Le plus âgé acquiesce en disant :

— À propos, je suis l'agent de police Briers. Et voici l'agent Robinson.

Je hoche la tête à mon tour.

— Voilà, c'est ma maison, dis-je lorsque nous arrivons devant. Ma fille était à l'arrière de la voiture.

— Est-ce qu'elle était attachée ? Vous aviez verrouillé la voiture ? demande l'agent Briers.

— Je n'avais pas fermé, non. Je me suis absenté quelques secondes, c'est tout. Mais elle était attachée, oui.

— Il y a un verrouillage de sécurité ? Est-ce qu'elle a pu l'ouvrir elle-même ?

— Eh bien, oui, elle pouvait. Elle l'a déjà fait. Enfin quoi, je veux dire, elle a cinq ans. Elle n'arrête pas de tripatouiller un tas de trucs.

Briers et Robinson échangent un regard. Je devine ce qu'ils se disent.

— Mais elle n'est pas du genre à s'éloigner ou à disparaître comme ça. Elle connaît les règles. Nous en parlons tout le temps à la maison, les consignes de sécurité, ce genre de choses.

— Vous dites donc qu'elle n'a pas pu disparaître seule, c'est ça ? interroge Briers. Qu'est-ce qui vous le fait penser ?

— Je n'en sais rien, dis-je. Ça ne me paraît pas possible, c'est tout. Je ne vois pas comment elle aurait pu aller toute seule au bout de la rue durant le peu de temps où je suis resté à l'intérieur.

— Y a-t-il quelqu'un, d'après vous, qui aurait pu vouloir emmener Ellie ?

Je vois bien sa façon de me regarder. Nous suivons l'allée jusqu'à la maison.

— Non. Ma femme, Tasha, était au travail. Elle est en train de rentrer, mais ça va lui prendre un moment parce qu'elle travaille à Londres.

— C'est la maman d'Ellie ? demande-t-il.

La question me paraît bizarre sur le moment, mais j'imagine que de nos jours elle n'a rien d'inhabituel.

— Oui, c'est sa maman.

— Avez-vous entendu une voiture dehors pendant que vous étiez dans la maison ? demande l'agent Robinson, posant du même coup sa première question utile en même temps que je les laisse entrer.

— Je ne crois pas. Je ne me souviens pas d'avoir entendu quelque chose. Quoi qu'il en soit, vous ne pensez pas que nous devrions être dehors, à chercher ?

— Cela va être fait, répond l'agent Briers en me souriant d'un air rassurant. Mais nous devons suivre certaines procédures. L'agent Robinson et moi sommes là pour vous interroger et en apprendre un peu plus sur Ellie, pour essayer de déterminer où elle pourrait être allée et pourquoi.

Je hoche la tête en silence. En parfait Anglais que je suis, je fais la seule chose que je sais faire dans les moments de tension : je mets la bouilloire à chauffer.

Je me sens impuissant et inutile, assis là à boire tranquillement mon thé. Que convient-il de faire exactement ? Faut-il que je fournisse autant d'informations que possible aux deux agents dans mon salon, ou bien que je ratisse les environs en faisant tout ce que je peux pour retrouver Ellie ? Les deux options me paraissent vaines, d'autant que les agents Briers et Robinson m'assurent que d'autres policiers sont déjà à sa recherche. Ils me disent que le mieux que je puisse faire est de me rendre utile ici, en leur fournissant des renseignements et en attendant des nouvelles. Il n'y a rien de plus à faire, expliquent-ils, ce qui ajoute encore à ma frustration.

Je regarde le cadre photo vide sur le buffet ; la photo d'Ellie qu'il contenait se trouve désormais sur les genoux de l'agent Robinson. C'est celle qu'ils vont faire circuler avec une description, m'expliquent-ils.

— Y a-t-il autre chose que nous devrions savoir à propos d'Ellie ? demande l'agent Briers.

J'ai envie de demander pourquoi la police n'a envoyé que deux modestes agents, mais je devine qu'ils ne vont pas dépêcher sur place l'équivalent local de Sherlock Holmes ou Columbo alors même que, en ce qui les concerne, il ne s'agit encore vraisemblablement que d'une enfant égarée qui sera probablement rentrée chez elle dans la demi-heure.

Je secoue négativement la tête.

— Non, c'est juste… une petite fille comme les autres. Elle aime la même chose que tous les enfants : jouer avec ses amis, regarder la télé, fabriquer des choses. Tout ça n'a aucun sens.

J'ai l'impression d'être dans le brouillard pendant que je parle, mentalement aussi bien que physiquement. J'ai les yeux pleins de larmes, et j'ai perdu tous mes repères.

8

Nick

Je me rends vraiment compte à quel point mes journées de travail sont improductives quand je vois tout ce que ces types réussissent à faire en deux heures. Des agents sont venus fouiller la maison, ils ont examiné le système de vidéosurveillance le plus proche, et ont fait du porte à porte dans le voisinage. Un camion à plate-forme surbaissée a emmené la voiture – c'est une scène de crime, apparemment –, et maintenant un lieutenant de police est assis dans notre salon, cherchant à comprendre ce qui est arrivé alors que je l'ignore moi-même.

Elle s'est présentée ; elle s'appelle Jane McKenna. Je l'imagine dans le rôle de l'emmerdeuse de service, du moins aux yeux de ses collègues masculins. Cela peut paraître ridicule de dire cela, surtout dans la situation présente, mais mon instinct d'écrivain me pousse toujours à essayer de deviner la personnalité des gens à la seconde même où je les rencontre.

— Est-ce que Ellie a des frères ou des sœurs ? demande-t-elle, une question parmi d'autres dans la longue liste qu'elle égrène.

Le lieutenant Brennan est assis dans le fauteuil, un type réellement quelconque qui n'a encore pas dit grand-chose.

— Non. Elle est fille unique.

Le simple fait de répondre cela fait ressurgir à la fois les souvenirs douloureux et les moments d'allégresse. La douleur de découvrir que nous ne pouvions pas avoir d'enfants, et la joie d'apprendre que Tasha était enceinte d'Ellie.

— Nous n'étions pas censés avoir Ellie, dis-je.

McKenna tend aussitôt l'oreille.

— On nous a dit que nous ne pourrions pas avoir d'enfants. Avant la naissance d'Ellie, bien sûr. Tasha souffre d'endométriose sévère. Les médecins ont dit que cela avait endommagé ses ovaires. Nous avons essayé les FIV dans un établissement conventionné, mais ça n'a pas marché. Poursuivre dans le privé nous aurait coûté des dizaines de milliers de livres, et nous n'avions pas cet argent. On s'est donc fait plus ou moins une raison, et on a accepté la situation. Plus tard, on a découvert que Tasha était enceinte d'Ellie.

— Ça a dû être un sacré choc, commente McKenna.

— Ça, vous pouvez le dire. Les médecins surtout n'en revenaient pas. On a même eu droit à des articles dans la presse, dis-je en me dirigeant vers le buffet.

Je fouille dans le tiroir du milieu et en sors un classeur à anneaux.

— Ils l'ont appelée « le bébé miracle ».

Je tends le classeur à McKenna. Elle feuillette les pochettes transparentes perforées à l'intérieur, examine les coupures de presse. Brennan lorgne pardessus son épaule.

— Ça défie les lois de la nature, commente-t-elle en citant un titre.

— Ouais, c'était quelque chose. Je dois reconnaître que toute cette publicité ne nous réjouissait pas tellement, mais vous savez ce que c'est.

Je remarque que les yeux de McKenna ont cessé d'être mobiles, et qu'elle fixe toujours les coupures de presse.

— Vous êtes écrivain, n'est-ce pas ? me demande-t-elle. Vous donnez dans le roman urbain de terreur ?

— Ouais, c'est ça, dis-je.

J'en éprouve, sans bien savoir pourquoi, un vague sentiment de honte.

— J'ai déjà vu vos livres. *Marée noire,* c'est bien de vous ? Ça doit bien faire deux ans.

— Un peu plus de cinq, en réalité.

— Donc, peu de temps après que cet article a été écrit, fait-elle remarquer en relevant enfin les yeux et en me regardant. Le moment était plutôt opportun. Ça a dû aider pour la promotion du livre.

Je me demande vraiment où elle veut en venir.

— J'imagine, dis-je. Maintenant que j'y pense, c'est Peter, mon agent, qui a parlé de tout cela à la presse. Il disait que ce serait une histoire qui toucherait tout le monde.

Elle acquiesce en silence, et examine à nouveau les coupures de presse. Je vois Brennan qui m'observe par-dessous ses sourcils.

— Vous ne croyez tout de même pas qu'on a calculé cette grossesse pour assurer la promotion d'un foutu bouquin ? Bordel, j'aurais bien voulu que ce soit aussi simple, dis-je, sentant la colère me gagner. On a essayé pendant des années – *des années* – d'avoir un gosse. S'il avait suffi qu'on le décide pour que ça marche, vous ne croyez pas qu'on l'aurait fait plus tôt ?

— Je ne suggérais rien de la sorte, monsieur Connor, répond McKenna avec un sourire désarmant.

Elle regarde à nouveau les articles et opine du chef.

Un agent en uniforme frappe à la porte déjà ouverte pour attirer notre attention.

— Désolé de vous déranger, annonce-t-il en tenant un téléphone portable dans sa main gantée, mais c'était sur le buffet de la cuisine. C'est à vous ?

— Oui, dis-je en me levant et en tendant la main. Merci.

— Ah, non, désolé, lâche-t-il en le laissant tomber dans un sachet en plastique, nous devons le garder, je regrette.

Je me tourne vers McKenna pour réclamer son arbitrage.

— Est-ce qu'Ellie a un téléphone portable rien qu'à elle ? me demande-t-elle.

— Non, bien sûr que non. Elle a cinq ans.

— Alors, il a raison. Nous devons vérifier ce portable. Il est possible qu'elle ait tenté d'entrer en contact avec quelqu'un en l'utilisant. Est-ce qu'il y a un ordinateur portable ou même de bureau dans la maison – quelque chose dont Ellie aurait pu se servir ?

— Eh bien, oui, bien sûr. J'ai un MacBook dans mon bureau. Tasha a un ordinateur portable et une tablette, mais elle les prend avec elle. Elle est allée à une conférence. Elle est sur le chemin du retour, mais elle prend un train, et je ne sais pas dans combien de temps elle sera là. Mais Ellie ne se sert pas des ordinateurs. Elle n'a que cinq ans.

Je m'assois un instant, et c'est à ce moment-là seulement que le dernier commentaire de McKenna me revient à l'esprit :

— Qu'est-ce que vous voulez dire par « tenté d'entrer en contact » ?

McKenna lance un regard oblique à l'agent en uniforme, qui quitte aussitôt la pièce.

— Dans une très grande majorité de cas d'enfants enlevés ou portés disparus, nous constatons que l'enfant a été préalablement en relation avec la personne qui l'a emmené. Pour le moment, bien sûr, nous ne savons pas si Ellie a été enlevée, mais nous devons nous assurer que nous avons tous les éléments en main et que chaque possibilité a été envisagée, surtout étant donné son âge.

Je n'y comprends toujours rien.

— Mais pourquoi avez-vous besoin de mon ordinateur portable et de mon mobile ?

Le lieutenant McKenna pousse un gros soupir.

— Nous devons juste vérifier qu'elle n'a eu aucun contact avec qui que ce soit. C'est la procédure habituelle.

L'idée ne m'a même pas effleuré l'esprit.

— Seigneur, elle n'a que cinq ans !

— Vous seriez surpris, dit-elle d'une voix bien plus calme que la mienne.

Je sais que je dois faire taire mes émotions négatives et rester serein pour maximiser les chances de retrouver Ellie rapidement.

— À quelle école va Ellie ? veut savoir McKenna. Les avez-vous appelés pour vérifier qu'elle n'y était pas allée toute seule ?

La première pensée qui me traverse l'esprit est que j'ai des agents de police qui mettent mes affaires sens dessus dessous, confisquent ma voiture et mon téléphone portable, alors qu'ils n'ont même pas pris la peine de vérifier si Ellie n'est pas tout simplement à l'école.

— Ils m'ont appelé. Pour savoir pourquoi elle est absente.

Je vois la façon qu'a McKenna de me regarder, et je sais ce qu'elle pense. Elle se dit que c'est bizarre que je n'aie pas appelé l'école le premier, et que j'aie attendu qu'ils me téléphonent. Elle a raison. C'est bizarre.

— À quelle école est-ce qu'elle va ? répète-t-elle.

— Hillgrove, dis-je.

McKenna plisse les yeux.

— Ce n'est pas tout proche, commente-t-elle. Vous devez déroger à la carte scolaire, pour le coup, non ?

— Oui, on est hors secteur. Ellie a d'abord été scolarisée à Parkview, mais Tasha a eu un différend avec le directeur à propos du comportement d'Ellie. Et elle n'a pas voulu l'envoyer à Saint-Hilda, parce que c'est une école religieuse.

McKenna acquiesce, mais là encore je sais ce qu'elle se dit. *La mère envahissante, qui fait des histoires pour un rien.*

— On ferait parfois mieux de s'accommoder de certaines situations, dis-je.

McKenna se contente de sourire.

9

Nick

Je pousse un grand soupir de soulagement dès qu'ils sont partis ; ils vont faire circuler la photo d'Ellie sur leur système, une fois au poste. À plusieurs reprises, face à McKenna et Brennan, j'ai eu l'impression d'être un suspect dans ma propre maison, comme si ce qui est arrivé ce matin n'était pas déjà assez difficile comme cela.

Je n'arrête pas de repenser à ce moment. L'adrénaline et la panique ont faussé toute notion du temps dans mon esprit, mais je suis certain de n'avoir pas passé plus d'une minute dans la maison. Ellie ne peut pas être allée au bout de la rue toute seule en si peu de temps, ce qui signifie que quelqu'un a dû l'enlever. C'est la seule explication logique.

Dans un délai aussi court, la personne qui l'a enlevée devait se trouver tout près. Je me creuse la tête, j'essaie de réfléchir à ce que j'ai vu quand j'ai installé Ellie dans la voiture. Quelqu'un est-il passé devant la maison ? Y avait-il une voiture garée ? J'ai beau essayer, je ne visualise rien. Tout ce que je vois, c'est le siège-auto vide.

Je regarde par la fenêtre du salon et m'efforce de me rafraîchir la mémoire, mais je n'arrive à rien de plus. Je scrute le bout de l'allée, traverse la route du regard, remonte jusqu'à la fenêtre de la maison d'en face, au numéro 39. Je vois à l'intérieur la silhouette de l'homme qui habite là, figé comme une statue, son ombre découpée à contre-jour, dans la lumière traversante qui entre par l'arrière de la maison. Quelques instants plus tard, il se déplace et sa silhouette disparaît.

Il y a un tas d'histoires et de rumeurs qui courent sur ce type. Derek, c'est son nom. Il doit approcher les quatre-vingt-dix ans. Il avait déjà facilement la soixantaine à l'époque où j'étais à l'école, et où nous habitions à environ un kilomètre de là.

Chaque jour, nous prenions à pied dans Rushmere Road pour aller à l'école, et il nous arrivait souvent de voir Derek à sa fenêtre, occupé simplement à regarder dehors. Les rares fois où il s'était aventuré à l'extérieur avaient donné lieu à toutes sortes d'histoires à l'école, à propos de ce qu'il avait dit ou fait. Je n'y ai jamais vu autre chose que de stupides rumeurs d'écoliers visant un vieil homme solitaire, et je n'y ai plus repensé par la suite.

Quand nous sommes venus visiter la maison avant de l'acheter, ces rumeurs me sont bien revenues à l'esprit, mais sans m'interpeller plus que ça. Il y avait toutes les chances pour que le bonhomme, bien qu'un peu bizarre, soit totalement inoffensif ; et d'ailleurs, nous nous sommes dit qu'il ne vivait probablement même plus là. Bien sûr, nous nous sommes rendu compte par la suite qu'il habitait toujours la maison.

Être les voisins de Derek a radicalement changé notre point de vue. Le reclus bizarre est devenu l'homme qui est au courant de tout ce qui se passe dans Rushmere Road. Il habite là depuis que les maisons ont été construites ; c'est un peu son domaine. À chaque fois que nous organisions une petite fête, nous pouvions être certains, à un moment ou à un autre, de recevoir la visite de la police locale, qui nous prévenait qu'un voisin s'était plaint.

Nous en avons discuté avec les voisins des deux maisons situées de chaque côté, et l'un comme l'autre ont nié s'être plaints, avant de nous avertir qu'ils avaient eu le même problème par le passé et qu'ils avaient soupçonné Derek. Bien entendu, la police n'a jamais rien fait puisque le bruit était à peine audible de la rue, sans parler de la maison de Derek. Ça l'ennuyait que les autres prennent du bon temps, voilà tout. Personnellement, je ne vois aucun inconvénient à ce que quelqu'un choisisse de vivre seul et comme ça lui chante, tant qu'il n'essaie pas d'empêcher les autres de s'amuser.

Je ne crois pas qu'aucun de nos voisins ait jamais eu une conversation avec Derek. En ce qui me concerne, j'en suis certain, comme je suis sûr de ne l'avoir jamais vu discuter avec quelqu'un. La seule fois où l'on peut être sûr de le voir, c'est en se mettant à sa propre fenêtre à huit heures du soir quand, régulier comme une horloge, il sort de la maison un gros sac-poubelle noir et le jette dans sa poubelle à roulettes.

À sa façon détournée, il a obtenu ce qu'il voulait. Il y a des années que nous n'avons pas organisé une petite fête, et je ne me souviens pas d'avoir entendu un seul de nos voisins mettre sa télé trop fort.

Une pensée me traverse l'esprit. Derek passe tellement de temps devant sa fenêtre qu'il est mieux à même que quiconque d'avoir remarqué quelque chose. Sa maison se trouve juste en face de la nôtre, et il a une vue dégagée sur toute notre allée. Il ne peut rien se passer devant chez lui sans qu'il sorte immédiatement sa paire de jumelles.

Avant même d'avoir réfléchi à ce que je vais dire, j'ai enfilé mes chaussures et me voilà sorti, courant au petit trot dans l'allée et traversant la route jusqu'au numéro 39. Je frappe à la porte et attends en reprenant mon souffle. Pas de réponse.

Je frappe à nouveau, sachant pertinemment que Derek est là puisque je viens de le voir. Je me dis qu'il est peut-être un peu sourd, alors je frappe plus fort. Il a intérêt à ne pas être sourd, surtout après s'être tellement plaint du bruit. Au bout d'un moment, je soupire et tourne les talons. Je reviens sur mes pas, et quand je me retourne au bout de son allée je l'aperçois fugacement qui disparaît derrière un rideau.

Je fais demi-tour, m'approche de la fenêtre et cogne à la vitre.

— Derek, je veux juste vous parler. Je vous en prie. J'ai un problème ; je veux juste savoir si vous avez vu quelque chose. J'ai besoin de votre aide.

Silence. Bon. Je n'ai aucun moyen d'obliger ce type à ouvrir sa porte, de toute façon. Tout ce que je peux faire, c'est signaler son nom à la police en tant que témoin potentiel, en espérant qu'ils ne croient pas que j'ai perdu l'esprit. Ils lui ont peut-être parlé, d'ailleurs, s'ils ont fait du porte à porte.

Je repars, et au moment où j'arrive dans la rue et regarde à droite et à gauche avant de traverser, j'entends la porte d'entrée de Derek que l'on déverrouille. Je me retourne lentement, puis remonte tranquillement l'allée en m'efforçant de ne paraître ni trop inquiet ni trop empressé. Derek se contente de me regarder, les yeux plissés, l'air à la fois préoccupé et soupçonneux.

— Merci, dis-je, rien d'autre ne me venant à l'esprit.

Je me tiens à pas moins de quatre mètres de lui, ne voulant pas m'approcher davantage. Je considère que sa présence en soi est déjà une victoire.

— J'ai seulement besoin de votre aide. J'ai perdu ma fille. Ma petite fille, Ellie. Elle a disparu ce matin. Elle était dans la voiture, je suis rentré prendre quelque chose, et en revenant elle avait disparu. Je me demandais si vous n'aviez rien remarqué de spécial. Une voiture qui n'est pas du coin, ou quelqu'un qui aurait eu un comportement bizarre. N'importe quoi.

Derek me regarde un long moment, puis baisse les yeux.

— Je n'ai rien vu, dit-il en reculant d'un pas, avant de fermer la porte.

10
Nick

Je me sens totalement impuissant. Il n'y a pas d'autre mot. Tout ce que je peux faire, c'est aller par les rues, au hasard, comme je l'ai fait durant une bonne demi-heure après avoir parlé à Derek, ou bien suivre le conseil de la police et attendre à la maison un hypothétique retour d'Ellie.

En rentrant, je m'assois sur un tabouret au bar de la cuisine, et enfouis ma tête dans le creux de mes bras sur le comptoir. J'essaie de brider mes pensées qui s'emballent et d'y voir clair, de me souvenir de ce que j'ai appris des sites web dédiés à *l'attention juste*[1]. Toute cette situation génère une tension si forte que j'ai l'impression d'avoir du coton plein le crâne.

---

1. Conscience vigilante de ses propres pensées, appelée aussi « pleine conscience ».

J'ai envie de pleurer, de crier, de hurler, de casser quelque chose, tout cela en même temps. Je sais que je vais craquer, et plus tôt que je ne le crois, mais je ne sais pas encore de quelle manière. J'en suis là de mes pensées quand j'entends la porte d'entrée se refermer, et Tasha traverser la cuisine d'un pas vif.

— Oh, Seigneur, Nick, dit-elle en jetant son trousseau de clés sur le plan de travail. Les trains marchaient au ralenti, une panne de signalisation tout le long de la ligne. Je ne pouvais même pas passer un appel. J'ai essayé, mais je n'avais pas de signal ; et quand enfin j'en ai eu, c'est ma batterie qui a lâché. Je comptais la recharger au travail, mais…

Elle s'interrompt en remarquant l'expression de mon visage. Je m'approche d'elle et me mets à sangloter sur son épaule.

— Où est la police ? finit-elle par me demander tandis que je m'essuie les yeux du revers de la main.

— Ils sont partis à sa recherche. Ils étaient là il n'y a pas longtemps. Deux agents et deux inspecteurs. Ils voulaient en savoir plus sur Ellie, à quoi elle ressemble. Je leur ai donné une photo qui était dans le salon.

— Que s'est-il passé ? Où peut-elle être allée ? demande Tasha.

Je secoue lentement la tête, en fermant très fort les yeux. Si seulement j'avais la réponse à cette question. Mais j'ai eu beau tout envisager, je n'en ai pas la moindre idée.

— Je ne sais pas. Je l'ai installée dans la voiture, je l'ai attachée, et puis elle m'a dit qu'elle avait oublié quelque chose. Un dessin de Mlle Williams. Je lui ai dit d'oublier ça, que nous le prendrions demain, mais tu sais ce que c'est quand elle a quelque chose en tête. Je suis retourné rapidement dans la maison, j'ai pris le dessin, et en revenant elle n'était plus là.

— Combien de temps es-tu resté à l'intérieur ?

— Une minute. À peine.

— Oh, Seigneur, Nick. Tu ne pouvais pas la prendre avec toi ?

Je me sens brusquement mis en accusation. Je sais qu'on ne laisse pas seule une petite fille de cinq ans, en aucun cas, mais je ne peux m'empêcher de trouver cela injuste.

— Ça a pris moins d'une minute, Tash. Quelques secondes. On était déjà en retard pour l'école, je voulais juste entrer et ressortir. Écoute, dis-je, autant pour essayer de la calmer que pour me convaincre moi-même, la police a dit qu'elle n'était sûrement pas loin. Il se peut qu'elle se cache chez un voisin, dans un jardin, quelque part, qu'elle se dise que tout ça n'est qu'un grand jeu. Tu sais comment sont les gosses à son âge.

Je ne fais pas état de mes soupçons, pour ne pas dire de mon pressentiment, qu'elle a été enlevée.

— Oh mon Dieu, Nick. Comment as-tu pu être en retard ? Tu étais réveillé à cinq heures !

Je n'ai pas de réponse à cela.

Nous nous asseyons dans le salon et évitons de nous regarder.

— Il faut qu'on fasse quelque chose ! s'exclame Tasha. On ne peut pas rester là comme ça.

— Je sais. Je me sens impuissant, mais je ne vois pas ce qu'on peut faire. Nous devons attendre ici au cas où elle rentrerait.

Tasha relève brusquement la tête et plante son regard sur moi.

— Comment ça, « au cas où » ?

— Je veux dire, au cas où elle rentrerait d'elle-même, avant que la police ne la trouve, dis-je en m'efforçant de ne pas l'affoler.

Tasha en proie à l'angoisse, je ne connais rien de pire. Je dois m'efforcer de l'apaiser, pour notre bien à tous.

Elle reste silencieuse un moment, avant de me demander :

— La voiture était fermée ?

— Non.

— Pourquoi ?

— Je ne me suis absenté qu'une minute tout au plus, dis-je en soupirant.

Je lève les yeux et regarde la poupée Rosie. On jurerait qu'il y a de la tristesse dans ses yeux.

— Il peut arriver beaucoup de choses en une minute, Nick. Il *est* arrivé beaucoup de choses en une minute ! assène-t-elle, sa voix montant d'une octave.

— Écoute, je sais que c'est de ma faute, d'accord ? Oui, j'ai fait une connerie. Tu crois que je n'en ai pas conscience ?

J'espère que mon regard implorant va suffire à désamorcer sa colère.

Mais avant qu'elle n'ait le temps de répondre, on sonne à la porte. Je vais ouvrir. C'est de nouveau McKenna. Je la fais entrer et passer dans le salon, tout en m'efforçant de déchiffrer son expression. J'espère qu'elle apporte des nouvelles.

— Bonne nouvelle pour commencer, dit-elle en sortant mon téléphone portable de sa poche. Vous pouvez récupérer ceci. Ils ont presque terminé avec l'ordinateur portable. Un agent viendra vous le déposer un peu plus tard.

Je n'ai pas besoin de lui demander si elle a trouvé quelque chose d'intéressant sur mon téléphone. Je sais qu'il n'y a rien.

— Où en sont les recherches ? l'interroge Tasha.

— Nos hommes sont à pied d'œuvre en ce moment même, répond McKenna. Toujours aucun signe, mais ça n'a rien de négatif. Une petite fille de cinq ans ne peut pas aller bien loin toute seule, comme vous l'avez dit, et nous avons lancé les recherches très tôt ; il y a donc des chances pour qu'on la retrouve rapidement. Nous supposons toujours pour le moment qu'elle se cache quelque part dans un jardin voisin. Les gosses adorent se cacher. Nos hommes font du porte à porte dans le quartier, et demandent à vos voisins de vérifier. Mais la plupart ne sont pas chez eux à cette heure de la journée, et vous comprenez que nous ne pouvons pas pénétrer dans leur jardin sans leur permission.

— Comment ça, vous ne pouvez pas ? réagit Tasha, l'air incrédule. Tout de même, si vous pensez qu'elle se cache dans un jardin voisin, il faut que vous puissiez aller vérifier.

— J'ai bien peur que ce ne soit pas aussi simple. Nous faisons de notre mieux. Pour commencer, si elle se cache, nous ne voulons pas l'effrayer en sautant par-dessus les clôtures et en débarquant avec fracas. Nous voulons qu'elle sorte et qu'elle rentre d'elle-même.

L'explication paraît avoir calmé Tasha.

— Il y a une ou deux choses que j'ai besoin de vérifier avec vous, cependant, M. Connor. Je viens d'aller parler à votre voisin de l'autre côté de la rue, un certain M. Francis ?

L'intonation montante sur le nom semble vouloir suggérer que je dois avoir une idée de qui est ce M. Francis. Elle lit sur mon visage que ce n'est pas le cas et précise :

— Au numéro 39, juste en face.

— Oh, Derek, dis-je. C'est la première fois que j'entends son nom de famille.

— Sa maison donne sur la vôtre, alors je me suis dit qu'il avait peut-être vu quelque chose.

— Oui, je me suis fait la même réflexion, dis-je.

McKenna et Tasha me regardent toutes les deux.

— Je suis allé lui parler. Juste après votre départ. Je me suis demandé s'il n'avait pas vu une voiture bizarre rôder dans le coin, ou je ne sais quoi.

— Oui, M. Francis a mentionné votre visite, dit McKenna.

J'essaie de deviner ce qu'il y a derrière le ton de sa voix, mais elle fait en sorte qu'il soit le plus neutre possible.

— Il a dit qu'il n'avait rien vu, poursuit-elle. Rien qui ne sorte de l'ordinaire. Je suppose qu'il vous a fait la même réponse ?

J'acquiesce d'un signe de tête.

— Pouvez-vous s'il vous plaît me redire l'heure qu'il était quand vous avez installé Ellie dans la voiture ? enchaîne McKenna.

— Je vous ai déjà répondu. Il était quasiment neuf heures, à quelques minutes près.

— Seigneur, Nick, gronde Tasha.

Il n'y a vraiment qu'elle pour s'inquiéter davantage qu'Ellie ait pu être en retard de quelques minutes à l'école, plutôt que du fait qu'elle a disparu de la surface de la Terre.

Je regarde McKenna.

— Nous étions en retard. Je me suis endormi, dis-je avant de reporter mon regard sur Tasha. J'étais levé depuis cinq heures du matin.

— M. Francis m'a dit qu'il faisait du repassage dans son salon, face à la fenêtre, de neuf heures moins le quart à pratiquement neuf heures et quart, quand nous sommes arrivés, explique McKenna. Il avait donc une vue parfaite sur votre allée, non ?

— J'imagine, oui, dis-je.

McKenna acquiesce sans me quitter des yeux.

— Non seulement M. Francis dit qu'il n'a vu personne en train de rôder dans les environs, ni Ellie s'éloigner de la voiture, mais il affirme qu'il ne vous a pas vu l'installer à l'intérieur.

Je vois la tête de Tasha qui pivote vers moi, le regard oblique.

— Quoi ? Non, c'est impossible, dis-je.

Mais McKenna ajoute :

— Il dit que le premier signe de vie qu'il a aperçu, c'est vous sortant de la maison et vous mettant à courir sur la route quelques secondes avant que la voiture de patrouille n'arrive.

— Il ment. Il a forcément dû nous voir. Il voit tout ! Il ne peut pas être passé à côté de ça. Est-ce que vous avez vérifié son casier ? dis-je, sentant des gouttes de sueur perler sur mon front. Il y a quelque chose qui n'est pas clair chez ce type.

Comment savoir si ce n'est pas lui qui l'a enlevée ? Il y a pas mal d'histoires qui circulent à son sujet.

— M. Francis dit qu'il a trouvé cela curieux justement, poursuit McKenna, parce que vous partez généralement pour l'école avec Ellie entre neuf heures moins dix et neuf heures précises.

Tasha me regarde de nouveau. Je me passerais bien de son air de reproche quant à l'heure à laquelle je me débrouille pour emmener Ellie à l'école, puisqu'à cette heure-là elle est déjà partie depuis longtemps pour Londres.

McKenna fait les cent pas dans le salon en même temps qu'elle parle.

— En fait, il dit qu'il est venu frapper à votre porte un peu plus tôt ce matin. Le facteur lui a déposé par erreur une lettre qui vous était destinée, alors il vous l'a apportée. Il dit que vous n'avez pas répondu.

— Non, c'est vrai. Enfin, je veux dire, j'ai bien entendu sonner, mais j'étais occupé à préparer Ellie pour l'école. Et ça n'a rien de facile quand on est seul à gérer ça, dis-je en décochant un regard à Tasha.

— Je veux bien le croire, dit McKenna. C'est sûrement très stressant, jour après jour. Ça doit finir par vous ronger.

J'ignore le commentaire.

— En tout cas, je ne crois pas à cette histoire, dis-je. Je ne le vois pas venir frapper ou sonner ici. On ne l'a jamais vu cogner à la porte de qui que ce soit. C'est à peine s'il ouvre la sienne. Non, cette lettre, il l'aurait glissée sous la porte, ou dans la boîte, ou bien mise de côté pour la rendre au facteur le lendemain. Qu'il soit venu frapper chez nous est plus qu'improbable.

— Vous me demandez de vous croire sur parole, M. Connor, dit-elle. Tout comme je dois vous croire quand vous me dites que vous avez installé Ellie dans la voiture, et que vous étiez à la maison quand M. Francis a frappé à votre porte.

— À l'inverse, pourquoi devriez-vous croire Derek sur parole quand il vous dit que je n'étais pas là ? Depuis quand sa parole est-elle prise plus au sérieux que la mienne ?

McKenna ne répond pas.

— Nick, demande-t-elle, où étiez-vous quand Ellie a disparu ?

11

Tasha

Elle n'a disparu que depuis quelques heures, mais j'ai l'impression que cela fait des années. Je ressens comme une étrange discordance : certaines choses paraissent filer à une vitesse éclair, tandis que d'autres traînent cruellement. La tête me tourne. Une mitraille de pensées me traverse l'esprit. La police n'arrête pas de poser des questions, de vérifier des choses, d'essayer d'en savoir plus. Que leur importe de savoir qui sont les amis d'Ellie à l'école ? Ou qui compose au juste la famille élargie ? Qu'ils s'en aillent plutôt à sa recherche, là, dans le quartier, et ils la trouveront. Elle n'a pas pu aller très loin.

La douleur est indescriptible. Toutes ces tentatives à répétition, les FIV ratées, s'entendre expliquer que nous n'aurons probablement jamais d'enfants.

Je me demande si tout cela ne rend pas la disparition d'Ellie encore plus difficile à supporter. Nous avons cru véritablement à un miracle quand je suis tombée enceinte. Mes parents y vont vu un cadeau du ciel. C'est pour cela que nous avons choisi Grace comme deuxième prénom.

Je ne sais même pas comment je vais pouvoir passer cette journée. J'ignore vers quoi me tourner. La police a beau faire de son mieux pour nous soutenir, la famille et les amis nous signifier leur soutien, je me sens totalement impuissante.

J'ai toujours voulu le meilleur pour Ellie. Quelle maman ne veut pas le meilleur pour son enfant ? Quand je vois toutes ces mères ronchonnes qui ont toujours quelque chose à redire sur tout – les *mamans MumsNet*[1], comme je les appelle –, qui passent leur temps à débiner l'école de leur gamin sur Facebook, ou à reprocher à untel d'avoir regardé leur fils d'une drôle de manière, que n'essayent-elles pas d'agir pour améliorer la situation ! Je n'ai jamais voulu être comme elles. J'ai besoin de montrer à Ellie à quel point je l'aime. Il a fallu nous battre pour qu'elle puisse entrer à Hillgrove, après que notre dossier a été refusé une première fois. L'académie voulait la mettre à Bolbroke, qui se trouve plus près de chez nous. Nick y a été scolarisé, et il n'y voyait pas d'inconvénient, mais j'ai voulu mieux que cela pour Ellie. C'était mon devoir de mère.

Bien que je parte tôt le matin, j'ai toujours fait en sorte de pouvoir passer quelques minutes avec

1. Le plus célèbre des sites web anglais de conseil aux parents, équivalent de notre Magicmaman.

elle avant d'aller travailler, et avant qu'elle n'aille à l'école. Elle en récoltera le bénéfice plus tard. Si elle s'habitue à se lever tôt, elle sera mieux à même d'avoir un bon travail un jour, quand elle sera adulte, et de pouvoir subvenir aux besoins de sa famille.

Quand elle sera adulte.

Ces mots résonnent étrangement dans mon esprit, chargés d'un sens qu'ils n'avaient pas il y a quelques heures encore. Je revois Ellie assise à table dans la cuisine ce matin, mangeant son petit déjeuner avec appétit, prête pour une nouvelle journée d'école. Et si elle ne devait jamais être adulte ? Et si quelque chose d'affreux lui était arrivé ?

Je ne dois pas laisser ces pensées m'envahir. Nick est convaincu qu'elle a été enlevée. D'après lui, elle n'a tout simplement pas eu le temps de se détacher de son siège, d'ouvrir la portière, de la refermer, de s'éloigner et de disparaître au bout de la rue, tout cela avant qu'il ne revienne. Il dit qu'il n'est resté que quelques secondes dans la maison. Mais je connais Nick. « Quelques secondes », pour lui, ça peut être une minute, voire deux. Peut-être bien qu'Ellie est descendue de voiture et qu'elle a décidé d'explorer les environs. Elle a cinq ans. Il arrive que des gosses fassent ça, non ? Peut-être qu'elle a voulu aller jusque chez un copain ou une copine, et qu'elle s'est perdue. Peut-être qu'un bon samaritain l'a recueillie et essaie de lui faire dire où elle habite. Mais est-ce qu'il ou elle n'aurait pas appelé la police à l'heure qu'il est ? Et la police n'aurait-elle pas fait le rapprochement depuis longtemps ?

Où qu'elle soit, je prie Dieu pour qu'elle aille bien. Mes parents ont toujours été très religieux, mais heureusement cela n'a pas déteint sur moi. Et pourtant, à cette minute, j'en viens à me demander si prier serait une si mauvaise idée que cela. Qu'ai-je à perdre après tout ?

Le Seigneur donne et le Seigneur reprend.

Moi qui fais généralement si peu de cas de la foi ou de la religion, je me surprends à avoir envie de prier – qui ou quoi, peu importe, disons *la nature* –, pour qu'Ellie soit saine et sauve ; prier pour qu'il ne lui soit rien arrivé de grave ; pour qu'elle n'ait pas été enlevée par quelqu'un qui lui fera du mal.

On voit ça tout le temps à la télé. Des gosses enlevés, des pédophiles prédateurs, des enfants disparus. Tout cela se confond dans cet aspect lointain de la vie qu'on appelle « les faits divers ». Ils ont quelque chose d'irréel. Bien sûr, nous regardons ces affaires et nous nous sentons touchés ; nous nous faisons la réflexion : *Tu imagines si ça nous arrivait ?* Mais qui peut bien imaginer cela ? Qui peut savoir ce qu'on ressent réellement quand c'est notre propre fille qui a disparu ? J'ai toujours cru que j'en étais capable, mais maintenant je sais que non. Rien ne pouvait me préparer à cela.

Où qu'elle soit, j'espère seulement qu'elle ne souffre pas. Ce qui, indirectement, signifie ou bien qu'elle se porte à merveille et qu'elle s'est juste égarée quelque part, ou bien…

Je n'arrive pas à envisager cette issue ; je me raccroche à la moindre bribe d'espoir, à la moindre lueur d'optimisme qu'il me reste, mais tout cela est de plus en plus ténu. Je me sens si désespérée, totalement vulnérable… J'ai envie de hurler, pour que tout cela n'existe plus. Je veux que ce soit moi qui aie disparu, moi qui sois en danger. N'importe qui sauf elle. N'importe qui sauf Ellie.

12

Nick

Il est tard. Je n'ai pas vu passer les dernières heures ; tout est confus. Il commence à faire nuit et nous n'avons toujours aucune nouvelle.

Ils m'ont rendu mon ordinateur portable, ce qui n'est pas rien. Apparemment, de nos jours, il leur est facile d'en copier instantanément toutes les informations et de rendre l'original.

Le ton accusateur de McKenna et ses insinuations ont empoisonné l'atmosphère de la maison ; Tasha est sortie pour se joindre aux recherches. Il fallait que l'un de nous y aille – l'idée est évidemment d'impliquer un maximum de personnes –, mais il faut aussi que l'un ou l'autre, nous restions à la maison pour le cas où Ellie rentrerait. Tasha m'a fait clairement comprendre que ce serait moi – sa façon à elle de me dire que j'ai fait assez de dégâts comme ça.

Elle a également lancé un appel sur Facebook, qui a déjà été partagé plus de cinq cents fois. La police dit que si nous ne l'avons pas retrouvée au plus tard demain, ils convoqueront la presse. Étant donné l'âge d'Ellie, il est vital que nous puissions lancer les appels habituels plus vite que d'ordinaire.

Tout le monde semble vouloir s'impliquer. D'anciennes camarades d'école de Tasha – Emma, Leanne et Cristina –, nous ont contactés. Cela m'a surpris parce que je croyais que Tasha avait coupé les ponts avec la plupart de ses anciennes amies pour se consacrer corps et âme à sa carrière. Ses parents sont en attente et projettent de prendre le premier avion depuis Brisbane si Ellie n'a pas été retrouvée demain. Je leur ai dit que ce n'était pas nécessaire, et que le temps qu'ils arrivent ici de toute façon, nous l'aurions très certainement retrouvée.

La dernière chose dont j'ai besoin, c'est de les avoir dans les pattes. Ne vous méprenez pas, nous ne sommes pas fâchés ; c'est juste que j'aurais du mal à supporter leur présence en ce moment. Je sais qu'ils me mettraient tout sur le dos, qu'ils me diraient qu'ils auraient fait les choses différemment, qu'eux n'ont jamais laissé Tasha – qu'ils n'appellent jamais autrement que Natasha –, toute seule quand elle était petite. J'ai toujours l'impression qu'ils ne ratent jamais une occasion de me rabaisser. Ils dénigrent mon travail, trouvent que c'est une activité sans intérêt, « pas convenable ». Ce dont j'ai besoin en ce moment, c'est de soutien, pas de personnes qui m'enfoncent encore plus.

Julie et Tim sont de braves gens, mais je mentirais en disant que ce n'est pas un soulagement de les savoir à l'autre bout du monde. La vie est tellement plus tranquille et plus facile depuis qu'ils sont partis s'installer là-bas. Mes parents, eux, auraient su exactement quoi faire. Maman aurait immédiatement assuré la logistique ; elle aurait tracé des cartes et des itinéraires, formé des groupes de recherche. Papa se serait efforcé de calmer tout le monde et de remonter le moral des troupes. Leur optimisme et leurs conseils me manquent depuis leur mort.

Il est impossible de décrire ce qu'on ressent quand on sait qu'il faut faire quelque chose, mais que l'on est empêché d'agir. Rester allongé sur son lit à regarder le plafond pendant que tout le monde est à la recherche de votre fille de cinq ans génère une frustration sans nom, mais je n'ai pas d'autre choix pour le moment.

On entend toujours les gens dire que le pire, c'est de ne pas savoir. Je n'ai jamais véritablement pris la mesure de cette phrase avant aujourd'hui. Ne pas savoir où est Ellie. Ne pas savoir si elle reviendra. Ne pas savoir si elle est avec quelqu'un, en sécurité ou non ; si elle est heureuse ; si elle est en vie.

Ne rien savoir.

J'imagine que c'est un de ces moments où votre vie change à jamais. Il y a un avant la disparition d'Ellie, et un après. Une ligne de démarcation invisible. Un gouffre. Un canyon infranchissable. Ma nouvelle vie a commencé aujourd'hui.

Toutes ces réflexions occupent mon esprit, mais sans m'être d'aucun secours. Rien ne me ramènera Ellie à part aller à sa recherche, et je ne peux même pas faire cela. Tout ce que je peux faire, c'est rester allongé là à me sentir minable et à m'apitoyer sur mon sort. Parce que tout est de ma faute. C'est moi qui l'ai laissée dans cette voiture. Tasha a raison. Elle a toujours raison. Si je l'avais fait rentrer avec moi, ou même si j'avais eu le cran de lui dire de la boucler en lui expliquant qu'elle pourrait toujours ramener son dessin à l'école demain, nous serions assis tous les trois à table en train de dîner et de nous raconter notre journée à l'heure qu'il est. Au lieu de cela, je n'ai rien avalé depuis le petit déjeuner, la salle à manger est plongée dans le noir, et Mlle Williams n'a pas eu son dessin.

Je suis loin d'être fâché avec la technologie, sauf quand elle prend trop de place dans la vraie vie. Les textos et les appels arrivent sans discontinuer, les amis et la famille se manifestant les uns après les autres. J'apprécie leur soutien, et je veux que la nouvelle de la disparition d'Ellie soit diffusée le plus largement possible ; pour autant, personne ne passe nous voir à la maison. Personne, en réalité, ne tient à faire davantage qu'envoyer un rapide message de réconfort. Le plus déprimant est de se dire que la plupart d'entre eux ont sans doute appris la nouvelle par Facebook.

J'en suis maintenant venu à annuler les appels provenant de numéros que je reconnais. J'ai changé mon message vocal, pour expliquer que je fais basculer en messagerie les appels des amis et de la famille afin de garder ma ligne libre en cas d'appel de la police. C'est en partie vrai, mais c'est surtout que je n'ai pas envie de parler à n'importe qui pour le moment.

D'aucuns ont choisi de m'envoyer plutôt des e-mails. Le point rouge de l'icône e-mail de mon iPhone m'indique que j'en ai dix-neuf non lus. Je suis dépassé. Je ne peux pas leur répondre. Les messages de soutien, c'est très bien, mais le seul message que j'ai envie de recevoir, c'est celui qui m'annoncera qu'Ellie a été retrouvée, qu'elle est saine et sauve et en route pour la maison.

J'ai les yeux sur l'écran au moment où le téléphone émet un *ding* semblable à celui d'une sonnette de réception d'hôtel, et que le nombre de messages passe à vingt. Le message d'alerte en haut de l'écran m'indique que l'objet du nouvel e-mail est *Ellie*, mais je ne reconnais pas le nom de l'expéditeur : *Jen Hood*.

Probablement une amie de Tasha, me dis-je, mais pourquoi m'écrirait-elle à moi ? Je n'ai ouvert aucun des autres e-mails, parce que je sais de qui ils émanent et, à peu de chose près, ce qu'ils contiennent.

Jamais, au grand jamais pourtant, je n'aurais pu deviner ce que cette Jen Hood allait me dire dans le sien. Je l'ouvre et le lis trois fois, juste pour être certain que mon esprit ne me joue pas des tours :

Ellie va bien. Vous pourrez la récupérer quand vous aurez tué votre femme.

13

Nick

J'ai bien dû relire cent fois cet e-mail au cours des dernières minutes. J'en ai examiné chaque mot, chaque lettre, en me disant que je devais me tromper. J'ai cherché où était la blague, la faute de frappe, le signe indiquant une erreur de destinataire.

Et si je suis bien le destinataire, peut-être s'agit-il seulement d'une plaisanterie de mauvais goût. Je suis certain d'avoir lu quelque part que ce genre de choses arrive dans des affaires comme la nôtre. Des harceleurs – des *trolls*, comme on les appelle en langage web –, aiment s'en prendre à des personnes qui sont au plus bas moralement.

Je cherche un signe qui me confirmerait cela, mais je n'en trouve pas. Et si cet e-mail provenait de quelqu'un qui veut réellement que je tue ma femme pour récupérer ma fille ? Mais pourquoi ? Qu'est-ce que Tasha a bien pu faire de mal pour que quelqu'un veuille la tuer ? Ça n'a pas de sens.

Y a-t-il un ancien amant dont j'ignore tout ? Quelqu'un qu'elle aurait traité injustement à son travail ? Les deux hypothèses sont parfaitement plausibles connaissant Tasha, même si c'est par ignorance égoïste davantage que par méchanceté délibérée qu'elle a tendance à fâcher les gens. Pour que quelqu'un veuille sa mort cependant, il faut qu'elle ait fait quelque chose de vraiment grave. En même temps, si quelqu'un souhaitait à ce point la tuer, pourquoi ne pas s'en charger lui-même, ou elle-même ? Est-ce une manière de m'atteindre, moi ? Pour que tout cela ait un sens, il faut que je découvre qui est cette personne.

Je fonce dans mon bureau et ouvre mon MacBook. À ma grande satisfaction, il s'allume dans les dix secondes après que j'ai appuyé sur le bouton d'alimentation, et vingt secondes plus tard je suis sur la page d'ouverture de session Facebook.

J'ai dû utiliser Facebook cinq fois dans ma vie. Je me creuse la tête pour me souvenir de mon identifiant et de mon mot de passe. Par chance, j'y parviens à la troisième tentative, et je suis accueilli par un flux d'actualités montrant des photos de ma propre fille, partagées par la famille et des amis dans tout le pays. J'essaie de ne pas regarder les photos, clique sur la barre de recherche en haut de la page et entre le nom de *Jen Hood.*

Il y a tellement de résultats que je ne sais pas par où commencer. Il y a des Jen, des Jenny, des Jennifer. Il y a des femmes dont le nom d'épouse est

Hood, et d'autres dont c'est le nom de jeune fille. Il y a même des Jen qui vivent dans des villes nommées Hood, ou qui travaillent pour des sociétés ou sont allées dans des écoles du même nom. La plupart se trouvent en Amérique, mais il y en a aussi en Écosse, en Irlande et même en France.

Aucune n'est amie avec Tasha, ni ne semble avoir d'amis communs avec moi. Cette personne est une parfaite inconnue.

Je prends mon téléphone et m'apprête à appeler la police, mais je m'en empêche. J'ai besoin de mettre les choses en perspective. Il y a des gens complètement cinglés un peu partout dans le monde. Des gens qui choisissent de s'en prendre à des familles de victimes, en les harcelant. Des *trolls*, comme je l'ai dit. Trouver mon adresse e-mail en ligne ne doit pas être difficile ; c'est sans doute ce que cette personne a fait; pour pouvoir mieux se réjouir de notre désespoir. Si c'est le cas, est-ce que je tiens vraiment à ce que la police perde son temps à traquer je ne sais quel ado guerrier du clavier au lieu de trouver la personne qui a enlevé ma fille ?

Il faut que je prenne une décision. Je suis certain à quatre-vingt-quinze pour cent d'avoir affaire à un salopard de malade qui prend son pied à nous tourmenter. Si j'ai raison, je veux pouvoir faire justice moi-même et le faire expier à ma manière. Un avertissement de la police n'aura aucun effet ; ce genre de personne mérite de subir exactement ce qu'elle fait à ses victimes. Pour cela, je vais devoir jouer le jeu et me rapprocher de cette Jen Hood.

Je retourne à ma page Facebook. Par où commencer ? Je ne peux pas envoyer à toutes les personnes concernées un message disant : « Avez-vous enlevé ma fille ? » Je ramasse mon téléphone et considère de nouveau l'e-mail. Il s'agit d'une adresse Gmail : *jenhood999@gmail.com.* Pas le moindre indice quant à l'endroit où vit la personne.

Une fois de plus, j'éprouve cette sensation de vide, cette frustration de ne pas savoir. Quelqu'un m'a envoyé cet e-mail, et je n'ai pas la moindre idée de qui il pourrait s'agir. Jen Hood est-il seulement le vrai nom de la personne ? Se peut-il qu'il s'agisse de l'une des femmes qui me fixent en ce moment même sur l'écran de mon MacBook ? Mais alors laquelle ? A-t-elle vraiment enlevé Ellie ou est-ce seulement une cruelle mystification ?

Non, je suis sûr que c'est une mystification. Je me souviens, pour l'avoir lu dans plusieurs thrillers policiers, qu'un des problèmes auxquels sont très souvent confrontés les enquêteurs est précisément la difficulté de distinguer les véritables indices des informations farfelues. Il y a toute une frange de la société, tout un bas monde qui prend un méchant plaisir à essayer d'interférer avec les enquêtes de police, et à envoyer des lettres ou des messages stupides revendiquant leur responsabilité. Tout cela n'est que le reflet d'un désir d'être perçu comme tout-puissant et à la manœuvre. Il s'agit d'un trouble psychologique, dangereux de surcroît.

Je me souviens vaguement d'avoir lu quelque chose à propos de l'enquête concernant « l'Éventreur du Yorkshire[1] » dans les années 1970. Dix

1. Peter William Sutcliffe, qui assassina treize femmes dans le nord de l'Angleterre entre 1975 et 1980.

femmes avaient déjà été tuées quand la police a reçu des lettres et des appels téléphoniques de quelqu'un qui avait un accent du nord-est de l'Angleterre et prétendait être l'Éventreur. La police prit la chose très au sérieux à l'époque et concentra ses recherches dans la région du Wearside. Dans le même temps, le véritable Éventreur continua sa série de crimes et fit trois autres victimes.

D'une certaine manière, j'espère que nous sommes dans ce cas de figure. Certes, ce serait le plus tordu des canulars que l'on puisse faire, mais du moins cela voudrait-il dire que le contenu du message est bidon. Pourtant, j'ai beau essayer de nier l'évidence, quelque chose dans ce message me paraît terriblement réel. Je ne sais pas si on peut parler de sixième sens, mais je peux presque sentir la sincérité et la détermination qu'il y a derrière ces mots. Mais dans ce cas, une question essentielle se pose : pourquoi ?

Tasha n'est peut-être pas la personne la plus sympathique du monde, mais je n'imagine pas que quelqu'un puisse vouloir réellement sa mort. Elle n'est pas sciemment vindicative. Elle est juste… nulle. Elle ne pense qu'à elle-même. Je me creuse la tête pour essayer de me souvenir d'un moment où elle aurait pu faire ou dire quelque chose susceptible de pousser quelqu'un à vouloir la tuer. Mais même dans ce cas, il faut encore que ce quelqu'un ait été mentalement à côté de la plaque pour vouloir sauter le pas. En même temps, ce genre d'histoire arrive tous les jours, non ? Des psychopathes qui prennent mal une simple parole, ou se persuadent que quelqu'un est le mal incarné. Ils se disent qu'ils rendent service au monde. A-t-on affaire à ce genre de personnes ? Ou bien Tasha a-t-elle un grand secret lié à son passé, et dont j'ignore tout ? J'en doute, mais pour le moment je ne peux écarter aucune possibilité.

En partant de l'hypothèse que tout cela est bien réel, que puis-je faire ? Évidemment, je pourrais aller trouver la police et leur montrer le message, mais qui sait s'ils vont le prendre au sérieux, ou bien au contraire le traiter comme un probable canular ? Dans le premier cas, que peuvent-ils faire ? Il y a des chances pour qu'il ait été envoyé depuis un cybercafé, ou un serveur anonyme quelconque. Et s'ils y voient un simple canular, je n'ai pas besoin d'eux. Mais ce qui m'ennuie le plus dans tout cela, c'est que je ne veux pas risquer de détourner l'attention de certains effectifs policiers de leur mission la plus urgente : retrouver Ellie. Je sais qu'il y a une autre raison au fait que je ne veuille pas prévenir tout de suite la police concernant cet e-mail, mais ce n'est pas une chose sur laquelle j'ai envie de m'étendre pour le moment.

Non. Il faut que j'en apprenne davantage sur cette personne, que je parvienne à la piéger et à découvrir qui peut bien s'amuser à balancer ce genre de saloperies. Et si en dernier recours je décide qu'il faut que j'aille trouver la police, j'aurais d'abord réussi à glaner quelques informations. J'ai besoin d'être certain qu'il ne s'agit pas d'un canular.

Je fais donc la seule chose qui me paraît logique : j'appuie sur la touche « Réponse » et me mets à rédiger un message.

J'efface tellement de fois ce que j'écris que je parviens à peine à me souvenir des versions précédentes. Quand j'ai terminé, tout se résume à trois mots, que je relis une dernière fois avant d'appuyer sur la touche « Envoi » :

Qui êtes-vous ?

14

Tasha

J'ai passé la nuit à m'inquiéter, incapable de fermer l'œil. Je savais que ce serait le cas. Les signes avant-coureurs étaient tous là : l'essoufflement, les interminables pensées noires, l'envie farouche de disparaître loin de tout.

Il n'y a rien que je puisse faire. Rien. Les choses se répètent, voilà tout. Mon psychothérapeute spécialisé dans l'approche comportementale et cognitive estime que c'est lié chez moi à une conscience de mon manque de maîtrise de la situation. Il m'a appris à essayer d'accepter le fait que certaines choses échappent à mon contrôle. Et j'y parviens, dans une certaine mesure. Je ne suis plus angoissée dans les embouteillages, et quand mon ordinateur plante, je n'en fais plus tout un drame. Mais là, je ne vois pas comment je pourrais lâcher prise. Sans savoir où est Ellie, si elle est en sécurité ou non. En sachant que *j'aurais pu*, moi, maîtriser la situation justement. J'aurais pu ne pas aller à cette conférence. J'aurais pu rester à la maison et être là.

La dernière fois que je me suis sentie aussi désespérément triste, c'était un an environ avant la naissance d'Ellie. Nous avions essayé de concevoir naturellement, nous avions essayé la fécondation *in vitro*, et au bout du compte nous n'avions rien. Je ne peux pas décrire ce qu'on ressent dans ces cas-là. J'étais dévastée à l'idée que je ne porterais probablement jamais d'enfants. La plupart des femmes ne se posent même pas la question, et passent une bonne partie de leur vie d'adulte à essayer d'éviter une grossesse. Mais en ce qui me concerne, tout s'est effondré le jour où j'ai découvert que je ne pourrais pas enfanter. C'était une nouvelle fois une de ces choses qui échappaient à mon contrôle. Quelque chose que je ne pouvais ni prédire ni influencer.

C'est la seule fois de ma vie où j'ai pris plus d'un ou deux jours de congé. Je n'arrivais plus à affronter le monde. J'avais à peine la volonté d'ouvrir ma porte d'entrée. Mon amie Emma m'a conseillé de consulter au cabinet où elle travaille. Nick et moi avions vu un généraliste là-bas pendant quelque temps concernant les FIV et mes difficultés à tomber enceinte, mais après l'échec des FIV justement, Emma a insisté pour que nous consultions le Dr Mirza. Comme elle travaillait à l'accueil, elle a pu nous obtenir un rendez-vous qui nous convenait, et nous a confié que le Dr Mirza avait vécu elle-même une expérience semblable, ce qui en faisait une interlocutrice idéale.

Je me souviens encore du moment où nous sommes entrés dans la salle d'attente cet après-midi-là, ce qui est assez bizarre étant donné que tous les autres souvenirs de cette période se confondent indistinctement dans mon esprit, se résumant à une superposition d'images troubles et sans contours. Je me souviens du professionnalisme d'Emma quand elle a coché mon nom sur son registre et m'a dit d'aller m'asseoir dans la salle d'attente. Je me souviens du sourire bienveillant du Dr Mirza quand elle m'a fait entrer dans sa salle d'auscultation et m'a invitée à m'asseoir à son bureau. Et je me souviens que tout est sorti d'un coup ; je me souviens du flot de mots, de pensées et de sentiments déversé tandis que je regardais le Dr Mirza plisser le front en souriant et en acquiesçant à mes propos – une attitude bien rodée, répétée probablement des milliers de fois.

Elle m'a recommandé un suivi psychologique, m'a expliqué qu'ils travaillaient en partenariat avec un très bon service qui aidait les couples qui avaient des difficultés à faire face à ces questions d'infertilité. Elle nous a rappelé que nous pouvions toujours adopter – *toutes* les personnes à qui nous avons parlé nous ont rappelé cette possibilité, comme si cela ne nous avait jamais traversé l'esprit. Je lui ai dit que nous ne voulions pas adopter. Je lui ai dit que je ne voulais parler à aucun psychologue, ni à qui que ce soit. Je voulais juste pouvoir disparaître et oublier tout cela.

Elle m'a prescrit des gélules de fluoxétine et de témazépam. Le témazépam devait m'aider à dormir, et j'ai découvert plus tard que la fluoxétine est plus connue sous le nom de Prozac. Je me souviens encore des mots qu'elle a employés. Elle m'a dit que c'était « un ISRS[1], pour arrondir un peu les angles ». À l'époque, tout m'était égal. Une partie de moi voulait surtout se rouler en boule et mourir ; l'autre que tout disparaisse autour de moi. Arrondir les angles serait déjà un bon début. Peu de temps après, j'étais de retour au travail. Les médicaments m'aidaient au moins à fonctionner. Mais leur effet n'allait pas plus loin. Je ne me sentais pas plus heureuse. Je ne sentais plus grand-chose, pour tout dire. Et puis, quatre mois plus tard, j'ai découvert que j'étais enceinte. Dix-huit semaines et trois jours plus tard, pour être exacte. J'ai fait cinq tests – deux d'affilée, et puis un chaque jour durant trois jours. Il fallait que je sois certaine. Nous avions attendu si longtemps.

J'ai pris ma dernière dose de fluoxétine quelques heures avant ce premier test de grossesse positif. J'avais également été sous témazépam de façon intermittente, quand le besoin s'en faisait sentir, mais j'ai arrêté cela aussi à l'instant où j'ai su que j'étais enceinte. Je ne voulais rien faire qui puisse mettre en danger la vie de ce bébé. Je n'avais plus besoin de béquilles psychologiques pour m'aider à passer la journée. L'excitation et les hormones de grossesse étaient amplement suffisantes.

Hier soir, j'ai contacté Emma. Elle a dit qu'elle allait m'obtenir un rendez-vous avec le Dr Mirza, mais qu'elle consultait à domicile le matin. J'ai dit

---

1. « Inhibiteur sélectif de la recapture de la sérotonine ». Les ISRS font partie des antidépresseurs dits « sérotoninergiques ».

à Emma qu'une visite était préférable justement ; je dois rester à la maison au cas où Ellie rentrerait. Pour le moment, la seule pensée de devoir sortir m'effraie. Je ne m'imagine pas une seconde patienter dans une salle d'attente bondée en regardant tourner l'heure.

Je sursaute en entendant claquer une portière de voiture, et me lève pour aller jeter un coup d'œil par la fenêtre. Je vois le Dr Mirza qui s'approche dans l'allée. Je vais lui ouvrir et la fais entrer dans le salon. À peine a-t-elle le temps de me demander ce qui ne va pas, que je craque et déballe tout – une interminable avalanche de mots, quasi inintelligible. J'ai l'impression que l'histoire se répète ; les yeux brouillés de larmes, je vois le front plissé du Dr Mirza, tandis que je m'entends à peine parler.

Elle me demande depuis combien de temps Ellie a disparu, ce que fait la police, comment Nick vit la situation. Je réponds à toutes ses questions du mieux que je le peux. Le fait est que tout est flou dans mon esprit. Je n'ai même plus la notion du temps. Je ne sais pas ce que fait la police. Je ne sais pas comment Nick prend les choses. Je le devrais, pourtant. Je suis quelqu'un de super organisé, de super efficace, une super maman. Aujourd'hui pourtant, je ne me sens rien de tout cela. Si ça se trouve, je ne suis même plus maman.

Je panique à cette idée ; mon cœur s'emballe, la crise de spasmophilie est toute proche. Le Dr Mirza fait de son mieux pour me calmer.

— Je sais que vous ne pouvez pas y faire grand-chose, mais je n'arrive pas à dormir. Je n'arrive plus à réfléchir, je ne mange plus. Je ne fonctionne plus.

Elle me prescrit du diazépam, et me dit qu'une infirmière passera plus tard me déposer le médicament. J'ai beau être au trente-sixième dessous, je sais que ce n'est pas quelque chose qui se fait habituellement. Les médecins manquent toujours de temps, les visites à domicile sont comptées, sans parler de vous faire livrer votre médicament le jour même. Je ne peux m'empêcher de penser que la décision du Dr Mirza est peut-être influencée par sa propre expérience passée. Je ne lui fais pas comprendre que je sais quoi que ce soit, pas plus aujourd'hui que la dernière fois ; je lui dis seulement que je lui suis infiniment reconnaissante pour tout. Je vais pouvoir redémarrer. J'essaie de me calmer, rassurée de savoir que le médicament m'aidera à arrondir les angles, et qu'il y a quelqu'un sur qui je peux compter pour traverser cette épreuve. Parce que la seule personne sur laquelle je devrais pouvoir m'appuyer en ce moment est elle-même, semble-t-il, en train de s'effondrer.

15

Nick

J'ai à peine fermé l'œil de la nuit, et mon inquiétude est allée grandissant. Cela fait maintenant presque vingt-quatre heures qu'Ellie a disparu, mais j'ai l'impression que cela fait bien plus. Après que Tasha est rentrée à la maison et que la police a interrompu les recherches pour la nuit, la panique a été à son comble ici.

Non seulement personne ne recherchait plus Ellie brusquement, mais il faisait nuit et froid, et nous ne savions ni où elle était ni si elle était en sécurité ou non. Bizarrement, la seule chose qui m'aidait vaguement à ne pas devenir fou était la demande de rançon, si on peut l'appeler ainsi, que j'avais reçue plus tôt dans la soirée. Si je parvenais à me convaincre qu'elle était réelle, alors cela signifiait qu'Ellie était en vie. Le fait que je n'aie pas encore reçu de réponse commence cependant à m'inquiéter.

La police nous a servi toutes les phrases de réconfort habituelles. « La grande majorité des personnes disparues rentre chez elle saine et sauve dans les quarante-huit heures, si ce n'est dans les vingt-quatre heures. » Si on m'avait donné une livre à chaque fois que j'ai entendu cela depuis hier, je serais millionnaire.

Un agent a monté la garde devant chez nous toute la nuit, sans que nous sachions au juste pourquoi. La justification policière officielle est qu'ils veulent nous protéger d'une éventuelle intrusion des médias. Mais je suis tellement paranoïaque en ce moment que je suis convaincu qu'ils veulent garder un œil sur nous. J'ai lu assez de romans policiers pour savoir que l'on soupçonne toujours en premier lieu la famille proche. Statistiquement parlant, c'est elle qui fournit le plus grand nombre de coupables.

Les différentes stations de radio locales de la BBC couvrent l'histoire dans leurs bulletins du matin, et la page Facebook de Tasha a été partagée plus de mille fois. Des portraits géants d'Ellie ont été affichés dans tout le quartier. C'est à la fois réconfortant et étrangement déconcertant. À l'heure qu'il est, tout le monde en ville et dans le quartier est au courant pour Ellie, mais personne ne l'a encore vue. C'est inquiétant, et en même temps rassurant ; cela signifie qu'elle n'est probablement pas dans les environs, mais plutôt avec quelqu'un. Le problème, encore une fois, c'est de ne pas savoir avec *qui.*

Tasha est en bas, en ligne avec ses parents ; la police continue de faire du porte à porte dans le quartier, pendant que je suis assis là, sans savoir quoi faire. C'est ce qu'il y a de pire dans tout cela.

Mon téléphone vibre sur la table de nuit, et mon cœur s'arrête quand je vois la notification qui indique :

Jen Hood

Re : Ellie

Je déverrouille mon téléphone et appuie sur l'icône e-mail. Le chargement de la page me paraît interminable, mais j'ouvre et lis finalement le message :

J'espère que le flic qui monte la garde devant chez vous n'est pas là pour assurer votre « protection ».

Vous savez ce qui arrivera si je découvre que vous avez parlé.

J'ai Ellie sous les yeux en ce moment même. Et je vous ai à l'œil aussi. Dites un mot à la police, et je la tue sur-le-champ.

Il n'y a qu'une seule manière pour vous de la récupérer.

L'enchaînement de phrases en mode *staccato* m'inquiète. On dirait quelqu'un qui panique. Si cette personne détient Ellie, la dernière chose que je veux est qu'elle panique. Je réponds immédiatement :

Je n'ai parlé à personne. Je comprends.

J'espère que cela est suffisamment clair, tout en restant volontairement ambigu. Je garde toujours dans un coin de la tête l'idée qu'il va peut-être me falloir aller trouver la police pour leur parler de cette personne, mais il est possible également qu'il s'agisse d'une farce morbide et que la personne en question essaie de me faire faire quelque chose de stupide pour ensuite appeler elle-même la police. Je ne vais certainement rien écrire noir sur blanc qui risque de me compromettre.

Comme je l'ai déjà fait précédemment, je prends soin d'effacer l'e-mail de Jen Hood et mes réponses de ma messagerie, y compris de mon dossier « Messages supprimés ». La police pourrait vouloir vérifier de nouveau mon téléphone et mon ordinateur portable, et il vaut mieux que je sois trop prudent plutôt que pas assez. En même temps, je suis certain qu'il reste certaines traces plus en profondeur quelque part s'ils veulent vraiment creuser, mais ils n'ont pas de raison de le faire tant que je ne leur en donne pas ; je dois donc veiller à ce que cela n'arrive pas.

En même temps que j'appuie sur la touche « Effacer », je me lève d'un bond et me précipite à la fenêtre de la chambre, parce que je viens soudain de comprendre que la personne qui m'a envoyé l'e-mail est probablement en train d'observer la maison. Si elle est capable de voir qu'il y a un jeune policier en faction en bas, c'est qu'elle doit se trouver tout près.

Je sens mon pouls s'emballer en même temps que je m'efforce de faire le point sur la situation. Ce policier est là depuis qu'ils ont suspendu les recherches hier soir ; donc, rien ne dit que la personne qui se cache derrière ce nom de Jen Hood se trouve dehors à ce moment précis. En fait, elle serait stupide de s'exposer de la sorte. Mais comment a-t-elle réussi à s'approcher suffisamment pour voir le policier sans être vue ?

Je ne vois qu'une réponse : elle n'a eu à aller nulle part. Elle habite dans la rue.

J'essaie d'évaluer quelles maisons précisément offrent une vue sur l'endroit où se tient le policier. À droite, la vue est coupée par l'énorme haie qui sépare notre maison de la maison voisine. À gauche, quiconque voudrait surveiller l'entrée se heurterait à la courbure de la route d'un côté, ou à ses propres murs de clôture et haies de l'autre. J'imagine qu'il est possible que quelques maisons aient une vue dégagée depuis leurs fenêtres du premier étage, mais il n'y en a qu'une qui soit parfaitement placée, c'est celle qui se trouve juste en face et paraît me narguer : le numéro 39.

Je sens de la colère monter en moi en repensant au fait que Derek a dit à la police qu'il ne m'avait pas vu mettre Ellie dans la voiture. Pourquoi mentirait-il ? Tout ce que je sais, c'est qu'il doit être impliqué d'une manière ou d'une autre. Autrement, pourquoi essaierait-il d'attirer sur moi les soupçons de la police ?

Sans prendre le temps de réfléchir davantage, je dévale l'escalier, ouvre la porte et sors. Le policier se retourne et me regarde.

— Ah, bonjour, j'attendais que vous soyez levé. Vous permettez que j'utilise vos toilettes ? demande-t-il.

— Je vous en prie, dis-je.

Je passe à côté de lui et traverse la rue.

L'instant d'après, me voilà qui tambourine à la porte de Derek. Il n'a pas dû me voir arriver, parce qu'il ouvre presque aussitôt et paraît réellement choqué de me voir. Je n'attends pas qu'il m'invite à entrer : je me glisse à l'intérieur et vais dans la cuisine.

Il ferme la porte derrière lui et me rejoint en traînant les pieds, moins en colère qu'effrayé, semble-t-il, que j'aie fait ainsi irruption chez lui. Je lui demande en le toisant de haut :

— Où est-il ?

— Où est quoi ?

— Allons, ne faites pas l'innocent. Où est votre ordinateur ?

— Je n'ai pas d'ordinateur, répond-il, l'air déconcerté. Pourquoi diable est-ce que j'en voudrais un ?

Je me rends compte que c'est la plus longue phrase que je l'ai entendu faire en plus de vingt ans de voisinage, alors même que j'habite la maison d'en face et passe deux fois par jour devant la sienne.

— Jen Hood, dis-je. Les e-mails. Que voulez-vous, au juste ?

J'ai l'impression qu'une petite part de moi flotte au-dessus de mon corps et m'observe avec un certain embarras, tandis que s'expriment ma fureur et mon désarroi. L'autre part se laisse totalement consumer par ces émotions, et le sang bat à mes tempes en même temps que je fais face à l'homme que je crois responsable de l'enlèvement de ma fille.

Tout s'explique maintenant. Il a pu voir Ellie, s'emparer d'elle et la faire disparaître en l'espace d'une minute ; voilà pourquoi je n'ai pas entendu de voiture. Il savait qu'un policier était de faction devant la porte puisqu'il a toujours été là, juste en face, à surveiller la maison. Je lui demande en criant :

— *Où est-elle ?*

Je franchis l'arcade qui mène dans le salon, jette un coup d'œil dans la pièce, reviens sur mes pas, puis monte l'escalier.

— Ellie ? *Ellie !*

Les pièces de l'étage sont pleines de fourbi – vieux bibelots et boîtes en carton. Je suis au moins certain d'une chose : il n'y a aucun ordinateur dans cette maison. Derek a tout du type qui ne saurait même pas faire marcher un aspirateur.

Malgré cela, je fouille dans ses affaires, vide les tiroirs, balance ses effets un peu partout dans ma quête effrénée d'un indice – *n'importe lequel* –, qui pourrait me conduire à Ellie.

Je retourne sur le palier et tire sur la trappe qui mène au grenier quand j'entends la voix désormais familière de Derek en bas :

— Il est là-haut.

Avant que je puisse aller plus loin, le policier qui monte la garde devant chez moi m'attrape par le bras et me fait redescendre l'escalier.

16

Nick

Quand je rentre chez moi, ramené de force par le policier, McKenna et Brennan m'attendent déjà assis dans mon salon. Tasha est là aussi.

— Bon sang, mais qu'est-ce qui t'a pris, Nick ? me demande-t-elle. J'essaie d'éviter leurs regards à tous. Ma colère est retombée, et je me sens dépité et honteux.

— Ne commence pas, Tash, dis-je.

McKenna et Brennan ont quitté la pièce pour parler avec le policier en faction, qui vient de m'escorter hors de chez Derek.

— Non, je suis sérieuse, explique-toi. On est tous là à faire du porte à porte, à coller sous le nez des gens des photos d'Ellie, à écumer chaque foutu recoin de ce quartier, et toi, qu'est-ce que tu fais ? Tu mets à sac la maison d'un vieillard ?

— Tash, je sais ce que tu penses. Mais tu dois me croire au moins sur un point : je veux autant que toi qu'Ellie rentre à la maison. Et même encore plus que toi.

— Plus que moi ? Tu es sérieux ?

— C'est bien de ma faute si elle a disparu, non ? dis-je en la regardant pour la première fois. Tu crois vraiment que je ne le sais pas ? Tu crois qu'il se passe une seule minute, une seule seconde, sans que je ne me le reproche ? Je veux qu'elle rentre, moi aussi, et je fais tout ce que je peux, à ma façon, pour que ce soit le cas. Je te demande juste de me faire confiance, Tash.

— Te faire confiance ? répète-t-elle avec un petit reniflement dédaigneux. Nick, je ne peux même pas te faire confiance pour la conduire à l'école, bordel !

Il y a un moment de silence.

— Ça, c'est petit, dis-je.

— C'est la vérité, rien d'autre, réplique-t-elle. Qu'est-ce que tu faisais là-bas d'abord, hein ? Qu'est-ce que tu espérais trouver, au juste ? Ellie enfermée dans un placard de la chambre d'amis ?

— Je pensais qu'il pouvait être au courant de quelque chose, dis-je, conscient de ne pouvoir rien dire de plus – pour le moment, du moins.

— Comme quoi, par exemple ? demande McKenna, qui vient de revenir en silence dans la pièce avec Brennan.

— Je ne sais pas. Je me suis dit que… qu'il devait avoir vu quelque chose.

McKenna soupire et échange un regard avec Tasha, avant de s'adresser de nouveau à moi :

— Nous sommes retournés parler à M. Francis, et il nous a confirmé qu'il n'a rien vu. Entre autres déclarations qu'il nous a faites, ajoute-t-elle, laissant le commentaire flotter dans l'air comme une odeur nauséabonde.

Quelques instants plus tard, Tasha leur propose du thé, et McKenna la suit dans la cuisine. Je remarque que personne ne me demande si je veux quelque chose moi aussi.

— Que cherchiez-vous, Nick ? me demande Brennan quand nous sommes seuls.

— Rien, dis-je.

— Vous cherchiez sûrement quelque chose, insiste-t-il en s'asseyant dans le fauteuil, l'air de vouloir détendre l'atmosphère. Je veux dire, vous n'êtes pas allé mettre la maison de votre voisin sens dessus dessous juste pour le plaisir, n'est-ce pas ?

Je ne sais pas vraiment comment répondre à sa question. Que puis-je dire ? « J'ai reçu un e-mail conditionnant le retour d'Ellie au fait que j'assassine ma femme, et j'ai cru qu'il en était l'auteur ? » Bien sûr, je pourrais dire cela. Seulement, je n'en ai pas envie. Et au fond de moi, je sais très bien pourquoi je n'en ai pas envie. Pour autant, je n'arrive pas à me débarrasser des deux questions les plus importantes qui me hantent littéralement : qui et pourquoi ?

Presque tout ce qu'on est en train de me dire en ce moment même ne s'imprime pas réellement dans mon esprit. J'ai l'impression que les mots flottent autour de moi, cherchant un moyen de pénétrer dans mon esprit sans y parvenir. Je n'arrive pas à détacher mes pensées de cet e-mail, ni de la raison pour laquelle on me l'a envoyé. Je prie le ciel pour que tout cela ne soit qu'un canular, mais si ce n'était pas le cas ? Et si quelqu'un détenait vraiment Ellie et voulait réellement la mort de Tasha ?

Un ancien petit ami ? Quelqu'un avec qui elle aurait eu des problèmes au travail ? Un ou une collègue à qui elle aurait fait du tort ? Une ombre quelconque surgie de son passé, quelqu'un qui attendait le moment opportun pour accomplir sa vengeance ? Rien de tout cela n'a le moindre sens.

Je comprends maintenant pourquoi l'enquête de police et les recherches entreprises pour retrouver Ellie génèrent autant de frustration chez moi. C'est parce que je sais que plus ces recherches s'éternisent, plus les chances de revoir Ellie s'amenuisent. La plupart des enfants disparus sont retrouvés dans les toutes premières heures. Au-delà, la probabilité de les localiser est exponentiellement négative. Je n'aurai bientôt plus d'autre choix que celui de parler à la police de l'e-mail de Jen Hood ; ce pourrait être le seul moyen de la retrouver rapidement. *Si* cet e-mail est réel. Mais comment savoir s'il ne s'agit pas juste d'un canular cruel ? Détourner les effectifs policiers de leurs recherches pour les lancer sur les traces d'un possible *troll* est la dernière chose que je veux. Il faut que je pèse le pour et le contre. Y a-t-il plus de chances que cet e-mail soit vrai, ou bien qu'il soit faux ? À ce stade, je n'ai qu'une réponse à cette question : il est probable qu'il s'agisse d'un canular. Dans ces premières heures si précieuses, j'ai besoin d'être certain que la police met tout en œuvre pour retrouver Ellie et personne d'autre.

— Je vais être franc avec vous, Nick, dit Brennan, cherchant manifestement à endosser l'habit du flic sympa en laissant à McKenna le rôle inverse. Je sais que vous subissez un stress important compte tenu de la situation. Croyez-moi, je vois ça tout le temps. Et je ne dis pas ça d'une manière condescendante. Je sais que les gens peuvent réagir de manière très différente face au stress. Ce que je veux dire, c'est que votre comportement, vos réactions... eh bien, ne vous rendent pas service, pour dire les choses simplement.

— Qu'essayez-vous de me faire comprendre ?

Je lui suis à la fois reconnaissant de ses efforts pour se mettre à ma place, et en même temps je ne vois pas où il veut en venir.

— Je fais ce métier depuis suffisamment longtemps pour savoir apprécier rapidement une situation. J'ai un flair relativement développé. Je sais que vous n'avez fait aucun mal à Ellie, mais à voir la manière dont vous vous comportez, d'autres personnes pourraient croire le contraire. Vous comprenez ce que je veux dire ?

J'entends à peine ce qu'il dit une fois qu'il a prononcé le nom d'Ellie. J'ai beau savoir, grâce à Derek, que la police soupçonne quelque chose à mon sujet, je n'en suis pas moins abasourdi en entendant pour la première fois évoquer la possibilité que tout cela pourrait n'être qu'un stratagème délibéré de ma part. Je comprends pourquoi cela leur a traversé l'esprit ; on voit ça tout le temps dans les livres ou à la télé, des parents qui pètent les plombs et font du mal à leurs propres enfants, avant de signaler leur disparition. La police doit prendre en compte toutes les éventualités. Mais quand c'est vous qui êtes visé par ces soupçons pour la première fois, c'est comme se prendre une brique sur la tête.

Brennan, qui m'a vu accuser le coup et rester bouche bée, tente de faire marche arrière :

— Je ne fais qu'anticiper la manière dont les choses peuvent se dérouler, vous comprenez ? J'essaie juste de vous donner un conseil amical. Je suis certain que ce que vous voulez, c'est d'abord que nous fassions porter tous nos efforts sur l'enquête qui nous permettra de retrouver Ellie, plutôt que nous ne nous inquiétions de savoir ce que vous risquez de faire encore. Vous comprenez ce que j'essaie de vous dire ?

— Oui, bien sûr.

— Seulement, à en croire M. Francis, vous avez parlé d'un ordinateur. Vous avez hurlé le nom d'Ellie et l'avez interrogé à propos d'un e-mail. De quoi s'agit-il, au juste ?

Voilà, c'est l'occasion. Je pourrais leur parler des e-mails et faire en sorte qu'ils chargent un ou deux policiers de découvrir qui en est l'auteur. Mais je sais que cela ne servira à rien. Tout a probablement été fait pour que ces e-mails soient intraçables. Je ne suis pas un spécialiste, mais il paraît évident que l'expéditeur a dû utiliser une messagerie cryptée ou je ne sais quoi. Et dans tous les cas, qui trouveront-ils ? Un gamin qui fait mumuse sur Internet ? Certainement pas Ellie, en tout cas.

En même temps, je ne peux rien exclure. La possibilité que tout cela soit réel, et que cette Jen

Hood détienne effectivement Ellie, grandit d'heure en heure. Surtout depuis que j'ai découvert que la personne qui envoie ces e-mails peut surveiller ma maison. Mais le peut-elle vraiment ? N'y a-t-il pas une probabilité évidente pour qu'il y ait un agent de police devant chez moi en ce moment ? S'agit-il seulement d'un coup de chance ? Ou bien la presse locale a-t-elle couvert l'événement en montrant l'officier à l'arrière-plan ?

La pensée grandissante que tout cela puisse être absolument réel m'emplit de terreur. Je sais que c'est maintenant ou jamais, mais quelque chose me retient. Depuis que McKenna et Brennan me soupçonnent d'être impliqué dans l'enlèvement d'Ellie à cause des mensonges de Derek, comment pourrais-je faire confiance à la police ? Cela ne va-t-il pas encore se retourner contre moi ? Ils n'ont toujours pas obtenu le moindre résultat, et je ne suis pas convaincu de pouvoir leur faire confiance.

La tête me tourne. D'un côté, je n'ai pas confiance dans la police ; de l'autre, je me refuse à mobiliser leurs effectifs. Je pense que les messages sont bidon, mais je me dis en même temps exactement le contraire. C'est le flou total dans mon esprit ; j'ai juste envie de hurler et de tout abandonner, de me décharger du fardeau qui me pèse sur quelqu'un d'autre et de laisser cette personne s'occuper de retrouver Ellie. Mais je sais que cela n'arrivera pas. J'ai déjà supporté suffisamment de choses pour savoir qu'il n'y a qu'une seule personne en qui je peux avoir confiance ; une seule personne dont je sais qu'elle fera tout ce qui est en son pouvoir pour retrouver Ellie, et cette personne, c'est moi.

— J'sais pas, dis-je. Je dors mal en ce moment. Je me suis assoupi et je me suis réveillé l'esprit confus. Le manque de sommeil me fait ça quelquefois ; et puis, il n'est pas si facile que ça de faire le vide dans son esprit quand on a sa fille de cinq ans qui a disparu.

— Peut-être que vous devriez voir un médecin, me suggère-t-il.

— Peut-être.

Le retour de Tasha et McKenna rompt l'ambiance. Elles tiennent chacune un mug à la main, et en tendent un à Brennan. Personne ne paraît s'étonner que l'on ne m'ait pas demandé si je voulais quelque chose. À moins qu'ils n'en soient conscients, et que cela ne soit qu'un stratagème de leur part. Au point où en sont les choses, tout me paraît possible.

— Alors, Nick, vous allez enfin nous expliquer ce qui vous a pris ? m'interroge McKenna en allant droit au but, comme à chaque fois.

Un million de pensées se bousculent dans mon esprit à cet instant, mais celle qui retient mon attention est qu'ils paraissent s'inquiéter davantage de moi et de ce que j'ai pu faire que de retrouver Ellie.

— Vous croyez vraiment que c'est important ? Nous devrions être dehors à la recherche d'Ellie en ce moment, plutôt que de nous intéresser à des choses qui ne comptent pas, dis-je.

— Bien au contraire, Nick, réplique McKenna. Ça compte que vous soyez entré de force chez un vieillard et que vous ayez fouillé sa maison.

— Je ne suis pas entré de force.

— Vous n'étiez pas invité, fait-elle valoir.

Je me contente de secouer négativement la tête en souriant légèrement, puis en riant.

— Quelque chose d'amusant ?

— Non, à part le fait que nous perdons du temps à rester ici. Au fait, avez-vous pris des renseignements au sujet de Derek Francis ? Tout le monde par ici sait que ce type n'est pas clair. Vous feriez mieux de l'interroger lui, plutôt que moi.

— L'interroger à propos de quoi ? demande Brennan.

— Je ne sais pas, dis-je après un silence.

McKenna s'approche de la fenêtre de devant.

— À propos de la disparition d'Ellie, c'est ce que vous voulez dire ?

— Pourquoi pas ? Il pouvait voir tout ce qui se passait dans l'allée. Il est le seul dans ce cas. Il dit qu'il se tenait devant la fenêtre au moment où Ellie a disparu, et pourtant il affirme n'avoir rien remarqué. Vous ne trouvez pas ça un peu bizarre ?

— Pas particulièrement, non. C'est votre parole contre la sienne, en somme. Vous déclarez que vous avez installé Ellie à l'arrière, et que vous êtes retourné dans la maison. Derek Francis affirme, lui, que vous n'avez rien fait de la sorte. Il dit aussi qu'il a sonné à votre porte peu de temps avant la disparition d'Ellie, pour vous remettre la lettre qui lui a été distribuée par erreur, et qu'il n'a pas obtenu de réponse.

— Je vous ai déjà tout expliqué, dis-je, frustré. Je n'ai pas répondu parce que j'étais occupé à aider Ellie à s'habiller. Au demeurant, je doute que ce soit lui qui ait sonné, étant donné qu'il ne parle à personne. C'est un ermite.

— La lettre était-elle sur votre tapis quand vous êtes descendu ? demande McKenna.

— Eh bien, oui.

Elle se contente de me regarder.

— On dirait donc que cette partie de l'histoire est vraie. Pourquoi pas le reste ?

— Parce qu'il ment. Je sais exactement ce qui s'est passé hier matin. J'étais là. Je ne suis pas un vieux retraité sénile qui ne sait pas ce qu'il voit ou ne voit pas !

— Si je comprends bien, ce n'est pas un témoin fiable, mais pourtant vous voulez que nous l'interrogions pour tenter de découvrir ce qu'il a réellement vu ? Tout ça ne me paraît pas bien cohérent, Nick.

Le raisonnement de McKenna est imparable, et j'accuse le coup. Le visage de Tasha exprime un mélange de désarroi, de frustration et de douleur.

— Pourquoi le croiriez-vous plus que moi ? C'est ma fille qui a disparu, pas la sienne. Jetez un coup d'œil à son casier, d'accord ? Vérifiez s'il a des antécédents, et ensuite seulement vous pourrez me dire que sa parole a plus de poids que la mienne.

— Nous l'avons fait, rétorque McKenna, renforçant encore l'atmosphère de tension dans la pièce. Nous avons vérifié son casier, et puis le vôtre. Le sien est vierge.

Elle laisse les mots faire leur chemin dans nos esprits durant quelques secondes, avant de reprendre :

— Bon, et maintenant, est-ce que vous voulez bien tout me raconter ?

17

J'ai l'impression que la voiture se déporte légèrement plus que d'habitude dans les virages, mais je sais que le problème n'est pas mécanique ; il est dû aux substances qui circulent dans mon cerveau et en modifient la chimie. Il n'y a qu'un peu plus d'un an que j'ai l'âge légal de conduire, mais j'ai une énorme confiance en moi tandis que j'enchaîne les virages avec une relative facilité.

Mes doigts se crispent sur le volant ; mes phalanges deviennent blanches. Le sang bat à mes tempes, à une fréquence étrangement irrégulière. Je n'arrête pas de me répéter ce qu'elle m'a dit, encore et encore. C'est à ce moment-là que les choses ont commencé à dérailler. C'était ironique, presque moqueur. Et je ne crois pas qu'elle plaisantait. À partir de là, tout ce qu'elle a pu dire n'a fait qu'aggraver les choses ; je me suis senti lentement broyé, jusqu'à ce que je ne puisse plus le supporter. Il n'y a pas eu de dispute – juste une certitude grandissante de mon côté, l'acceptation de ce que j'allais faire ce soir. J'ai ressenti cette colère noire qui brouille le jugement. Dès lors, les dés étaient jetés. Plus moyen de faire marche arrière. J'étais allé trop loin pour pouvoir renoncer.

Je sens monter en moi une légère nausée, mais je réussis à lui faire barrage. Je sais qu'elle est due à plusieurs choses – l'adrénaline, l'alcool, les médicaments et une dose massive d'excitation. Je sais que l'excitation est perverse, mais cela ne m'empêche pas de me sentir bien. Parce que je me sais sur le point de faire justice.

Ces deux dernières années, j'ai écrit beaucoup de poésie et quelques nouvelles. Dans l'une, un homme est enlevé dans son lit, emmené dans les bois et attaché à un arbre, avant d'être abandonné là à ses remords et à l'expiation de ses péchés. L'idée m'est venue en pleine nuit, il y a deux mois. Je n'arrivais pas à dormir, ni à me détendre. Alors, je suis sorti marcher un peu. Je connais les bois comme ma poche, et ils étaient étrangement paisibles à cette heure indue. Ils n'avaient rien de sinistre ni de menaçant, comme j'aurais pu m'y attendre. Je me sentais à l'aise, lucide.

Je me plonge réellement dans l'esprit de mes personnages quand j'écris. Je deviens eux. Je ressens leur douleur, leur colère, leur allégresse. J'aime ça. Cela signifie que, pendant quelques heures toujours trop courtes, je ne suis plus moi. Quand elle m'a fait ce commentaire ce soir, je me suis retrouvé propulsé directement dans l'esprit du ravisseur de ma nouvelle. Il attend en silence le moment opportun pour agir ; il est calme quand il passe à l'action ; il fait ce qu'il doit faire. Mais intérieurement, l'incendie fait rage. Il repense à tout ce que cette personne lui a dit et fait durant toutes ces années. Et il sait qu'il va obtenir réparation pour tout cela.

Je jette un rapide coup d'œil dans le rétroviseur intérieur. Sa tête est penchée sur le côté, son menton rentré dans le creux de son épaule, et la ceinture de sécurité l'empêche de basculer en avant. Je ris de moi-même en constatant que je me suis donné la peine de l'asseoir sur la banquette, et d'attacher sa ceinture. Au moins, elle ne pourra pas dire que je ne me suis pas occupé d'elle.

En même temps que je quitte la route pour m'engager entre deux bosquets, j'éteins mes feux de croisement et passe en feux de position pour essayer de ne pas trop attirer l'attention. Je ralentis – l'absence de lumière m'y oblige –, et roule encore un peu avant de trouver l'endroit parfait.

Je coupe le moteur mais pas les feux de position. Je vais avoir besoin de voir ce que je fais. L'arbre luit comme un phare dans la nuit à la douce lueur des veilleuses.

Je descends, contourne la voiture par l'arrière, ouvre la portière et détache sa ceinture. Je mets toute mon énergie à la soulever en la prenant sous les bras pour l'extirper du véhicule, et j'y parviens tant bien que mal. J'ai un poids mort dans les bras. Ses chaussures cognent bruyamment contre la carrosserie quand ses pieds glissent de la banquette arrière en même temps que je la tire vers l'extérieur, puis touchent le sol boueux dans un bruit sourd cette fois.

Je souris intérieurement en redevenant le personnage de ma nouvelle. Je ressens tout ce qu'il ressent : la colère, le sentiment d'injustice, la montée du plaisir face à l'imminence du châtiment. J'y trouve une force supplémentaire pour faire ce que je sais devoir faire. Je la traîne jusqu'à l'arbre tout proche et la dépose sur le sol, avant de retourner chercher la corde dans la voiture.

La relever pour la plaquer contre l'arbre et libérer mes mains pour pouvoir me concentrer sur la corde me prend un temps fou. Elle a beau être petite, j'ai l'impression qu'elle pèse cinq fois son poids normal. Je réussis finalement à l'adosser contre l'arbre et à lui bloquer les genoux pour l'empêcher de s'écrouler, suffisamment longtemps pour me permettre de lui attacher les mains derrière le tronc, et puis de lui ligoter les pieds autour de l'arbre. À cet instant, je sais qu'elle n'ira nulle part. Je me penche en avant et plante un baiser sur son front. J'ignore pourquoi ; cela me paraît la chose à faire sur le moment.

Sans même m'en rendre compte, me revoilà au volant en train de mettre le contact. Le moteur rugit magnifiquement, me salue comme un vieil ami. La lumière des phares vacille quand le moteur se met en route. Je regarde Angela, sa tête appuyée sur sa poitrine. La première pensée qui me vient à l'esprit est qu'elle aura la nuque endolorie au petit matin. Peut-être que je ferai un saut avec des analgésiques ; peut-être pas.

18

Nick

— Ça s'est passé il y a des années, dis-je en fermant les yeux et en regrettant toute cette situation. Ça n'a plus aucun sens aujourd'hui. J'étais une tout autre personne alors.

— Ça a du sens, au contraire, Nick, s'insurge McKenna. Et je veux l'entendre de votre bouche, avoir votre point de vue.

Pourquoi ? ai-je envie de demander. *Pour que vous puissiez me dire ce qui ne colle pas avec ce que vous ont raconté d'autres personnes ?* Je m'interroge : est-ce un stratagème délibéré de McKenna – me poser des questions devant Tasha, essayer de découvrir si je suis le genre de gars capable de cacher une chose pareille à sa femme ? Elle a déjà compris que c'est le cas.

Plus exactement, je ne l'ai jamais caché à Tasha ; c'est juste quelque chose qui n'est jamais venu dans la conversation. C'est arrivé à une période très sombre de ma vie. Ce n'est évidemment pas un sujet que j'aborde volontiers.

— De quoi parle-t-elle, Nick ? veut savoir Tasha.

Je n'avais vraiment pas besoin de cela.

Tasha et moi n'avons jamais été du genre bavard. Il y a beaucoup de choses dont je ne lui ai jamais parlé, mais c'est pour son bien. Je sais comment elle réagit parfois. Je sais aussi que la police a appris ce qui s'est passé. Je n'ai plus le choix. Je déglutis péniblement et prends une grande inspiration.

— J'avais une petite amie. Angela. C'était il y a longtemps. J'avais totalement oublié cette histoire, dis-je en mentant sciemment. Nous n'aurions jamais dû avoir cette aventure ; nous étions stupides et immatures. Nous buvions et fumions beaucoup trop de cochonneries, tous les deux, et un soir les choses sont allées trop loin. J'ai fait une bêtise, et ça a été terminé entre nous.

— Qu'est-ce que tu as fait ? me demande tranquillement Tasha.

J'avale à nouveau ma salive et secoue la tête. Le simple fait de repenser à cette histoire me remplit de honte. Ce n'est pas comme si cela m'arrivait régulièrement. J'ai tellement changé depuis cette époque qu'il me paraît inutile de revenir là-dessus. Quand je le fais, j'ai l'impression qu'il s'agit de quelqu'un d'autre. Quelqu'un qui préférait boire, fumer de la drogue et faire la fête, plutôt qu'être responsable. Quelqu'un qui ne maîtrisait rien.

— J'ai attendu qu'elle soit soûle au point de perdre connaissance, je l'ai emmenée dans les bois, attachée à un arbre et laissée là.

Tasha me regarde en clignant des yeux, bouche bée.

— Je sais, c'était totalement crétin de ma part. On m'a arrêté sur le chemin du retour. Apparemment, j'étais largement au-dessus de la limite de vitesse, et je me suis fait prendre. Quand ils m'ont demandé d'où je venais, je leur ai dit la vérité. C'est uniquement grâce à cela, semble-t-il, que j'ai écopé d'une peine avec sursis, et évité la prison ferme. On m'a retiré mon permis et collé une lourde amende pour conduite en état d'ivresse.

Tasha émet un petit bruit de gorge, comme si elle s'étranglait.

— Oh, mon Dieu, déplore-t-elle. C'est pour cela que tu ne voulais pas aller en Amérique, n'est-ce pas ? Ils ne t'auraient pas laissé entrer.

J'acquiesce d'un signe de tête en évitant son regard.

— J'étais jeune et stupide. Et en même temps, j'ai été sacrément chanceux. Un autre juge m'aurait sans doute collé au trou. Mais je te demande de me croire, dis-je en soutenant son regard aussi longtemps que possible, ses yeux se voilant de larmes, je n'avais jamais rien fait de la sorte avant cela, et je n'ai plus jamais recommencé. Ça a été la dernière fois que j'ai été soûl.

Je regarde McKenna.

— À part un verre de vin très occasionnellement, je ne bois pas.

— C'est pour ça ? demanda Tasha d'une voix calme et hésitante.

— Oui. C'est pour ça. Parce que je n'ai jamais voulu redevenir cette personne-là. Quand je bois, je ne me reconnais pas. Ça a été un tournant, Tash. C'est à ce moment-là qu'est né le nouveau Nick.

Je me retourne vers McKenna :

— Voilà pourquoi cette histoire n'a absolument rien à voir avec ce qui se passe en ce moment.

— J'ai bien peur que la justice ne voie les choses sous un autre angle, réplique McKenna. Dans l'état actuel des choses, concernant ce qui est arrivé hier matin, c'est bien votre parole contre celle de votre voisin, qui n'a pas, lui, un passé criminel et violent.

— Je n'ai pas un passé criminel et violent ! C'était un incident isolé. Il y a des années de cela. *C'est* du passé.

— Vous avez un casier, Nick. Pour crime violent. Je ne dis pas que votre parole vaut moins que la sienne, mais il faut bien être un peu objectif. Nous ne vous connaissons personnellement ni l'un ni l'autre ; nous devons donc nous en tenir aux faits.

Je prends une longue inspiration et m'approche de la fenêtre.

— Bon, si je comprends bien, ma parole ne vous suffit pas ? Je vous dis pourtant la vérité. Alors, vous ne me connaissez peut-être pas, mais Tasha si, et elle sait que je ne mentirais pas.

Je me tourne vers Tasha, mais au fond de moi je sais déjà ce que je vais voir. Elle me regarde, les yeux brouillés de larmes, et elle garde le silence.

C'est McKenna qui reprend la parole :

— Nick, j'aimerais que vous veniez avec moi.

19

Nick

Je sens que c'est fichu. Quoi qu'il arrive maintenant, ils penseront toujours que je suis impliqué d'une manière ou d'une autre dans la disparition d'Ellie. J'ai d'autant plus désespérément envie qu'elle rentre ; c'est le seul moyen maintenant de lever leurs doutes à mon sujet.

Je repense à ce que la police a dit concernant la duplication des données présentes sur mon ordinateur portable et mon mobile. Je me demande comment cela fonctionne, si les e-mails envoyés ou reçus par Jen Hood sont visibles ou non, ou bien si la police n'a accès qu'à ce qui se trouvait sur les appareils au moment précis de la duplication. Je sais en tout cas que je vais devoir être beaucoup, beaucoup plus prudent à partir de maintenant. Plus question de contacter Jen Hood depuis mon mobile ou mon ordinateur portable. Il faut que je réfléchisse à un autre moyen. J'ai déjà mémorisé l'adresse e-mail ; en fait, je ne risque pas d'oublier un seul pixel de ce premier e-mail.

Le problème, c'est que je ne suis pas exactement ce qu'on appelle un technophile. Je ne suis pas complètement réfractaire à tout cela, mais je pourrais bien m'être collé dans une merde noire sans rien en savoir.

Je ne peux pas en vouloir à la police. J'espérais qu'ils ne découvriraient pas cette histoire avec Angela, mais maintenant que c'est fait je vais devoir en supporter les conséquences. J'ai besoin qu'ils me croient quand je leur dis que c'est la seule et unique fois où j'ai agi de la sorte. Il *faut* qu'ils le croient. Autrement, la situation risque de devenir très tendue, et mes chances de revoir Ellie pourraient être compromises.

Ce n'est pas tellement que je craigne qu'ils ne découvrent autre chose à mon sujet, mais le temps qu'ils pourraient perdre à fouiller mon passé risquerait de nuire aux efforts déployés pour retrouver Ellie. Je ne veux même pas qu'ils aillent aux toilettes ni ne prennent le temps de se moucher – je veux les savoir tous dehors à parcourir les rues, à frapper aux portes, à faire absolument tout ce qui est en leur pouvoir pour retrouver ma fille.

Le poste de police se situe à proximité de la maison, mais j'ai l'impression qu'il nous faut une éternité pour nous y rendre. En ce qui me concerne, tout cela n'est qu'une perte de temps, une fois de plus. Je sais que chaque minute compte quand un enfant disparaît, et chaque minute qui passe me fait perdre un peu plus l'espoir de retrouver Ellie.

L'idée qui m'a traversé l'esprit, c'est que son ravisseur pourrait être quelqu'un qui fait partie de mon passé. Pourtant, je connais peu de personnes suffisamment détraquées ou qui me détestent assez pour faire une chose pareille. Je me demande si Angela pourrait être l'une d'elles. En même temps, elle paraissait toujours si douce et innocente. Elle n'aurait pas fait de mal à une mouche. L'alcool et la drogue étaient ses exutoires, sa façon d'échapper à la surveillance constante de ses parents.

Les gens changent – j'en sais quelque chose –, mais je n'arrive pas à imaginer qu'Angela puisse être devenue une dangereuse psychopathe capable d'enlever des enfants. Mais là encore, est-ce que je la connaissais si bien que cela ? Nous ne sommes pas restés longtemps ensemble. Ce qui m'amène à penser qu'elle n'a probablement aucune raison de me traquer et d'enlever Ellie. Aux dernières nouvelles, elle était partie vivre en Australie. Je ne vois pas ce qui pourrait l'avoir poussée à revenir ici supporter la pluie incessante et les embouteillages.

Ce que j'ai fait était tellement stupide ! Aujourd'hui encore, je ne comprends toujours pas comment j'ai pu commettre un tel acte. Je me souviens vaguement d'Angela me disant ou faisant quelque chose, et de la colère noire qui s'est emparée de moi. À cette époque-là, je n'étais pas le genre de personne qui maîtrise ses accès de colère. C'était même tout le contraire. Pour quelle raison ai-je réagi comme je l'ai fait, je ne le saurai jamais, mais c'est comme si je portais depuis lors une corde autour du cou, et que le nœud coulant venait de se resserrer brutalement.

Étrangement, ce que Tasha pense de toute cette affaire ne me préoccupe pas. Je sais qu'elle sera furieuse, parce que c'est sa façon à elle de dissimuler le fait qu'en réalité elle est dévastée par cette histoire, mais incapable de manifester ses émotions réelles. Elle ne changera jamais ; elle fera toujours passer au premier plan l'image de la femme forte, de la carriériste au caractère bien trempé. Mais tout cela n'est qu'un masque, qu'il lui faudra tomber tôt ou tard. Il est des choses auxquelles même les personnes les plus solides ne peuvent faire face.

Pour ne rien arranger, j'ai conscience que cette histoire va probablement briser ce qui restait de notre couple. J'ai vu les statistiques du divorce chez les personnes mariées dont les enfants ont été soit enlevés soit tués : la séparation a lieu généralement peu de temps après. N'importe quel mariage aurait donc déjà du mal à tenir ; alors, le nôtre… Au reste, je sais que Tasha ne me pardonnera jamais ce qui est arrivé à Angela. Je devine déjà ce qu'elle me dira : « C'est le fait que tu ne m'en aies pas parlé. Comment as-tu pu me cacher quelque chose d'aussi énorme ? J'avais le droit de savoir. »

Le problème avec Tasha est qu'elle croit avoir le droit de faire tout un tas de choses. Elle croit notamment avoir le droit de consacrer tout son temps et toute son énergie à son satané boulot, en espérant de surcroît que tout le monde s'en réjouisse autour d'elle.

Nous avons eu une grosse dispute il y a environ six mois, peu de temps après qu'Ellie a commencé l'école. J'ai commis l'erreur de traiter Tasha d'égoïste, et de l'accuser de compromettre le développement de notre enfant par ses absences. Il m'arrive de me dire qu'Ellie serait mieux avec moi, séparé, plutôt qu'avec nous deux, mais sans jamais savoir à quel moment sa mère rentrera à la maison. L'incertitude n'est pas une bonne chose pour une petite fille de cinq ans. Ce n'est une bonne chose pour personne.

C'est précisément cette incertitude, le fait de ne pas savoir ce qui est arrivé à Ellie, qui me tue en ce moment. J'aime planifier les choses. J'aime savoir ce qui va se passer. Or, pour le moment, je n'ai pas la moindre idée de ce qui va arriver. Je ne sais même pas si la police me conduit au poste pour me parler d'Angela, ou bien d'Ellie. D'une certaine manière, ça m'est égal : l'histoire avec Angela remonte à des années, et je ne peux pas les aider concernant Ellie. C'est tout le problème : ils sont censés être experts dans la résolution de ce genre d'affaire, mais à chaque minute qui passe, ma confiance en eux diminue.

Je repense aux e-mails de Jen Hood. Et une partie de moi se demande de plus en plus s'il n'y aurait pas un autre moyen de se sortir de cette situation.

20
Nick

Ils me disent que je ne suis pas en état d'arrestation, mais qu'il s'agit d'un interrogatoire dans les règles. J'ai du mal à saisir la différence, mais pour le moment cela n'a pas vraiment d'importance. Le trajet jusqu'au poste se fait dans un silence de plomb. Du coin de l'œil, je surprends par instants McKenna qui me regarde brièvement dans le rétroviseur intérieur, comme si elle cherchait à détecter un signe révélateur, quelque chose qui me trahirait.

La salle d'interrogatoire est tout à fait comme je m'y attendais, peut-être même un peu plus confortable. L'assise des chaises est rembourrée et il y a même un tapis. Des caméras installées aux quatre coins de la pièce ne laissent aucun angle mort. Je ne suis pas nerveux, mais je n'ai pas particulièrement envie de raconter par le menu ce qui arrivé à Angela. C'était stupide. Je l'ai compris. Mais, comme je l'ai dit, c'était il y a longtemps, et cela n'a rien à voir avec la disparition d'Ellie.

— Il faut que vous vous mettiez un instant à notre place, Nick, commence McKenna, et j'ai envie de lui dire que j'essaie. Votre fille de cinq ans a disparu. Vous nous expliquez que vous l'avez installée dans la voiture et que vous êtes retourné dans la maison. L'unique témoin de la scène contredit votre version. Vous réagissez en mettant à sac la maison de cet homme. Nous creusons un peu votre passé, et nous découvrons que vous avez des antécédents d'enlèvement.

Elle laisse cette dernière phrase en suspens durant quelques secondes, avant de poursuivre :

— Savez-vous combien d'enfants disparus se sont révélés avoir été enlevés par un membre de leur famille ?

Je secoue négativement la tête. Je ne connais pas le chiffre exact, mais je sais qu'il est important.

— La majorité d'entre eux, assène-t-elle en marquant un temps de pause de nouveau, avant de se pencher vers moi et de joindre les mains devant elle.

Brennan est assis à côté d'elle et m'observe très attentivement.

— Nick, si vous voulez nous dire quelque chose, c'est le moment. Nous finissons toujours par découvrir ce qui est arrivé. Avec les moyens de police modernes, la question n'est plus de savoir *si* nous attraperons le coupable ; elle est de savoir *quand.* Plus les choses traîneront, plus il sera difficile pour vous et pour le reste de la famille d'accepter ce qui s'est produit.

Je lève la tête et la regarde droit dans les yeux.

— Mais il n'est rien arrivé. Tout ce que je vous ai dit est vrai. Je ne sais pas où est ma fille, je ne sais pas pourquoi Derek ment, et je n'en sais pas plus que vous sur tout le reste.

D'accord, je l'admets, cette dernière précision n'est pas tout à fait vraie.

— Qu'est-ce que vous nous cachez, Nick ? veut savoir McKenna.

La question me déstabilise un peu. J'ai dû laisser paraître quelque chose, un signe involontaire, car Brennan penche la tête sur le côté et hausse les sourcils.

— Je ne vous cache rien ! dis-je, un peu à la façon d'une vieille fille outragée. Vous l'avez dit, vous allez finir par découvrir ce qui est arrivé. Vous avez déjà examiné mon téléphone, mon ordinateur et ma voiture. Que voulez-vous de plus ?

— Nous voulons la vérité, Nick.

Je ris.

— Là, je ne peux pas vous aider. J'ai bien peur que ce soit votre boulot. Qu'avez-vous trouvé dans la voiture, exactement ? Hum ?

McKenna ne répond pas.

— Et dans mon téléphone ? Mon ordinateur ? Rien ? Non. Rien. Alors, bordel, qu'est-ce que je fais ici ?

— On a déjà parlé de ça, Nick. Nous avons toutes les raisons de vous traiter comme quelqu'un qui sait quelque chose.

— Non, protesté-je, tout en me sentant de plus en plus agité. Non, vous n'en avez pas le droit. Ma fille est quelque part, là-dehors. Elle a cinq ans. Je ne sais pas si elle est en vie ou non, et nous sommes là à perdre notre temps, vous à interroger la seule personne qui tient à Ellie plus que tout au monde, plutôt que d'essayer de la retrouver et d'attraper le salopard qui l'a enlevée ! Ou bien est-ce que c'est trop de paperasse pour vous de bouger réellement votre cul et de vous lancer à sa recherche ? Enfin, pourquoi est-ce que j'aurais pris la peine de signaler sa disparition si j'avais quelque chose à voir avec tout ça ? Est-ce que vous vous êtes seulement posé cette question ?

— Calmez-vous, Nick. Nous avons mis sur cette affaire tous les effectifs dont nous disposons…

— Non, c'est faux ! dis-je en criant presque maintenant. Vous êtes censés conduire cette enquête, tous les deux, et qu'est-ce que vous faites ? Que dalle ! On est au point mort. Pourquoi ? Vous aviez bien commencé, et là on fait du sur-place ! Expliquez-moi. Sur quoi est-ce que vous concentrez vos efforts ? Sur des conneries comme ça, voilà sur quoi. Si vous croyez que je vous cache quelque chose, arrêtez-moi. Arrêtez-moi, appelez un gratte-papier qui prendra ma déposition, et collez-moi au trou vingt-quatre heures. La loi vous y autorise, non ? Comme ça au moins, pendant ce temps-là, vous pourrez vous remettre à chercher Ellie.

McKenna et Brennan restent silencieux, se contentant de me regarder.

— Allez-y. Alors quoi, vous comptez m'arrêter, oui ou non ?

Après un long silence, McKenna déclare :

— Vous êtes libre de partir, Nick.

21

Nick

Brennan m'a reconduit à la maison et il a décidé que ce serait une bonne idée de nous laisser un peu seuls, Tasha et moi, pendant un moment. Délicate attention. On met le feu aux poudres, et on s'éclipse discrètement… Tout cela en quelques heures à peine ; je n'ose imaginer ce que ce serait s'il faisait la journée complète. Je ne sais pas si c'est dû au stress généré par la situation, mais j'ai l'impression de devenir de plus en plus cynique à mesure que les heures défilent.

— Pourquoi ne m'as-tu jamais parlé de ça ? finit par me demander Tasha.

— Je n'ai jamais rien voulu te cacher.

— Ne réponds pas à côté de la question.

Je suis surpris par le calme et le sang-froid dont elle fait preuve.

D'une certaine façon, cela n'en rend que plus embarrassante toute cette situation. Je ne me souviens guère que de deux autres occasions, depuis que je connais Tasha, où elle a réussi à passer outre sa colère et son désespoir pour manifester cet étrange état d'esprit, cette froide résolution.

— C'est vrai, je ne t'ai jamais parlé de cette histoire. Mais, je veux dire, quand aurait-il fallu que je le fasse ? Au beau milieu d'un dîner ? Pendant la pause pub de *Coronation Street*[1] ? Devant l'autel, juste avant de nous marier ?

— J'avais le droit de savoir, Nick. Je t'ai donné ma vie, marmonne-t-elle en serrant les dents.

— Quoi, tu ne l'aurais pas fait si tu avais su pour cette histoire idiote ? Pour une simple incartade d'un soir, un stupide petit incident que j'ai toujours regretté. Tu n'as pas connu ce Nick-là, mais tu connais celui qui se tient devant toi. Le père de famille, qui ne l'est devenu que *grâce* à cet incident. Parce qu'il m'a changé, parce qu'il a fait l'homme que je suis aujourd'hui. Je vais te dire, je ne regrette pas ce qui est arrivé, et tu ne devrais pas non plus.

Aïe… la petite phrase de trop.

— Tu ne regrettes pas ? Et tu voudrais que moi non plus ? s'écrie-t-elle d'une voix perçante, au moins deux octaves plus haut que précédemment. Nick, je t'ai donné ma vie, oui. Et voilà que je découvre que tu es… quoi, un violent criminel ?

---

1. *Coronation Street* – « rue du Couronnement » en français – est une célèbre série télé britannique – inédite dans les pays francophones –, qui est aussi l'une des plus anciennes du monde, avec plus de 8 600 épisodes depuis sa création en 1960.

J'enfouis mon visage dans le creux de mes mains et émets un râle qui ressemble à celui d'un haltérophile cherchant le record du monde.

— Tu sais exactement qui je suis, Tasha. Je ne t'ai rien caché. Pas délibérément, du moins. Tu comprends ? Quand je repense à ma vie avant cet incident, j'ai l'impression de quelque chose de totalement irréel. C'est comme si je me glissais dans la peau de quelqu'un d'autre. Comme si je regardais un film. Je n'ai pas caché ce qui s'est passé ; je l'ai juste complètement occulté. Je voulais oublier tout ça. J'avais *besoin* de l'oublier.

Elle me regarde et me sourit d'un air méprisant.

— Tu voudrais me faire croire que, durant toutes ces années que nous avons passées ensemble, tu n'as jamais repensé à ce soir-là ? Pas une fois ?

Je soupire.

— Bien sûr que si. Ça m'a traversé l'esprit. Évidemment. Mais ce n'est pas comme si j'y pensais tous les jours, et que je m'arrangeais pour que tu ne sois au courant de rien, tu comprends ?

— Et l'Amérique ? s'exclame-t-elle, comme si elle avait une soudaine illumination. Ç'aurait été l'occasion parfaite pour m'en parler. Tu aurais pu me dire : « On ne peut pas aller en Amérique, parce que j'ai un casier judiciaire. J'ai fait quelque chose de stupide il y a longtemps, et je vais tout te raconter maintenant. » Mais non, tu as préféré inventer une excuse stupide en me parlant de travail, de date de remise, d'argent. Ose me dire que tu n'as pas voulu me cacher cette histoire à ce moment-là, Nick.

— Non. Enfin, je veux dire, si, bien sûr, c'est lié, mais j'avais réellement ce travail à ter…

— *Ça suffit, Nick !* hurle-t-elle. Avoue-le. Tu m'as menti. Tu as menti parce que tu ne voulais pas que je connaisse la vérité, et parce que tu ne la supportes pas toi-même. Tout comme tu ne supportes pas le fait que tu as fait une connerie hier.

— Je sais que j'ai déconné, Tasha. Oh, Seigneur, oui.

De combien de manières faudra-t-il que je le lui répète ? Que croit-elle ? Que je ne me sens pas minable après ce qui est arrivé à Ellie ? Que je ne me le reproche pas ? Tout ce que je veux, c'est qu'Ellie rentre à la maison, heureuse et en parfaite santé ; et ce n'est pas en me faisant culpabiliser que Tasha va faire avancer le moins du monde la situation. Je sais que j'ai fait une connerie.

— Ah oui ? Vraiment, Nick ? Tu vois, moi, je ne crois pas que tu saches à quel point.

Son nez n'est plus qu'à quelques centimètres de mon menton ; elle lève vers moi un regard méprisant, les yeux injectés de sang, des filets de salive fusant d'entre ses lèvres.

— Non, je ne crois pas que tu le saches, du tout !

Un coin de sa bouche se relève en même temps qu'elle émet un grognement dédaigneux, puis elle quitte la pièce.

Quelques instants plus tard, j'entends claquer la porte de la chambre et ferme les yeux. Je me rends très vite compte que rester là tout seul et m'asseoir dans le silence ne me fera aucun bien, alors j'essaie de m'occuper.

Je vais dans la cuisine et me sers un verre de jus d'orange. Je regarde la poupée Rosie. La plupart du temps, j'oublie jusqu'à sa présence, là, sur la pendule, mais depuis qu'Ellie a disparu, je ne peux plus entrer dans la cuisine sans la voir ; elle paraît dix fois plus grande que d'habitude, et semble me fixer.

Je suis follement tenté de verser une dose de vodka dans mon verre, mais je résiste. J'avale deux longues gorgées de jus d'orange, m'essuie la bouche et vais dans mon bureau. Mon ordinateur portable est toujours allumé ; je relève l'écran et rouvre une session. Il ne me faut pas longtemps pour regretter la vodka.

J'ai un nouvel e-mail.

Une partie de moi brûle de l'ouvrir sans attendre, tandis que l'autre m'en empêche ; je redoute ce que je peux y trouver. Finalement, je prends une grande inspiration et clique dessus.

Il n'y a pas de texte ; juste une photo d'Ellie. Je comprends immédiatement la situation. Je connais chaque photo d'elle que nous avons prise, et celle-ci n'est pas du nombre. C'est son ravisseur, ou sa ravisseuse – Jen Hood –, qui a pris cette photo.

Ma vue se brouille tandis que les larmes inondent mes yeux. L'image s'estompe au point d'être à peine reconnaissable. Je cligne des yeux, les larmes roulent sur mes joues, et Ellie réapparaît. Elle serre dans ses bras un jouet qui ne m'est pas familier – un ours en peluche tout ce qu'il y a de traditionnel. Elle est assise dans ce qui ressemble à un loft ou un grenier. Ce qui me fait le plus mal est qu'elle a l'air heureux. Elle sourit.

J'ai l'impression qu'on me martèle le crâne ; je ne sais pas comment je vais pouvoir supporter cela encore longtemps. Mon esprit n'est plus qu'un vaste chaos tourbillonnant ; et chaque nouvelle pensée vient s'agréger à ce chaos, cette effervescence. Tout est sombre et flou, je ne distingue plus rien. Dans cet égarement qui est le mien, je me surprends étrangement à être en colère contre Ellie. Si elle n'avait pas disparu, si elle était simplement rentrée à la maison, alors nous ne serions pas dans un tel pétrin. Nous serions heureux à nouveau.

J'imagine que l'angoisse et la colère que j'éprouve ne sont pas réellement dirigées contre Ellie. Je suis en colère contre moi-même, et contre Tasha. Ce dont j'ai besoin en ce moment, c'est de son soutien. Il est indispensable que nous nous soutenions mutuellement. Je commence déjà à mieux comprendre pourquoi tant de couples qui se retrouvent dans notre situation finissent par divorcer. Ce climat de culpabilité et de reproche volontairement entretenu est un véritable poison.

Si je pouvais échanger Tasha contre Ellie, je le ferais sans hésiter une seconde.

Je repense au premier e-mail que j'ai reçu de Jen Hood, et je sais à cet instant ce qu'il me reste à faire.

22

Tasha

Il ne comprend pas. Il ne se rend pas compte qu'il a merdé et qu'il est la cause de tout ce qui arrive. C'est ce qui me contrarie le plus. Si je pensais qu'il y avait la moindre chance pour qu'un jour il se rende compte du problème, ça irait. J'aurais au moins une lueur d'espoir. Quelque chose vers quoi tendre. Mais avec Nick, c'est le grand néant. Je me demande parfois s'il n'est pas autiste ou je ne sais quoi.

Ça a été très étrange de reprendre un antidépresseur pour la première fois. Cela m'a ramenée aux jours sombres du passé, mais en même temps je me suis sentie étrangement apaisée. Le médicament m'a apporté une sorte de réconfort ; le souvenir d'une époque où les choses avaient beau être épouvantables, je savais au moins à quoi m'en tenir.

Je savais pourquoi nous faisions cela. Maintenant, je n'ai plus aucun repère.

J'enfouis ma tête sous les couvertures et goûte au plaisir de l'obscurité. Ce mot de « plaisir » peut paraître étrange, mais il y a quelque chose de réconfortant dans l'obscurité. Elle me permet de tenir le monde à distance, invisible, inaudible. Je me sens comme dans un cocon, en sécurité, à l'abri. Pendant un court moment, c'est comme si rien ne pouvait m'atteindre. Rien n'a changé, c'est vrai – Ellie a toujours disparu et mon mariage part toujours à vau-l'eau –, mais très brièvement, j'ai l'impression d'être protégée de tout cela. Comme si je pouvais tout laisser à l'extérieur, me réfugier ici, respirer calmement, avant de retourner à la réalité sitôt que je serai prête à l'affronter.

Mais l'illusion est de courte durée ; très vite, ma frustration reprend le dessus et les pensées brouillonnes reviennent semer le chaos dans mon esprit. Je sens en moi une immense colère, sans savoir exactement contre qui ou quoi elle est dirigée. Est-ce contre Nick ? La police ? Moi-même ? Le ou les ravisseurs d'Ellie ? Ellie elle-même ? Je n'en sais vraiment rien. Tout ce que je sais, c'est que c'est profondément douloureux et que je ne peux rien y faire. C'est l'impuissance à agir qui fait le plus mal. Ne rien pouvoir faire pour aider votre enfant est le pire sentiment du monde. J'ai l'impression d'avoir échoué en tant que mère.

La trahison de Nick n'a pas arrangé les choses. Parce que c'est bien de cela dont il s'agit : une trahison. Cela peut paraître horrible à dire, et à l'opposé de tout ce que je croyais savoir de Nick, mais il n'y a pas d'autre mot. Je peux comprendre qu'il ne m'ait rien dit au début de notre relation, je veux bien lui accorder cela, mais il a eu bien d'autres occasions de le faire, en particulier quand j'ai essayé d'organiser ce voyage en Amérique. C'était le moment parfait, mais non, il a fallu qu'il me sorte une excuse bidon à propos de son travail.

Pourtant, le fait que Nick m'ait menti n'est pas ce qu'il y a de plus important. Bien sûr que non. Je sais au fond de moi que la colère que j'éprouve envers lui dissimule en réalité la terreur que je ressens à l'idée de penser que mon mari a pu être capable d'un acte pareil, même si cela s'est produit il y a longtemps. « Chassez le naturel, il revient au galop. ». Il prétend avoir traversé une mauvaise passe à l'époque, et jure que les choses sont différentes aujourd'hui, mais je n'en suis pas certaine.

Il y a longtemps qu'il traverse une mauvaise passe – depuis *Marée noire*, en réalité –, et cela a un impact négatif sur toute notre famille. Je sais que l'écriture n'est pas une activité comme les autres. Je le savais quand nous nous sommes mariés, et je l'ai accepté, mais parfois j'aimerais bien que le respect ne soit pas à sens unique. Mon travail n'est pas seulement important ; il est vital, quand les revenus de Nick varient tellement d'un mois à l'autre.

Pour être tout à fait honnête, l'aspect financier de notre vie m'angoisse. Autrefois, je gardais un œil sur nos relevés de comptes, mais je ne les regarde plus depuis des mois. Peut-être même davantage. Plus le temps passe sans que je ne m'en occupe, plus j'ai du mal à m'y résoudre et plus je suis convaincue que quelque chose d'horrible rôde par là. Je suppose pourtant que les choses ne vont pas si mal ; je n'ai pas vu de recommandés arriver récemment. Il faut dire que je ne suis jamais là au moment de la distribution du courrier. Nick pourrait très bien me cacher des dettes importantes.

L'idée paraît ridicule, parce que je n'ai jamais imaginé qu'il pourrait me cacher un tel secret. Je ne me suis jamais dit que je risquais de découvrir brutalement que nous avons des dizaines de milliers de livres de dettes. Tout simplement parce que Nick ne sait pas garder un secret ; enfin, c'est ce que je croyais. Je sais désormais que même cela, c'est un mensonge.

23

Nick

Il y a un cybercafé à environ huit cents mètres de chez nous ; je décide d'aller y faire un tour. Je me dis que je devrais pouvoir m'y rendre et faire ce que j'ai à faire avant qu'ils ne ferment. Même si la police m'a permis de récupérer mon téléphone et mon ordinateur portable, il n'est pas question que je prenne mon mobile avec moi. Je crois savoir qu'il leur est facile de retracer mes déplacements, et c'est la dernière chose dont j'ai besoin. Je dois être aussi prudent que possible, tout faire pour ne pas éveiller les soupçons.

Je me sens tout nu à marcher sans mon téléphone, mais je n'y peux pas grand-chose. Je n'en ai que pour une demi-heure *a priori* ; il me suffira de prétexter avoir oublié mon mobile à la maison, si on me pose la question. La police n'a aucun besoin de savoir que, aussi désorganisé que je puisse être d'une manière générale, je n'oublie pratiquement jamais mon téléphone.

Le centre-ville est très calme, ce qui me convient très bien. Cela me permet de rester dans ma bulle, et d'essayer d'imaginer ce que je vais écrire dans cet e-mail. Je sais ce que j'ai envie de dire, tout comme je sais ce qui arrivera si je le dis. Je vais devoir faire preuve de retenue, et commencer par prendre au sérieux ce que cette personne qui se fait appeler Jen Hood souhaite me dire. Je vais surtout devoir enquêter très discrètement. Je dois savoir qui fait cela, et pourquoi.

C'est cette question du *pourquoi* qui me trouble le plus. Quand votre premier geste est d'enlever l'enfant de quelqu'un, c'est soit que vous détestez viscéralement cette personne, soit que vous avez l'esprit complètement dérangé. Les e-mails envoyés jusqu'à présent par Jen Hood ne permettent pas de répondre à cette question. J'ai naturellement tendance à privilégier la seconde hypothèse, parce que je n'ai pas d'ennemis jurés. Pas que je sache, du moins. Quant à Tasha, je ne peux l'affirmer avec certitude.

Je me suis creusé la cervelle pour essayer de deviner qui pourrait vouloir s'en prendre à moi de la sorte. La police m'a interrogé pour savoir si j'avais déjà eu des démêlés avec quelqu'un, sur le plan professionnel. Mais ce n'est pas le cas. Je suis écrivain. Quel genre de démêlés pourrais-je avoir ? Ils m'ont demandé s'il était possible qu'un « rival » éventuel puisse être impliqué ; je me suis contenté d'en rire. Ce genre de rivalité n'existe pas dans ce métier. Si un lecteur voit deux livres qui lui plaisent, il achète les deux. Il est libre d'acheter autant d'auteurs qu'il le veut. Et, soyons francs, depuis *Marée noire*, je n'ai pas vendu grand-chose. Si un écrivain avait des raisons de vouer une jalousie maladive à un autre, au point de s'en prendre à lui, ce serait plutôt moi.

Marée noire a été un grand succès. Le livre a surfé sur la vague du roman urbain dit « de terreur » il y a quelques années. Enfin, surfé dans son sillage plutôt. Des quatre idées que j'ai présentées à mon agent à l'époque, c'était celle qui me plaisait le moins. L'histoire d'une adolescente aux États-Unis qui, lors d'un séjour chez sa tante, dans une maison au bord de la mer, découvre sur la plage des membres humains rejetés par l'océan. Rien de très original en soi, mais j'avais un coup de théâtre final du tonnerre. Le livre s'est hissé à la première place de la liste des meilleures ventes en Angleterre et aux États-Unis, et il a fait gagner beaucoup d'argent à mon agent et à mon éditeur. À moi, un peu moins. Il nous a permis d'avoir un apport pour notre maison, et je me suis offert une nouvelle voiture, mais le succès est vite retombé.

Il y a eu un deuxième livre un an plus tard, un titre que je cherchais à publier depuis un certain temps déjà. Mon agent et mon éditeur étaient moins enthousiastes, mais je les ai convaincus. Un bandeau de couverture précisant : « Par l'auteur de *Marée noire* », et une campagne de pub n'ont pas empêché un fiasco. Les ventes n'ont même pas couvert l'avance reçue. La critique a tapé sur le livre, et ça a été la fin de ma relation avec cet éditeur. Depuis, je navigue entre deux petites maisons d'édition qui non seulement ne font rien pour promouvoir mon travail, mais qui de surcroît me paient encore moins qu'avant.

Ma carrière d'écrivain n'a jamais été aussi merdique qu'aujourd'hui. Pour autant, ce n'est pas ce qui risquerait de me pousser à enlever la fille d'un autre auteur, aussi mentalement instable que je sois. Non, il doit forcément y avoir quelque chose de plus profond que cela. Quelque chose de bien plus inquiétant.

Quand j'arrive au cybercafé, je paie mon temps de connexion et me *logue* sur l'ordinateur. J'ouvre Internet Explorer, peste intérieurement tant le navigateur met une éternité à charger – au moins quarante centimes d'engloutis, d'après mes calculs –, puis j'entreprends de me créer une nouvelle adresse e-mail. Il m'en faut une anonyme, dont je pourrai facilement me débarrasser, pour communiquer avec Jen Hood. Une adresse dont je ne me servirai que dans des cybercafés ou d'autres lieux où mon anonymat sera garanti.

Je la crée sous le nom de Simon Spencer et me connecte. Je clique sur « Nouveau message », fixe l'écran un long moment, puis je commence à écrire, les mots coulant librement :

Pourquoi tenez-vous à ce point à ce que je tue ma femme ? Si vous voulez vraiment la voir morte, pourquoi ne pas la tuer vous-même ? Et d'abord, pourquoi voulez-vous sa mort ? Que vous a-t-elle fait ? Je ne sais pas qui vous êtes, et je ne veux pas le savoir. Ellie est une petite fille de cinq ans. Elle a besoin d'être avec ses parents. Pourquoi nous faites-vous cela ?

J'ai eu beau décider en chemin de chaque mot que je voulais écrire, je n'en ai plus un seul à l'esprit ; ma conscience est de nouveau en prise directe avec l'instant présent. Mes doigts n'arrivent pas à suivre le rythme rapide de ma pensée, tandis qu'ils pianotent bruyamment sur le clavier.

Je peux vous avoir de l'argent. Quel que soit votre prix. Mais, sauf à vouloir me punir moi, vous ne pouvez pas me demander de tuer ma femme. Est-ce que vous essayez de me punir personnellement ? Si oui, pourquoi ? Que vous ai-je fait ? Qui êtes-vous ?

Je n'ai écrit que deux paragraphes, mais je suis absolument épuisé, mentalement aussi bien que physiquement. Bien sûr, ce n'est pas juste le fait d'écrire ces lignes – c'est tout le processus qui consiste à tenter d'ordonner mes pensées, tout en restant aux prises avec la réalité de la situation. Dans mon crâne, c'est comme un grésillement électrique, une cacophonie de voix dissonantes, un chaos. J'ai l'impression que je vais me réveiller d'un instant à l'autre et découvrir que tout ce désordre n'était qu'un cauchemar, mais au fond de moi je sais que cela ne se produira pas.

Sans prendre le temps d'y réfléchir, je clique sur « Envoyer ».

Je me renverse contre le dossier de ma chaise en plastique dur et fixe à nouveau l'écran. Ma vision se trouble en même temps que je fais le vide dans mon esprit. J'ai les yeux lourds et fatigués. Les membres encore plus. Je veux juste rester assis là, sans bouger, et attendre que l'on vienne à moi. Je pourrais faire quelque chose de stupide, me faire arrêter et coller en prison. Me sortir de tout cela. La personne qui se cache derrière le nom de Jen Hood, quelle qu'elle soit, saurait que je n'y suis pour rien. Je ne pourrais plus tuer Tasha alors, même si je le voulais. Je serais injoignable, même par e-mail. Jen Hood devrait libérer Ellie, et trouver une autre poire pour faire son sale boulot.

Pour le moment, j'ignore si tout cela a le moindre sens. Dans l'état de confusion qui est le mien, ça me paraît jouable, mais suis-je en état d'échafauder le moindre plan ? Je crains bien que non. Je sais aussi que c'est exactement là-dessus que compte Jen Hood : créer chez moi une perte totale de repères, dans l'espoir de me faire franchir une ligne rouge quelconque. C'est de cela dont il s'agit depuis le début, et de rien d'autre. Jen Hood ne veut pas la mort de Tasha. Cette personne veut me voir commettre l'erreur fatale, tout faire foirer. Parce que c'est ce que j'ai toujours fait : foirer tout ce que j'entreprends. C'est comme une seconde nature chez moi, Nick Connor.

Je sens mes doigts qui se crispent de plus en plus autour des accoudoirs de la chaise. Je ne quitte pas l'écran des yeux, pas une seconde. Mes phalanges sont en train de blanchir, le plastique de la chaise creuse mes paumes à mesure que je serre de plus en plus fort ; je grince des dents, et les veines de mes tempes commencent à gonfler.

Je suis au comble de l'exaspération rageuse quand un léger *ding* se fait entendre, en même temps qu'apparaît dans un coin de l'écran une ligne de texte. Je la regarde, mais ma vue est encore brouillée ; tout est flou. Je cligne plusieurs fois des yeux, et les lettres m'apparaissent plus distinctement. Je commence à pouvoir déchiffrer des mots.

C'est une réponse de Jen Hood.

Mon premier réflexe devrait être de l'ouvrir immédiatement pour voir ce qu'elle dit, mais mon corps et mon esprit sont encore exténués. Rassemblant le peu de forces dont je dispose encore, je lève mon bras droit et pose ma main sur la souris. Je déplace le curseur sur l'écran, le positionne sur la ligne de réception et clique. L'e-mail se télécharge aussitôt :

Je ne veux pas d'argent. Je veux la mort de Tasha. Et je veux que vous vous en chargiez. Il *faut* que ce soit vous. Vous n'avez pas le choix.

Je fixe le message un instant, le regard vide. Quelle garantie ai-je que cette personne me rendra Ellie si je fais ce qu'elle veut ? Il faut être clairement dérangé pour enlever une fillette de cinq ans et exiger de son père qu'il tue sa mère. Mais qui me dit que, dérangée, cette Jen Hood ne l'est pas au point de tuer également Ellie ? Peut-on être détraqué au point d'assassiner une enfant ? Tout ce que je sais, c'est que si je ne m'exécute pas, Ellie ne sera pas en sécurité. Pas entre les mains de cette personne.

Je clique sur « Répondre ». Bien plus lentement qu'auparavant, mais aussi vite qu'il m'est possible de le faire, j'écris une réponse, sachant que Jen Hood l'attend devant son écran.

Et si quelqu'un d'autre s'en chargeait ? Je peux m'arranger pour cela. Si j'essaie moi-même, je risque de tout faire capoter, et ils nous trouveront, vous et moi.

Je sens ma gorge qui se serre en même temps que je prends conscience de ce que je suis en train d'écrire, mais je le fais depuis une adresse e-mail anonyme et j'ai surtout besoin de savoir quelles sont au juste mes options. Je clique sur « Envoyer ».

J'attends environ une minute, tout en vérifiant le compteur électronique dans le coin de mon écran qui me dit combien de temps il me reste. Quelques secondes plus tard, un nouveau *ding* m'indique qu'une réponse vient d'arriver sur ma messagerie.

Faites ce que vous avez à faire. Je me fous complètement de votre gosse. Vous ne la méritez pas. Si Tasha ne meurt pas, ce sera Ellie. Vous pouvez me croire.

En bas de l'e-mail, je remarque la présence d'une bande horizontale colorée. Il me faut une seconde ou deux pour comprendre qu'il s'agit de la partie haute d'une photo. J'actionne la barre de défilement à droite et descends en bas de la page. L'image apparaît, lentement mais sûrement. Un mur de brique poussiéreux, couvert de toiles d'araignées, à l'arrière-plan, et là, en bas de l'image, les yeux baissés, paraissant regarder quelque chose à ses pieds, je reconnais Ellie.

24
Nick

Je me suis toujours demandé à quoi ressemblerait le crime parfait. J'imagine que je ne suis pas le seul dans ce cas. Le nombre de paramètres qu'il faut prendre en considération est tout bonnement extraordinaire. Néanmoins, je suppose que si quelqu'un en est capable, c'est bien moi. J'ai passé des années à tuer des personnages de fiction. Pourquoi pas une vraie personne ? La vérité, même si j'ai du mal à l'admettre, c'est que l'idée m'obsède depuis que j'ai reçu le premier message de Jen Hood. N'importe qui placerait son enfant au-dessus de son conjoint, mari, épouse ou autre. C'est évident. D'autant plus lorsque, comme c'est notre cas à Tasha et à moi, le bonheur n'est plus là depuis longtemps. Tasha est égoïste, elle ne pense qu'à sa carrière ; elle n'a plus de temps ni pour moi ni pour

Ellie. Comment peut-elle encore se dire mère ? Ellie se rendrait-elle seulement compte que Tasha n'est plus là ?

Mais les sentiments ne doivent pas entrer en ligne de compte. Si je veux pouvoir me sortir de cette situation, d'une manière ou d'une autre, je vais devoir garder l'esprit clair, penser avec logique. C'est ainsi que la plupart des gens se font prendre : ils laissent leurs émotions les dominer, et finissent par faire quelque chose de stupide. C'est comme cela que l'on commet l'erreur fatale. Si je veux pouvoir ne serait-ce que considérer l'exigence de Jen Hood, je sais qu'il va me falloir penser rationnellement, envisager quelles sont exactement les possibilités, les options qui s'offrent à moi.

Pour commencer, il y a la question de la méthode. L'empoisonnement, dans la plupart des cas, est une solution à bannir ; tout ce qui est rapide et violent appelle immédiatement l'idée de meurtre. Bien entendu, ce n'est pas nécessairement un problème si vous avez un alibi solide et êtes en mesure d'éloigner les soupçons vous concernant. Néanmoins, le mari figure toujours en haut de la liste des suspects ; c'est un élément qu'il va me falloir prendre en compte très sérieusement.

Pour le moment, il règne une telle confusion dans mon esprit qu'il m'est difficile de distinguer le bien du mal. Ce n'est pas la première fois que je me retrouve dans cette situation, mais jamais le problème ne s'est posé d'une manière aussi aiguë. Une partie de moi voudrait courir tout avouer à la police. Mais je sais que je ne le peux pas. La menace de Jen Hood a été très claire. Si je parle à la police, Ellie mourra. Impossible de ne pas prendre cette menace au sérieux : pour enlever une petite fille en plein jour, il faut être sacrément détraqué. Comment savoir si cette personne a une quelconque limite sur le plan moral ? Quelle que soit son identité, je sais qu'elle me surveille ; qu'elle surveille la maison. Si je parle à la police, elle le saura. Elle la verra arriver de l'endroit, quel qu'il soit, où elle se trouve et détient Ellie. Et au premier signe d'un gyrophare ou d'une voiture suspecte, c'en sera fini. Je ne peux prendre ce risque.

Qui plus est, je n'ai absolument aucune confiance dans la police. J'ai déjà été échaudé, et je vais de déception en déception en voyant comment McKenna et Brennan gèrent cette affaire. Je veux dire, je comprends pourquoi ils pensent agir comme il faut, mais cela ne change rien au fait que j'enrage de constater qu'ils n'ont pas le plus petit début de piste pour remonter jusqu'à Ellie. Prendre connaissance des e-mails de Jen Hood les aiderait-il à la trouver ? C'est possible. Mais cela signifierait aussi, presque avec certitude, que le ravisseur tuerait Ellie. De surcroît, je n'imagine pas que Jen Hood n'ait pas fait en sorte que ses e-mails soient intraçables. La police ne pourrait donc rien faire de toute façon, tandis qu'Ellie, elle, courrait un danger plus grand encore.

Mais il y a un autre élément important que je ne peux absolument pas ignorer, une interrogation qui me travaille depuis le début. Est-ce que je veux vraiment me débarrasser de Tasha ? Serais-je plus heureux sans elle ? Serais-je capable d'être à nouveau moi ? Est-ce que je le veux vraiment ? Le moi d'avant notre rencontre. Sur un plan strictement égoïste, je répondrais oui. Tasha n'est pas quelqu'un de bien ; pour autant, est-ce que je veux vraiment sa mort ? Entre elle et Ellie, mon choix est évident.

Un des éléments qui jouent en ma faveur, j'imagine, est le fait que mon ADN sera présent dans toute la maison, et sur Tasha elle-même. Nous sommes mariés, après tout. Mes empreintes seront partout, mes cheveux, mes résidus de peau morte. Le problème serait que mes traces soient les seules présentes. Cela n'aurait pas l'air naturel.

Mettre en scène un cambriolage est trop risqué, surtout avec des voisins comme Derek Francis. Quelque chose qui surviendrait loin de la maison paraît moins hasardeux. Voyons, quelles sont les options ? Sectionner les câbles de frein de sa voiture ? Non, ce n'est pas une bonne idée, pour tout un tas de raisons. La dernière chose dont j'ai besoin, c'est de faire des victimes innocentes. Et puis, qui couperait les câbles de frein de la voiture d'une inconnue ?

Il faut que sa mort ait l'air d'être survenue totalement par hasard – une agression qui tournerait mal, pourquoi pas –, ou bien qu'elle paraisse être le fait de la même personne qui a enlevé Ellie. Pour cela, la police ne doit jamais rien savoir des e-mails de Jen Hood. Je les ai tous effacés ; autrement dit, ils peuvent toujours revérifier le contenu de mon mobile ou de mon ordinateur portable, ils ne les trouveront pas. L'important maintenant est de ne pas leur donner de raison de fouiner davantage. Je ne dois pas attirer les soupçons.

L'agression qui tourne mal me paraît être une bonne idée pour le moment. Le seul problème, c'est que je ne peux pas être l'agresseur. Je ne peux pas me permettre de laisser la police me tourner autour plus qu'ils ne l'ont déjà fait. Mais si cela devait arriver, s'ils devaient découvrir plus tard les e-mails de Jen Hood, il ne faut pas qu'ils puissent prouver le moindre lien. Il me faut donc un alibi, et en béton. Mais qui ? Nous n'avons pas beaucoup d'amis – *a fortiori* quelqu'un avec qui j'aurais gardé des liens, contrairement à Tasha – et ce n'est pas comme si j'allais travailler quelque part.

Une idée me vient. Tous les soirs à huit heures, Derek sort jeter ses ordures. Il est réglé comme du papier à musique. Chaque soir, il ouvre sa porte, traverse d'un pas dandinant son allée et jette un sac-poubelle noir à moitié plein dans sa grande poubelle à roulettes près du mur, devant sa maison. Si je parviens à m'arranger pour entrer dans son champ de vision à ce moment précis, je suis certain qu'il ne résistera pas à la tentation d'essayer de voir ce que je suis en train de faire. Il serait exagéré de dire que Derek est le meilleur alibi dont on puisse rêver, mais c'est tout ce que j'ai. Je ne vois rien ni personne d'autre.

Je creuse encore un peu la question. Il n'a pas su me fournir un alibi quand j'en avais besoin, mais il semble qu'il était bel et bien là à me surveiller quand je ne le voulais pas. Tout ce qu'il faut, c'est que je fasse en sorte qu'il voie quelque chose qu'il pense que je veux lui cacher. Lui faire croire qu'il est aux commandes, qu'il a l'avantage. Il ne faut surtout pas que j'aie l'air d'avoir cherché ni eu besoin qu'il soit mon alibi ; je dois m'arranger pour que ce soit lui, de son propre chef, qui tente de m'incriminer, d'une manière ou d'une autre. Je dois pouvoir retourner la situation et son témoignage à *mon* avantage. Il faut que je réfléchisse bien à tout cela. Je vais devoir être très malin. Si je parviens à manœuvrer de telle sorte que Derek voie quelque chose qu'il pense que je cherche à lui cacher, alors il me suffira de prouver que je me trouvais loin de Tasha quand elle a été agressée, et je serai blanchi. Sans l'avoir cherché ni même le savoir, Derek sera mon alibi ; un alibi en béton. Tout ce qu'il me faut trouver maintenant, c'est une sorte de tueur à gages.

Je manque d'éclater de rire à cette idée. Dire que je suis en train de réfléchir à la manière d'engager un tueur à gages pour tuer ma femme, de jouer les Al Capone de banlieue. Faut-il que je regarde à *T* pour « Tueur à gages », ou à *H* pour « Homme de main » dans les *Pages jaunes* ?

Il va falloir que je réfléchisse à tout cela. Il est déjà difficile de tuer quelqu'un, alors réussir de surcroît à se disculper… L'idée que je serais le suspect numéro un ne risque pas de m'aider beaucoup.

Je n'arrive pas à m'empêcher de repenser à cette nuit avec Angela. À ce coup de folie, que je n'ai pas vu venir un seul instant. À la manière dont une personne raisonnable, parfaitement normale, devient en un rien de temps un monstre absolu. J'ai beau essayer de me dédouaner de mes actes en affirmant ne les avoir jamais plus reproduits, je sais que sur le moment, cette nuit-là, j'étais capable du pire : capable de tuer.

Nous avons tous en nous ce côté sombre, ce risque de bascule, ce moment où quelque chose lâche, que cela paraisse justifié ou non. La cause importe peu. C'est le résultat qui compte. Et je sais qu'une personne qui se retrouve dans cette situation est capable de commettre les actes les plus sombres, les plus abominables. Si j'ai été capable de tuer, alors Jen Hood le sera aussi. Et Ellie sera sa victime. C'est ce qui m'inquiète le plus – que je sois pleinement conscient de ce dont les êtres humains sont capables quand ils pensent que leurs actes sont justifiés. En l'occurrence, j'ignore quelles sont les prétendues justifications de Jen Hood, mais la clé de son geste se trouve certainement là. Il ou elle pense être en droit d'agir de la sorte. Quel que soit le processus de rationalisation à l'œuvre, il y en a un. Et s'il est assez solide, Dieu seul sait jusqu'où Jen Hood peut aller ; voilà pourquoi je dois faire tout ce qui est mon pouvoir pour retrouver Ellie.

Le soleil commence à décliner, et la fatigue s'empare de mon esprit. Je veux croire que j'ai une petite chance de réussir à dormir ce soir. Cela peut paraître étrange, mais quelque part au fond de moi, j'ai conscience d'être parvenu à une décision. Et elle ne souffrira aucun retour en arrière.

25

Tasha

Le meilleur effet de l'antidépresseur est de me permettre de dormir, ne serait-ce qu'une heure ou deux. Hier soir, cependant, je ne suis même pas certaine d'avoir eu droit à cela. Je suis restée éveillée la plus grande partie de la nuit, à réfléchir à ce que Nick m'a dit – et à ce que la police a raconté –, concernant sa petite amie d'autrefois. Je sais qu'il ne boit pas, et qu'il n'est plus impliqué dans ce genre d'histoire aujourd'hui – qu'il a eu son lot d'ennuis, comme il dit, quand il était plus jeune –, mais même moi j'ignorais tout de sa condamnation avec sursis.

Cela m'effraie de penser que Nick a pu être capable d'une chose pareille. Imaginer que c'est arrivé comme cela, sans prévenir, et qu'il n'en a jamais plus parlé ensuite. Qui me dit que cela ne se reproduira pas ? Ou même que ce n'est pas arrivé à nouveau récemment ?

Le pire est qu'il ne m'en a jamais parlé. Je croyais que nous nous disions tout. En y songeant, je me rends compte qu'il y a probablement des choses dont je ne lui ai pas parlé non plus, mais rien de ce genre. Dire qu'il m'a fallu l'entendre raconter cela pour la première fois devant la police ; assise là, j'ai eu l'air stupide, c'était humiliant. À quoi est-ce qu'il pensait, bon Dieu ? S'il y a une chose que je ne supporte pas, ce sont bien les mensonges. Je commence d'ailleurs à me demander s'il n'a pas d'autres secrets. S'il a été capable de me mentir aussi longtemps, qui me dit qu'il ne me cache pas encore autre chose ?

Le problème avec Nick est qu'il garde tout pour lui. Il refuse d'affronter ses propres difficultés et problèmes, et préfère s'en défausser en les projetant sur les autres. Ajoutez à cela le fait qu'il est manifestement capable de garder pour lui de grands secrets appartenant à son passé, et vous comprendrez que je ne sache même plus qui est réellement mon propre mari.

Il ne se passe pas une minute depuis l'enlèvement d'Ellie sans que je ne me creuse la cervelle pour essayer de comprendre qui a bien pu l'enlever. J'ai commencé par espérer qu'elle se soit juste perdue en essayant peut-être de se rendre toute seule à son école, mais quelqu'un l'aurait trouvée à l'heure qu'il est, et aurait alerté la police. Cela fait plus d'un jour maintenant qu'elle a disparu ; la police dit envisager dans ce cas deux possibilités :

soit quelqu'un l'a enlevée et la détient quelque part, soit quelque chose de terrible lui est arrivé, et il nous reste à la retrouver. Chaque fibre de mon être voudrait croire à la première hypothèse, mais elle signifie du même coup que quelqu'un l'a enlevée délibérément, ce qui nous amène nécessairement à la question *pourquoi.*

C'est une question à laquelle, je le sais, je n'ai pas de réponse. Pour le moment, mon cerveau ne me laisse pas formuler la moindre hypothèse sensée. Je dois lutter pour réussir à articuler une réflexion cohérente. Le manque de sommeil n'arrange rien ; la frustration et le désespoir me martèlent le crâne. J'ai honte d'essayer ne serait-ce que de dormir, quand je sais que je devrais être dehors à tenter de retrouver ma petite fille. La police a cherché à nous en dissuader, en affirmant que nous devions laisser travailler les experts, mais c'est plus facile à dire qu'à faire.

C'est comme si mon esprit se remettait par défaut en mode intelligent et logique, mais je décide de faire ce que je fais généralement quand j'essaie de me détendre. La police nous a conseillé de retrouver autant que possible nos réflexes de la vie normale. Quand j'ai besoin de me détendre et de retrouver du calme, je prends un bain. Mais là encore, cette seule idée me fait presque honte. Je ne vois pourtant pas ce que je pourrais faire d'autre à cette heure indue. La télévision, la radio et les journaux vont me rappeler que les gens continuent de mener normalement leur petite vie quotidienne, ou bien ils seront pleins de reportages et d'articles consacrés à la disparition d'Ellie. La police a fait passer à la presse locale une demande d'appel à la vigilance des citoyens, mais je ne suis pas sûre que cela serve à quelque chose. Si quelqu'un tombe sur une petite fille de cinq ans qui paraît égarée en pleine rue, il appelle la police ; il n'a pas besoin qu'une station de radio locale à la con lui demande de le faire.

Il faut que je m'accroche au peu de raison qu'il me reste. Je glisse mes jambes hors du lit et me dirige vers la salle de bains attenante. Je ferme la porte sans bruit derrière moi, m'allonge dans la baignoire, ouvre les robinets et respire la vapeur qui monte autour de moi. Il faut que j'arrive à verrouiller toutes mes pensées durant quelques minutes, à faire comme si rien de tout cela n'arrivait vraiment, pour pouvoir mieux garder le sens des réalités ensuite justement. Parce que si je m'effondre maintenant, je sais que je ne me relèverai peut-être plus.

26
Nick

Je suis finalement réveillé par un éblouissant rayon de soleil qui s'infiltre dans un interstice des rideaux et frappe mes paupières comme un laser. J'ai dormi d'une traite. Étonnant comme l'esprit se détend dès qu'on a pris une décision.

J'entends un bruit d'eau qui coule provenant de la salle de bains à peu près au même moment où je comprends que cela vient de l'étage. Je me redresse en position assise ; j'ai les épaules et le cou endoloris. Je suis sur le canapé. Je me lève lentement, monte l'escalier en traînant les pieds, les jambes en coton, et me dirige vers la chambre. Je colle mon oreille contre la porte et frappe doucement, le poing fermé.

— Tash, tu es là ?

— Oui, répond-elle, sa voix se réverbérant contre le carrelage. Un silence. Puis :

— Tu prends un bain ?

— Oui, j'essaie de me détendre.

— Bien, dis-je, mes pensées encore axées sur ma décision de la veille. C'est une bonne idée. Ça t'ennuie si j'entre me brosser les dents ?

— C'est ouvert.

J'actionne la poignée, qui grince doucement, et pousse la porte. Je suis aussitôt saisi par la vapeur et l'odeur du bain moussant.

Je regarde Tasha. Ses yeux sont fermés, et elle a l'air effectivement détendue pour la première fois depuis longtemps. Mais je la connais ; je sais qu'elle n'est pas femme à pardonner facilement. La meilleure chose à faire est de tenter de réintroduire graduellement une certaine forme de normalité en sa présence.

J'attrape ma brosse à dents, y étale un gros trait de dentifrice et lui demande :

— Tu vas rester encore longtemps ?

— J'ai besoin de ça. Je ne peux pas me contenter de rester assise là à me torturer à propos de ce qui est arrivé à Ellie ou à m'inquiéter à ton sujet. Je ne ferais que me rendre malade à nouveau.

C'est la première fois depuis des années qu'elle fait allusion à sa dépression. La dernière fois que nous avons abordé le sujet, c'était quand elle a repris son travail à Londres et que je me suis inquiété qu'un excédent de stress ne la fasse replonger. Elle m'a assuré que ce ne serait pas le cas, et a ajouté que si cela devait l'être, elle plaquerait immédiatement son boulot. Le temps lui a donné raison, jusqu'à présent.

Je veux dire, elle a été soumise à un stress beaucoup plus intense tout récemment – avant la disparition d'Ellie –, du fait de la fusion qui a lieu à son travail, et pourtant elle m'a paru aller parfaitement bien. En même temps, il est difficile de savoir exactement ce qui se passe à l'intérieur de la tête de quelqu'un. Depuis sa dépression, je ne suis pas certain de savoir qui est réellement Tasha. Voir quelqu'un s'effondrer d'une manière aussi spectaculaire, sans que vous n'ayez rien vu venir, peut vraiment vous faire douter de vos capacités de jugement.

Une idée me vient à l'esprit, mais je la chasse aussitôt.

Tout a commencé à l'époque où on nous a annoncé que la FIV avait échoué, et que nos chances d'avoir un jour un enfant étaient très minces. Tasha s'est efforcée de faire bonne figure, mais j'ai bien vu qu'elle s'écroulait intérieurement. Elle a essayé de dépasser la situation en se plongeant dans le travail – sa façon à elle de s'isoler du monde extérieur –, mais même la femme au cœur de pierre qu'elle faisait mine d'être n'a pu faire comme s'il ne se passait rien.

C'était un jeudi. Je m'en souviens très bien. J'étais dans mon bureau à l'étage, en train d'écrire. Je n'écris jamais mieux que très tôt le matin, l'esprit frais. C'est à peu près la seule chose que je réussis à faire le matin – enfin, à une heure que je considère comme étant le matin. Tasha appellerait plutôt cela le milieu de la nuit. J'ai entendu le bruit familier de la porte d'entrée qui s'ouvre, puis se referme, comme chaque matin quand elle part travailler. Quelques minutes plus tard, je suis descendu me préparer une autre tasse de café, et c'est là que je l'ai trouvée, roulée en boule sur le sol de la cuisine. Elle avait ouvert la porte, mais avait été incapable d'affronter le monde ce matin-là. Elle venait d'être rattrapée par tous ses problèmes, et aussi de comprendre qu'elle ne pourrait plus les intérioriser plus longtemps.

Je ne l'avais encore jamais vue ainsi, et ça n'est plus jamais arrivé. D'ordinaire, elle est si forte qu'elle n'hésite pas à fouler aux pieds les sentiments des autres. Ça m'a fait mal de la voir dans cet état. Une de ses amies lui a conseillé de consulter un médecin, ce qu'elle a fait. Personnellement, je lui aurais suggéré de voir quelqu'un bien plus tôt. Certains signes m'avaient alerté, mais j'ai pensé qu'elle gérerait cela à sa façon, comme toujours. Si j'avais osé préconiser le contraire, j'en aurais pris plein la tête. Je pense que cela lui a fait du bien de comprendre enfin qu'elle avait besoin d'aide.

Elle a pris des médicaments pendant quelque temps. Un genre d'antidépresseur ou de tranquillisant. C'était étrange de la voir aussi maussade, aussi totalement apathique. C'était presque comme si rien de ce que je pouvais dire ne parvenait à l'énerver. C'était assez effrayant, en fait. Ça lui a permis de faire face, mais elle n'était plus la même personne. Elle avait déjà commencé à réduire son dosage au moment où elle a découvert qu'elle était enceinte d'Ellie, mais cela l'a obligée à tout arrêter d'un coup.

La prise de conscience qu'elle était réellement enceinte a été très étrange. Nous n'arrivions pas à y croire au début, mais quand finalement nous nous sommes accoutumés à l'idée, nous avons cherché à faire tout ce qui était possible pour que le bébé soit heureux et en bonne santé. Nous n'avons pris aucun risque. À part le fait que Tasha continuait d'aller travailler – ce dont je ne lui avais pas caché être mécontent – tout allait plutôt bien ; cette grossesse paraissait nous avoir rapprochés. C'est alors qu'elle a commencé à changer.

— Tu as eu des nouvelles, ce matin ?

Je me rince la bouche à l'eau froide.

— Non, rien encore. Ils ont dit qu'ils appelleraient dès qu'ils auraient quelque chose. Tout ce que nous pouvons faire, c'est attendre. Mais je vais devenir cinglée si je dois me contenter de rester assise là à fixer les murs. Il faut que j'essaie de m'occuper l'esprit. Je peux te demander quelque chose ? Tu veux bien apporter la radio ici et la brancher avec la rallonge ? Un peu de musique me fera du bien. J'ai besoin que le bruit couvre mes pensées.

— Mais si le téléphone sonne, est-ce que tu l'entendras ?

Elle me regarde comme si j'étais le dernier des ahuris.

— Je ne peux pas répondre au téléphone en étant dans la baignoire, de toute façon, tu ne crois pas ? J'espérais que tu pourrais au moins t'occuper de ça.

Elle me regarde d'un air désinvolte, mais je doute qu'elle soit dans cet état d'esprit.

Après avoir démêlé les fils électriques derrière la table de nuit, j'apporte la radio et la pose près de la vasque. L'espace d'une seconde, je me fige totalement en prenant conscience de l'occasion qui s'offre à moi.

Une des nombreuses choses dont Tasha n'arrête pas de me parler est de refaire l'électricité de la maison. Il y a un peu plus d'un an, nous avons fait venir un électricien pour changer une double prise dans la cuisine. Il nous a alors fait remarquer que la maison est équipée d'un système de câblage obsolète mal raccordé à la terre, et que le tableau ne comporte aucun coupe-circuit qui pourrait nous éviter un grave choc électrique en cas d'accident. Pas un problème majeur en soi, mais quelque chose qui nécessite tout de même une intervention. À entendre Tasha, cependant, la maison risquait de prendre feu et de brûler complètement d'une minute à l'autre, et elle a passé les deux mois suivants à insister pour que nous refassions tout le circuit électrique comme si c'était un petit boulot de rien du tout que je pourrais accomplir un samedi matin. Je ne m'y connais guère en électricité, mais je sais que cela n'a rien d'une mince affaire.

J'essaie de mettre à profit mes maigres connaissances en électricité pour déterminer quelle tension électrique circule dans une radio numérique. Un sèche-cheveux dans la baignoire ? Radical. Ou bien un radiateur portatif. Mais est-ce qu'une radio numérique ferait l'affaire ? Une partie de moi en doute fortement, mais l'occasion est là, et je dois prendre une décision rapide.

Est-ce que cela cadre avec mon projet de crime parfait ? Peut-être. Je ne serais pas nécessairement soupçonné. Si ? Après tout, il n'est pas si facile que cela de faire couler un bain à quelqu'un, de forcer cette personne à y entrer et d'y jeter un appareil électrique sans qu'elle se défende d'une manière ou d'une autre. D'accord, ce n'est pas à toute épreuve, mais il serait tout de même extrêmement difficile de parvenir à m'accuser de quoi que ce soit. Sont-ils capables de déterminer le moment où la radio a été débranchée de la prise murale, puis raccordée à la rallonge ? L'horloge se remet automatiquement à l'heure grâce à un récepteur numérique ; il est possible que cela laisse une trace quelque part. Ne pourraient-ils pas, par recoupements, en comparant la température de l'eau du bain et la quantité de plis sur l'épiderme de Tasha par exemple, parvenir à la conclusion qu'elle ne peut pas avoir apporté elle-même la radio dans la salle de bains ? Cela paraît un peu tiré par les cheveux.

Le résultat le plus probable est qu'il ne se passerait pas grand-chose ; la radio rendrait l'âme, et Tasha recevrait au mieux une minuscule décharge, pas plus forte que si elle léchait une pile. Et puis, comment expliquerais-je avoir fait tomber la radio dans le bain ? Il faudrait que cela ait l'air accidentel. Je pourrais l'avoir fait basculer avec mon coude ou ma hanche en passant à côté. Ou bien en me penchant pour lui donner un baiser et… oups ! Non. Trop risqué. Je ne voudrais pas rester une seule seconde en contact avec elle ou avec l'eau si j'avais le plus petit soupçon qu'un courant de 240 volts est possiblement à l'œuvre. Je n'ai jamais été très fort en physique à l'école, mais je regrette de ne pas avoir été plus attentif en cours.

Il y a une limite au nombre de fois où je vais pouvoir m'essuyer délicatement le visage avec la serviette avant qu'elle ne commence à se demander pourquoi je continue de rester planté là, à fixer la radio et l'eau du bain. Si je dois agir, c'est maintenant.

Je prends une grande inspiration et pose la serviette près du lavabo, à quelques centimètres de la radio. Je la plie soigneusement en deux, puis en quatre, et l'aplatis avec la paume de ma main. J'essaie de gagner du temps comme je le peux.

Je me tourne vers Tasha et regarde son corps nu allongé dans l'eau, ses paupières fermées, ses cheveux qui ondoient sur son cou, sa poitrine, sous l'eau. Elle ouvre les yeux et me sourit.

— Pardonne-moi, déclare-t-elle. Je t'aime, tu sais, Nick ?

Je déglutis péniblement.

— Moi aussi je t'aime.

Je me force à sourire et quitte la pièce.

27
Nick

Je sais en quoi consistent les appels à témoins des médias dans les affaires de disparitions, surtout quand celles-ci concernent des enfants. McKenna m'a assuré que cela aiderait à attirer l'attention du public sur la disparition d'Ellie, et permettrait que les gens soient plus réactifs s'ils voyaient ou obtenaient une information quelconque sur l'endroit où elle peut se trouver. Mais tout ça, c'est de la connerie. La plupart des gens sont incapables de faire la différence entre un gosse de cinq ans et un autre.

L'unique raison pour laquelle on lance des appels à témoins dans les médias à l'échelle du pays, c'est parce que la police tient un suspect, et parce que ce suspect, de surcroît, est assis derrière un bureau et qu'il lance lui-même l'appel.

Voilà pourquoi il y a toujours l'oncle sorti on ne sait d'où, le grand-père ou l'ami de la famille aux côtés des parents quand ceux-ci s'adressent au pays. Ils veulent voir comment leur suspect réagit face à la caméra, s'il verse des larmes de crocodiles ou non. Les psychologues de la police analysent les images, bloc-notes et stylo à la main, font parler le moindre tressaillement de paupière, le grattement de nez le plus anodin.

Sauf que cette fois, il n'y a ni oncle, ni grand-père, ni ami de la famille derrière le bureau. Il n'y a que Tash et moi. Quant à savoir qui de nous deux est leur principal suspect, je n'hésiterais pas longtemps avant de parier.

McKenna non plus d'ailleurs, qui sait pertinemment que j'ai deviné leur petit jeu. Elle n'est pas stupide. Quand elle nous a parlé de lancer un appel dans les médias, elle m'a observé à la façon d'un boxeur scrutant son adversaire quand sonne le gong de la reprise, attentif à la moindre contraction du visage. Bien entendu, je lui ai dit que je trouvais que c'était une idée formidable. Tout ce qui peut aider à retrouver Ellie est bon à prendre. Et je le pensais, même si je sais que les chances que cet appel nous mène directement à elle sont extrêmement minces.

Avant que je ne reçoive les e-mails, je ne m'inquiétais de rien d'autre que de la disparition d'Ellie. Maintenant, je sais exactement ce qui me traversera l'esprit en même temps que cet appel sera lancé. Cela se verra sur mon visage. C'est certain. Et si les psychologues l'interprètent comme un signe de culpabilité, ça pourrait bien être la fin. Tous les moyens policiers risquent de se concentrer sur moi, et de tout faire pour prouver mon implication dans la disparition de ma fille. D'un point de vue purement égoïste, cela ne me fait ni chaud ni froid, parce que je n'ai rien à voir avec cela ; ce qui m'inquiète, en revanche, c'est de voir l'enquête détournée de son véritable objet, et les chances de retrouver Ellie encore amoindries du même coup.

Il est trop tard maintenant pour leur parler des e-mails de Jen Hood. Si j'étais allé les trouver tout de suite, ils auraient pu tenter de remonter jusqu'à leur auteur et, peut-être, même si c'est loin d'être probable, réussir. Mais depuis que son ravisseur m'a fait savoir qu'il tuerait Ellie si je parle à la police, je ne peux plus prendre ce risque. Qui plus est, même si je réussissais à trouver un moyen de leur parler des e-mails sans mettre la vie d'Ellie en danger, ils voudraient savoir pourquoi je ne leur ai rien dit plus tôt. Ils en déduiraient que je n'en avais pas l'intention, et je me retrouverais accusé de complicité. Pourraient-ils alors me coincer pour dissimulation de preuves ? Je ne sais pas. Probablement. Ce qui est sûr, c'est que – aussi bizarre que cela puisse paraître –, c'est précisément là où elle se trouve maintenant qu'Ellie est le plus en sécurité, du moins tant que son ravisseur croit que je vais faire ce qu'il me demande. Cela me laisse un bref moment de répit pour essayer de découvrir qui il est, ou pour que la police remonte jusqu'à lui par ses propres moyens.

Être innocent ne suffit pas. Le simple fait de savoir que l'on est suspect est insupportable. Quiconque s'est un jour retrouvé dans la même pièce que quelqu'un qui vient de s'apercevoir que son téléphone ou son porte-monnaie a disparu comprendra exactement de quoi je parle. Vous avez beau ignorer totalement ce qui se passe, vous n'empêcherez personne de se dire que le coupable, c'est peut-être vous. Cela revient à éprouver un sentiment de culpabilité qui n'a pas de réelle raison d'être : il y a de quoi se sentir mal à l'aise. Mais les psychologues sauront démêler cela, non ? En même temps, la partie de moi qui voudrait logiquement s'en convaincre est peu à peu mise à mal.

Pour ce que j'en sais, tout a été arrangé à la hâte. J'ai dû en parler devant McKenna, mais c'est elle qui m'a dit qu'il était important de faire cela aussi vite que possible, afin de maximiser les chances de retrouver Ellie saine et sauve. « Les premiers jours sont cruciaux », m'a-t-elle expliqué, comme si je ne le savais pas déjà. Elle a également essayé de m'assurer qu'ils avaient déjà été souvent confrontés à ce genre de situations, et que je ne devais pas m'inquiéter. Ma paranoïa du moment me souffle cependant qu'ils ne me racontent cela que pour me mettre, moi, leur suspect, un peu plus sous pression. Ne pas me laisser le temps de me préparer. M'asseoir là, face caméra, un micro sous le nez, et me livrer aux regards scrutateurs du pays tout entier.

Je ne sais même pas si ce sera en direct, ou bien enregistré pour être diffusé pendant le bulletin du soir. Ils m'en ont dit le moins possible, étant donné que je suis le père. Donc, le suspect numéro un. C'est du moins l'impression que j'ai, même si je sais qu'il me faut chasser cette idée de mon esprit. Pour le moment, je suis le père d'une petite fille qui vient d'être arrachée à ses parents. Une seule chose importe : retrouver Ellie en bonne santé.

McKenna commence par se présenter, ainsi que le lieutenant Brennan. Comme elle se penche en avant, les mains jointes, on distingue clairement derrière elle un grand poster installé en toile de fond provisoire qui reproduit fièrement l'insigne métallique des forces de police locales.

Ce qui m'écœure le plus, c'est qu'on me donne à lire une déclaration toute prête –non seulement écrite à l'avance, mais à laquelle je n'ai même pas participé. Une de ces déclarations dans lesquelles « chaque mot a été pesé pour optimiser nos chances de réussite », selon les mots de McKenna. On est plus proche du plan marketing que de l'appel à témoins pour une disparition d'enfant, mais je garde le silence. Tout cela fait partie de leur stratégie.

Tasha me regarde et je lui prends la main. Je lève les yeux et croise le regard d'un journaliste. Il me fixe un bref instant, avant de regarder son bloc-notes en se grattant l'oreille. Il sait, lui aussi. Il a dû voir cela des centaines de fois. Il connaît le système.

Je n'écoute même pas ce que dit McKenna, mais je remarque soudain qu'elle s'est arrêtée de parler et me regarde. Tasha me donne un petit coup de coude discret. Je cligne des yeux, déplie la feuille de papier sur le bureau devant moi et commence à lire ce qui est écrit :

« Depuis qu'Ellie a disparu, notre vie est complètement bouleversée, dis-je, ne sachant trop quel degré d'émotion je dois mettre dans ma lecture. Notre petite fille est tout pour nous depuis cinq ans, et tout ce que nous voulons, c'est qu'elle rentre à la maison, saine et sauve. Si vous savez où elle se trouve, nous ne chercherons pas à vous nuire. Nous voulons juste retrouver notre petite fille. »

« *Nous ne chercherons pas à vous nuire* » *? J'ai envie de t'arracher la tête, oui !*

« Ellie, si tu vois ou entends ce message, s'il te plaît, ma chérie, trouve un moyen de faire savoir que tu es en vie, et que tu ne cours aucun danger. »

Ma voix chevrote sur cette dernière phrase. Elle bouleverse Tasha, qui met en émoi à son tour les flashs des appareils photos. La presse tient sa prochaine une, celle qui fera vendre. Une bonne photo des parents éplorés. C'est bien ce qu'ils veulent, non ? Dramatiser, vendre du papier. Que le fond soit vrai ou non importe peu.

Et, pour le moment, je ne sais plus ce qui est vrai ou non.

Je réconforte Tash, tandis que mon cerveau semble ne plus enregistrer que le bruit des appareils photos et des flashs qui crépitent. Quelque part au milieu de ce maelström, les paroles de McKenna me parviennent déformées, assourdies :

« … à quiconque aurait la moindre information, d'appeler notre bureau d'enquête au… »

Je ferme les yeux, et essaie d'oublier tout ce qui se passe.

28

Tasha

Par plus d'un côté, l'appel à témoins lancé dans les médias me donne l'impression que l'on m'a ôté un énorme poids des épaules et de l'esprit. Mais c'est aussi, par bien d'autres côtés, un gigantesque fardeau qu'il nous faut porter, comme si nous étions dorénavant sous l'œil vigilant du public britannique. Je ne peux m'empêcher de penser à la manière dont les journaux et l'opinion se sont retournés parfois contre les victimes par le passé. Je pense sans arrêt à l'affaire Madeleine McCann, cette petite fille enlevée dans sa chambre d'hôtel au Portugal où elle était en vacances, et à la façon dont ses parents ont été vilipendés, jetés aux chiens par la presse à scandale britannique, après avoir été contraints de subir l'incompétence des autorités portugaises. Je prie Dieu que cela ne nous arrive pas.

Je sais qu'il se trouvera toujours des gens pour nous soupçonner d'être les coupables. C'est inévitable. La police nous a prévenus que ce serait le cas à la conférence de presse. Ils nous ont conseillé d'éviter d'aller sur les réseaux sociaux, de ne pas regarder les infos et de rester concentrés sur les recherches. Ils n'avaient pas besoin de me rappeler tout cela – je sais qu'il y a des salopards dégénérés dans la nature, et je n'ai pas l'intention de leur permettre de m'accabler encore plus que je ne le suis déjà. Aucun ne le pourra.

Bien entendu, donner une plus large audience à notre affaire a des avantages certains. Beaucoup plus de gens vont se mettre à chercher Ellie, et il se peut même que cela effraie le ravisseur et le pousse à se rendre. D'un autre côté, je crains aussi – tout en m'efforçant de chasser cette idée de mon esprit –, que la peur ne le pousse à faire quelque chose de stupide. Si l'intérêt médiatique pour la disparition d'Ellie devait jamais atteindre le niveau de celui de l'affaire Madeleine McCann, il n'y aura pas un ravisseur sur terre pour se croire plus futé que l'ensemble de la population. Bien que j'espère – désespérément –, que l'appel à témoins aidera à retrouver Ellie et à la ramener à la maison, je ne peux m'empêcher de redouter qu'il n'oblige le ravisseur à se livrer à un acte inconsidéré. Tout ce que nous pouvons faire, c'est attendre et faire confiance à la police, à son expertise en la matière pour nous ramener Ellie saine et sauve.

Nick est beaucoup moins confiant sur ce point, mais c'est dans sa nature. C'est probablement l'écrivain chez lui qui s'exprime. Il était furieux après avoir été emmené par la police, mais je sais que, dans une large mesure, il était une fois encore dans la projection. Il était surtout furieux contre lui-même. Au fond de lui, il sait qu'il a commis des erreurs, la première étant d'avoir laissé Ellie dans la voiture, la deuxième de m'avoir caché cette histoire avec cette fille, Angela. Je suis partagée entre le désir de réconforter mon mari, et celui de le regarder mijoter dans sa peine – une ambivalence malsaine pour un couple, quel qu'il soit.

Je n'ai pas réussi à sortir un mot durant la conférence de presse. Mais qu'aurais-je pu dire ? Je n'arrive déjà pas à comprendre mes propres émotions, alors mettre des mots dessus ! J'oscille entre la colère et l'angoisse, la panique et le désespoir ; mais c'est l'impression de confusion qui domine. Tout ce qui arrive n'a aucun sens. Tout allait bien, nous menions une vie normale. Rien ne laissait présager quoi que ce soit. Des choses comme celles-là n'arrivent pas à des gens comme nous. Comment une famille parfaitement normale, un jour tout ce qu'il y a d'ordinaire, peut-elle voir son monde totalement bouleversé en quelques secondes ? Et pourquoi ? C'est la plus grande question. Je n'arrête pas de penser à Angela. Nick prétend qu'il n'y a aucune chance pour que ce soit elle la responsable, mais j'ai du mal à le croire. Comment le pourrais-je, après qu'il m'a caché tant de choses ? Comment être certaine qu'il n'essaie pas, à sa façon pathétique habituelle, de me protéger de choses qui pourraient me faire du mal, selon lui ? Si c'est vraiment ce qui l'inquiète, il aurait dû commencer par mieux surveiller notre fille.

Le problème est qu'il n'y a personne d'autre. Nous n'avons pas d'ennemis ; du moins aucun qui soit assez détraqué pour vouloir enlever notre fille. Ce qui ne nous laisse qu'une possibilité : le crime opportuniste, quelqu'un qui passait par là. Énoncée froidement comme cela, l'hypothèse peut sembler terrible, mais c'est mieux que de devoir faire face à l'éventualité du mot en *p*. Je sais que Nick a soupçonné Derek, mais je ne le vois pas faire cela. La police a fouillé sa maison et n'a rien trouvé.

Quoi qu'il en soit, il va falloir que Nick apprenne à se contrôler, qu'il arrête de s'énerver pour un rien. Quel cinglé irait mettre à sac la maison d'un vieil homme sur une simple intuition ? Nick m'a donné là une raison de plus de m'inquiéter à son sujet. Jusqu'à hier, ou il y a deux jours, j'aurais affirmé qu'il n'avait pas une once de violence en lui. Et voilà que, en l'espace de quelques minutes, j'apprends qu'il a mis sens dessus dessous la maison de notre voisin, et enlevé une fille il y a des années de cela.

« Enlevé. » Ce mot encore. Ce mot qui ne veut pas disparaître. Ce mot qui, jusqu'à récemment, me paraissait si prosaïque, si ordinaire malgré ses connotations négatives, mais qui désormais semble porter en lui tout le poids du monde. J'ai beau faire, il ne veut pas quitter mon esprit. Pas plus que la surprise de le voir associé au nom de Nick. Reste qu'il a admis avoir effectivement enlevé une fille il y a longtemps. Certes, il était soûl et sous l'emprise de la drogue, et oui, il affirme que cela ne s'est jamais plus reproduit. Et je le crois. Quelle raison aurais-je d'en douter ? Qu'est-ce qui pourrait bien le pousser, en effet, à vouloir enlever sa propre fille ? Je ne vois pas. S'attirer l'attention des médias ? Un coup publicitaire ? Un appel à l'aide ? Tout cela n'a aucun sens. Nick n'est pas lui-même ces derniers temps, c'est vrai, mais ce n'est que depuis la disparition d'Ellie. Au reste, qui ne paraîtrait pas déboussolé après que sa fille a été enlevée ? C'est une réaction parfaitement normale. Non ?

29
Nick

J'ose à peine mener une recherche quelconque sur mon ordinateur personnel maintenant. La police m'a rendu la voiture, mais sans même avoir la courtoisie de me faire savoir qu'ils n'ont rien trouvé. Pourtant, elle a beau être là, je n'arrive pas à m'ôter de l'esprit l'idée qu'ils y ont peut-être placé un traceur GPS ou je ne sais quoi. Je préfère marcher. J'enfile mes chaussures et sors.

Mon premier arrêt : la bibliothèque. J'entre et interroge la jeune femme à l'accueil à propos de leurs ordinateurs publics. Elle m'explique qu'il faut que je m'inscrive pour devenir membre. Ouais, je sais. Un écrivain qui n'a même pas sa carte de membre de sa bibliothèque municipale.

Apparemment, s'inscrire est l'affaire de cinq minutes. Il me suffira ensuite d'entrer mon numéro d'identification et mon mot de passe, et je pourrai utiliser les ordinateurs. Je n'aime pas trop ça. La dernière chose que je souhaite est bien de laisser une trace de mes recherches en me connectant sous mon propre nom.

Je tiens aussi à éviter d'aller dans le même cybercafé que la dernière fois. Je ne veux pas que l'on me reconnaisse. Le problème, c'est que les cybercafés ne sont plus aussi nombreux qu'autrefois.

Je sais qu'il y en a un dans la ville voisine. Du moins, il y en avait un la dernière fois que j'y suis passé il y a six mois. C'est à huit kilomètres environ, mais c'est faisable en marchant bien ; alors, je me mets en route.

Quand j'arrive au cybercafé, je pousse la porte et entre. Il n'y a personne à l'intérieur en dehors d'un type, vraisemblablement le propriétaire, assis à un comptoir au fond de la boutique. Je ne suis pas particulièrement surpris : qui utilise les cybercafés aujourd'hui ? Tout le monde a un ordinateur ou un smartphone maintenant.

Je m'approche de l'homme et lui demande si je peux acheter du temps de connexion sur les ordinateurs. Je lui tends l'argent, et il me désigne du doigt un terminal.

J'attends une éternité qu'Internet Explorer daigne s'ouvrir – voilà pourquoi je me sers d'un Mac –, mais je finis par arriver sur la page d'accueil du moteur de recherche. La chance veut que l'écran que j'utilise soit tourné vers le mur, si bien que je n'ai pas à m'inquiéter que le propriétaire, ou quelqu'un qui passerait dans la rue, ne fourre son nez dans mes affaires.

Je reste assis là un moment à réfléchir, ne sachant exactement quelle recherche je veux lancer au juste. J'ai l'impression d'avoir l'esprit embrumé, incapable de formuler la moindre pensée claire. J'essaie de me remémorer certains exercices que j'ai pratiqués autrefois, certaines techniques destinées à ancrer pleinement sa conscience dans l'instant présent, mais j'ai beau faire, je n'arrive pas à dissiper la brume qui noie mes pensées.

Je sors un carnet de mon sac et me mets à gribouiller. Quelques minutes plus tard, je n'ai toujours rien tapé à l'écran, mais je me suis livré à ce qu'on appelle un remue-méninges avec, en point d'orgue, le mot « meurtre », et, irradiant tout autour, les mille et une manières de tuer quelqu'un. Pour le moment, j'ai couvert le champ de la strangulation, de l'électrocution, du coup violent avec un objet contondant, de l'agression à l'arme tranchante et de *l'accident.*

Bien que j'aie passé des années à faire succomber mes personnages à toutes sortes de morts plus épouvantables les unes que les autres, quand il s'agit de passer véritablement à l'acte, j'ai du mal à m'imaginer m'en charger moi-même. Les idées que, semble-t-il, j'ai tendance à privilégier, ressortent toutes de ce que l'on pourrait appeler les méthodes indirectes : *l'accident* au sens large a donc ma préférence.

Je tourne une page de mon carnet et continue de gribouiller, de libérer un flot de mots et de pensées plus ou moins logiques, plus ou moins automatiques.

Problème de voiture ? Orchestrer disparition. Un mot ou une lettre laissés – mais irréprochables alors. Un projet dans la durée ?

Les mots paraissent faire sens tandis que je les écris, mais très vite ils ont quelque chose d'absurde. Un des enseignements que j'ai tirés de mon travail d'écrivain est que le crime parfait nécessite avant tout un plan méticuleux. Rien ne peut être laissé au hasard. Mais pour l'heure, perturbé comme je le suis, je ne me vois pas réussir ce *crime parfait.* Pas tout seul, en tout cas.

30
Nick

Sur le chemin du retour, j'ai tout le loisir de réfléchir. Cette nouvelle idée de m'adjoindre un complice peut sembler l'option la plus facile, mais elle n'est pas sans générer un certain nombre de difficultés. Si je veux que quelqu'un fasse le sale boulot à ma place, la première question qui se pose est *qui.* Quant au *comment,* je dois pouvoir m'en décharger sur la personne en question.

Une idée me trotte dans la tête depuis un moment, bien que j'aie tout fait pour l'ignorer. Un de mes anciens camarades de classe a purgé une peine de prison à une époque. Je dis « ancien camarade » parce que nous ne nous sommes que très rarement revus, mais il fut un temps où tous les deux, nous étions copains comme cochons. Les meilleurs amis du monde. Nous étions loin d'être des élèves modèles, l'un et l'autre, mais Mark Crawford était d'une autre trempe. Il n'a jamais été violent ni même agressif, mais il avait véritablement ce qu'on appelle l'esprit rebelle.

Finasser, c'était son grand truc. Toujours à louvoyer, à prendre les chemins de traverse, rompu à l'art de tourner une situation à son avantage. Jouait-il au cricket en éducation physique, il s'arrangeait pour avoir une clé dans la ceinture de son short, parfaite pour labourer et raviner la surface de la balle, afin de la faire tourner d'une manière imprévisible. Il était en outre le seul garçon que je connaissais capable de ne rien écouter en cours, tout en réussissant facilement ses examens. Il y avait quelque chose de louche là aussi. En fait, il y avait toujours quelque chose de louche avec Mark Crawford. Quand il a eu vingt-deux ans, il s'est fait coincer pour avoir mis en place un système compliqué de blanchiment d'argent basé sur une fraude à la TVA, à partir d'un petit nombre d'entreprises en SARL qu'il avait créées dans ce seul but.

Nous ne nous sommes que rarement retrouvés, réellement, depuis l'école, mais grâce à Facebook, que je n'utilise que tout aussi rarement, nous avons pu tout de même rester en contact. Je n'ai jamais beaucoup parlé de lui à Tasha. Si je lui racontais son histoire, elle le jugerait avant même de se donner la peine d'essayer de le connaître ; voilà pourquoi je ne suis jamais entré dans les détails. Mais tout cela n'a que peu d'intérêt, en l'occurrence. La seule chose qui m'importe réellement, c'est que Mark Crawford connaît du monde dans le milieu de la petite criminalité. Des gens susceptibles de m'aider à me sortir de cette impasse et à ramener Ellie.

Je ne demanderais pas mieux que de pouvoir faire confiance à la police en ce moment, mais en même temps je me mets à leur place. Une fillette disparaît, et personne ne sait comment. Pour ne rien arranger, le principal témoin – un témoin « fiable », dont on a vérifié le passé – affirme que le père ne l'a jamais fait monter dans la voiture. Qui, d'après vous, soupçonne-t-on en premier ? Votre serviteur. Je sens l'exaspération me gagner en songeant à Derek.

Et puis, où commencer à chercher quand on ne sait même pas de quel côté est allée Ellie en arrivant au bout de la rue ? L'étape suivante consiste logiquement à essayer de deviner qui a pu l'enlever, et à quel endroit ils peuvent se trouver.

Je dois leur prouver que Derek ment, qu'ils perdent un temps précieux à me surveiller, moi, au lieu de chercher Ellie.

Le résultat de tout cela, c'est que la police ne peut rien faire de mieux que d'arpenter le quartier au hasard, de fouiller dans les buissons et de placarder des affiches. Ils ont bien songé à accentuer la pression médiatique, mais ils craignent que le ravisseur d'Ellie ne panique de ce fait, et ne lui fasse du mal. J'ai acquiescé vigoureusement dès qu'ils m'ont fait part de leurs doutes. Je suis bien placé pour savoir que le ravisseur pourrait effectivement paniquer, mais je ne peux évidemment rien leur dire.

Je ne vais pas mentir : je me suis souvent demandé ce que serait la vie sans Tasha. J'ai toujours dit que si je ne m'étais pas marié et installé, je voyagerais probablement en Extrême-Orient ou en Australie à l'heure qu'il est. Ce qui est certain, c'est que je ne serais pas endetté jusqu'au cou par un prêt hypothécaire dans la même foutue ville qui m'a vu grandir, sans aucun espoir de la quitter un jour. D'une manière générale, tout serait bien plus facile si Tasha n'était pas là.

Plus question de se lancer dans des voyages aujourd'hui. Pas alors que nous sommes mariés avec un gosse et une hypothèque sur les bras, sans parler de tout ce qui va avec. En outre, Tasha ne semble pas particulièrement disposée à abandonner sa précieuse carrière non plus. Mais Ellie et moi, juste tous les deux ? Oui, ça marcherait. Surtout si rien ne nous retenait plus ici.

Une autre pensée me vient à l'esprit. Tasha est assurée. Elle a insisté pour que nous prenions une assurance quand nous nous sommes mariés et avons acheté la maison. Nous avons même veillé à ce que le contrat comprenne des dispositions protégeant chacun des enfants que nous aurions, et garantissant en outre une somme d'argent supplémentaire pour leur « garde » si l'un de nous deux venait à disparaître. Les compagnies d'assurances paient-elles tout de même en cas de meurtre ? Après tout, je me dois d'imaginer que tel pourrait être le verdict si je n'arrive pas à faire passer la mort de Tasha pour un accident. Non. Je chasse aussitôt cette idée de ma tête. Je *vais* faire en sorte que cela ressemble à un accident. Un accident ou un meurtre que je ne pourrais pas avoir commis. Je pourrais vendre la maison alors, ajouter au fruit de la vente l'argent de l'assurance, et Ellie et moi pourrions mener une vie facile en parcourant le monde. Et pourquoi pas engager un précepteur pour Ellie, qui nous suivrait dans nos pérégrinations ?

Tout cela paraît fantastique, presque irréalisable, tant on est loin du quotidien qui est le nôtre, mais il suffit parfois de s'asseoir et de coucher ses idées sur le papier pour se rendre compte que deux ou trois décisions simples peuvent changer complètement notre vie. Si vraiment c'est ce que l'on veut, bien entendu. Jusqu'à la disparition d'Ellie, j'aurais probablement fait comme la plupart des gens : continuer sans rien modifier. C'est la solution de facilité, j'imagine. Mais aujourd'hui, il est hors de question que rien ne bouge. Je ne peux pas me permettre de laisser la situation redevenir ce qu'elle était. Les choses *doivent* changer, maintenant. Je veux qu'on me rende Ellie.

Mark m'a parlé un jour d'un type du coin avec qui il avait sympathisé en prison, et qui serait prêt à lui rendre « un service », si jamais il en avait besoin. En marchant, je resserre l'étreinte de mes doigts autour de mon téléphone dans la poche de mon jean, conscient qu'à l'instant même où je le sortirai et composerai le numéro de Mark, les choses seront lancées. Pour le moment, cependant, cela ne me paraît pas sérieux. Ce qui semble l'être, c'est le fait que ma petite fille a disparu, et qu'elle se trouve entre les mains d'un dangereux psychopathe. Pour la récupérer, tout ce que j'ai à faire est de passer un coup de fil et de mettre un terme à mon simulacre de mariage, pour être libre de vivre ma vie comme je l'entends, avec ma fille à mes côtés. Libre d'être moi-même, sans m'inquiéter d'autre chose.

Mais serai-je vraiment libre ? Qu'arrivera-t-il quand Tasha sera morte ? La police me soupçonnera, cela ne fait aucun doute, mais je leur prouverai que je n'y suis pour rien. Eux seront persuadés de ma culpabilité, convaincus que j'ai tout organisé. Mais il leur faudra le prouver au-delà de tout doute raisonnable. Il leur faudra des preuves. Si je suis prudent, je peux faire en sorte qu'ils n'en trouvent aucune.

Je réfléchis au meilleur moyen d'appeler Mark. La solution la plus sûre serait d'utiliser une cabine téléphonique, ou le téléphone de quelqu'un, mais je rejette l'idée. Si la police le veut vraiment, elle découvrira que je l'ai contacté. Et comment justifierais-je alors le fait de l'avoir appelé depuis une cabine téléphonique ? *A priori*, il n'y a rien de louche dans le fait que je le contacte. Nous sommes allés à l'école ensemble, nous sommes *amis* sur Facebook, et je n'ai pas à me justifier là-dessus. J'aurai appelé une vieille connaissance, voilà tout ; et alors ? Il appartiendra à la police de prouver qu'il y avait autre chose derrière cet appel. Des amis, je n'en ai pas tant que cela, alors pourquoi pas Mark ? Je ne ferais qu'ajouter à leurs soupçons en allant dans une cabine téléphonique. En outre, ce n'est pas Mark qui agira en personne.

Je fais défiler mes contacts jusqu'à la lettre *M* et appuie sur le nom de *Mark*. Je colle le téléphone contre mon oreille et attends la tonalité familière. À la quatrième sonnerie, il décroche :

— Nick ! Comme ça va, mon vieux ?

Je mens en répondant :

— Bien, bien… enfin, pas si bien que ça, en fait. Dis-moi, tu es en ville ? Je ne peux pas vraiment parler au téléphone.

— Ça alors, mon vieux. Il y a bien six ans que tu ne m'as pas appelé, et maintenant que tu le fais, tu me dis que tu ne peux pas parler au téléphone ?

Il rit.

— Je sais, dis-je. Je t'expliquerai tout ça de vive voix. C'est plus facile, voilà tout.

Le fait est qu'il y a de grandes chances pour que mon téléphone soit sur écoute, en particulier si la police me soupçonne d'être impliqué dans la disparition d'Ellie. Il me sera suffisamment difficile comme cela d'essayer d'expliquer pourquoi j'appelle un repris de justice pour la première fois en six ans, juste après que ma fille a disparu, mais j'ai une excuse – un peu mince, je le reconnais –, pour cela :

— Je traverse une sale période en ce moment, tout est chamboulé dans ma tête, alors j'essaie d'écrire autant que possible, histoire de ne pas devenir cinglé. J'ai besoin de ton expertise, parce que j'écris un truc qui se passe en prison, et, étant donné que…

— Oh, ouais, je vois. Pas de souci. Écoute, je viens de sortir du métro, et je rentrais, là. Je peux te retrouver maintenant dans Jubilee Park, si tu veux.

Je souris. C'est là que nous allions toujours après l'école pour nourrir les canards de l'étang.

— Parfait, j'arrive.

31

Nick

Mark est déjà assis sur le banc face à l'étang quand j'arrive dans Jubilee Park.

Il est avachi contre le dossier en lattes de bois, les yeux fermés, le visage tourné vers le soleil radieux.

— Désolé, monsieur, mais les vagabonds n'ont pas le droit de dormir ici, dis-je en arrivant derrière lui et en lui donnant une petite tape sur l'épaule.

Il laisse échapper un petit rire, reconnaissant immédiatement ma voix.

— Comment ça va, vieux ? demande-t-il en me tendant la main en même temps que je m'assois à côté de lui.

— J'ai connu mieux.

— Ouais, j'ai vu tout ça sur Facebook. C'est affreux. Je n'imagine même pas ce que tu dois endurer.

— Je n'y parviens pas moi-même, avoué-je.

— Les flics ont une idée de l'endroit où elle pourrait être ? demande Mark.

— Pas la moindre foutue idée. Ça t'étonne ?

— Certaines choses ne changent jamais. Tu dois avoir la tête en vrac avec tout ça.

— Ouais, tu peux le dire…

Il croit que je veux changer de sujet – ce qui n'est pas le cas –, et enchaîne :

— Alors, et ces recherches que tu fais ? De quoi s'agit-il, au juste ?

— Pour être honnête avec toi, je ne fais aucune recherche. J'ai dû te dire ça au téléphone parce que je soupçonne la police de retracer mes appels.

— Merde, pourquoi ça ? Ellie ?

— Ouais. Ils m'ont posé des questions bizarres. J'imagine qu'ils commencent toujours par soupçonner la famille, mais je t'avoue que ça ne m'a pas vraiment consolé.

— Quel genre de questions bizarres ? veut savoir Mark.

— J'ai l'impression qu'ils ne croient pas vraiment ce que je leur ai raconté. Le truc, c'est que le type qui vit en face de chez nous a l'air d'avoir un problème avec moi. Il m'a très clairement vu installer Ellie dans la voiture, mais il a dit à la police que ce n'était pas le cas. En gros, c'est ma parole contre la sienne. Mais lui a un petit côté pilier de la communauté, tu vois, alors que moi, je… enfin…

— Le problème avec Angela ? croit comprendre Mark.

— Exactement.

— Ne t'inquiète pas de ça, mon vieux. Ils commencent toujours par là. Fouiller dans ton passé, récolter tout ce qui est à charge et s'en servir contre toi. Il faut que tu sois au-dessus de ça.

Je me penche en avant, et appuie mes coudes sur mes genoux.

— C'est facile à dire. Écoute, mon vieux, je sais qu'il y a des années qu'on n'a pas parlé tous les deux, mais je peux toujours te faire confiance, pas vrai ?

Je remarque un changement d'expression sur le visage de Mark.

— Oh, non, Seigneur, dis-je, ce n'est pas ce que tu crois. Bordel, non ! Je peux te jurer que je n'ai rien à voir avec la disparition d'Ellie. Mais j'ai reçu un e-mail. Une demande de rançon.

Je lui cite le texte de l'e-mail en question. Je me souviens de chaque mot, de chaque signe de ponctuation.

— Merde, réagit-il.

— Ouais, comme tu dis.

— Tu crois que c'est sérieux ?

— Ça m'en a tout l'air. La personne qui l'a envoyé devait se trouver tout près de la maison, parce qu'elle a fait un commentaire sur le flic qui montait la garde devant chez nous.

— Ouah, fait Mark en regardant l'étang.

Un canard colvert plonge la tête sous l'eau durant une seconde ou deux, comme s'il voulait éviter d'entendre notre petite conversation.

— Maintenant, écoute-moi bien, je n'ai pas besoin de conseil, ni qu'on me fasse la morale. J'ai eu tout le temps d'y réfléchir. Si je dois choisir entre

Tasha et Ellie, mon choix est fait. Seulement… eh bien, tu m'as parlé il y a longtemps de ce type que tu connais, et qui serait susceptible de rendre certains services, dis-je, regrettant immédiatement ce vocabulaire tout droit sorti d'un film de mafieux.

Mark, à juste titre, se met à rire.

— Attends une seconde, on ne se voit pas pendant six ans, tu débarques quelques jours après que ta fille a disparu et alors que tu es le suspect numéro un de la police, et là-dessus tu me demandes de te mettre en contact avec un tueur à gages pour pouvoir éliminer ta nana ? Dis-moi, vieux, t'as fumé un truc ou quoi ?

J'avale péniblement ma salive.

— Je sais que ça paraît dingue, mais je sais aussi que la personne qui détient Ellie ne me la rendra pas, à moins que je ne fasse ce qu'elle me demande. Elle tuera Ellie si je ne fais pas le nécessaire. La police n'a pas l'ombre d'un espoir de remonter sa piste. La seule preuve, c'est l'e-mail, mais si je leur donne ça, Ellie sera tuée. Je ne peux pas prendre ce risque, tu comprends ? Ce que je veux dire, bon Dieu de merde, c'est que l'idée que Tasha puisse mourir… mais imaginer la vie sans Ellie, c'est encore pire. Je ne le supporterai pas.

— Donc, liquider ta femme est la meilleure option, pour toi ?

— Ouais, dis-je, catégorique.

— Seigneur.

Mark lève les yeux et contemple l'étang. Il arque légèrement les sourcils en se penchant en avant, et se frotte doucement les mains, comme s'il les passait sous un robinet imaginaire.

— Je sais pas. Je veux dire, ça ne m'enchante pas d'être mêlé à ce genre de conneries, tu vois.

— Ce type, c'est un ami à toi, c'est bien ça ?

— Ça dépend de ce que tu entends par « ami ». Je le connais, ouais. Mais je ne l'inviterais pas à faire bombance chez moi, ou à jouer au Trivial Pursuit.

Il secoue la tête.

— Écoute, je suis ce qu'on appelle un délinquant à col blanc, tu vois ? Je ne trempe pas dans ce genre d'histoire. Je ne suis pas un type violent.

— Moi non plus, rétorqué-je en me tournant vers lui.

Il se contente d'arquer un sourcil, songeant évidemment à Angela.

— Ça remonte à loin maintenant, Mark. Tu le sais.

— Ouais, je sais. Désolé. Je suis juste un peu sous le choc, tu vois ?

— Je ne te savais pas impressionnable, dis-je avec un petit sourire désabusé.

Mark s'est toujours targué d'être un homme du monde – un honorable criminel, diraient certains.

— Eh bien, ce n'est pas tous les jours que j'ai une conversation comme celle-là, je te l'avoue. Écoute, je vais rester en dehors de ça, d'accord ? Je ne vais rien organiser. Si tu veux entrer en contact avec ce type et passer un deal avec lui, c'est ton problème. Mais ça n'aura rien à voir avec moi. Tu saisis ?

Je déglutis et acquiesce d'un rapide signe de tête.

— Ouais. Merci, Mark.

— Le type s'appelle Warren MacKenzie. Il a ses habitudes au *Talbot Arms*. Il y a deux jeunes Serbes qui bossent pour lui ; ça fait un bail maintenant.

Des gars de confiance. Personne ne sait qui ils sont, à part lui. Donc, ne fourre pas ton nez de ce côté-là.

Toute cette conversation a quelque chose d'irréel. On se croirait dans une scène de film de gangsters, et j'en rirais presque. Une partie de moi se demande si Mark n'est pas en train de se payer ma tête en jouant les affranchis version Don Corleone. Mais je le connais depuis longtemps, et je vois à son regard qu'il est sérieux. C'est la première fois que je lis de la peur sur son visage.

32
Tasha

Nick est sorti il y a environ deux heures. Je ne sais pas où ; il a juste expliqué qu'il voulait s'éclaircir les idées. L'appel à témoins sera diffusé ce soir, au journal télévisé. Je n'ai su qu'après qu'il y aurait ce délai. J'imaginais qu'ils allaient le diffuser immédiatement, sur toutes les chaînes d'infos. Chaque seconde compte ; en ce qui me concerne, je trouve qu'il est vital que notre message soit relayé aussi vite que possible.

La police nous a dit qu'ils devaient être prudents et s'assurer que l'information soit délivrée au moment opportun, de la manière opportune. Je ne sais pas trop ce qu'ils entendent par là ; mais je veux croire qu'ils ont une piste quelconque, et qu'ils veulent se servir de cet appel dans les médias pour la vérifier. En même temps, je me sens offensée par le fait qu'ils ne nous communiquent aucune des informations qu'ils possèdent, alors que c'est *notre* fille qui a disparu. Je n'ai aucune idée de ce qu'ils savent au juste, ou de ce qu'ils croient savoir, mais nous tenir informés devrait être une de leurs priorités. À moins qu'ils ne nous soupçonnent.

Je ne dirais pas que l'idée ne m'a pas traversé l'esprit. Bien sûr que si. Il est logique dans notre cas de s'attendre à devoir répondre à des questions pièges. Mais ce que je ressens, c'est avant tout du désespoir. Ces gens sont censés nous aider à faire en sorte qu'Ellie rentre à la maison. Ils nous ont répété et répété qu'il fallait leur faire confiance, que les experts, c'étaient eux. Pourtant, s'ils passent ne serait-ce qu'un pour cent de leur temps à nous soupçonner et à enquêter sur nous, c'est autant d'énergie en moins consacrée à essayer de retrouver la personne qui a enlevé Ellie.

C'est étonnant, les changements qui se produisent quand ce genre d'histoire vous tombe dessus. Tout ce que vous pensiez connaître est remis en question. D'ordinaire, je ne suis pas du genre loquace. Comme Nick, j'ai tendance à garder mes sentiments pour moi. Ni l'un ni l'autre ne sommes enclins à nous épancher facilement. Ça n'a jamais été, je pense, un problème, mais depuis qu'Ellie a disparu, j'ai besoin que Nick soit là pour moi. Lui, ou quelqu'un d'autre. Comme si j'avais trop longtemps supporté le poids de mes émotions, et que j'avais besoin maintenant de m'en délester sur quelqu'un. Quelqu'un qui m'a témoigné de la bienveillance et de l'attention dernièrement. Une femme. Quelqu'un qui n'est pas un foutu agent de police.

Je décide d'appeler Emma. Nous avons été en contact une ou deux fois récemment ; elle sait quelle période difficile je traverse, et m'a aidée à obtenir un rendez-vous avec ce médecin. Elle paraît toujours disponible, toujours prête à me répondre au téléphone. Je sais que je peux compter sur elle. À l'inverse, je ne me sens pas très fière de moi ; je me dis que je n'ai pas été une bonne amie pour elle. Nous sommes amies, bien sûr, mais du genre de celles qui s'envoient une carte de vœux pour Noël et échangent deux ou trois mots dans l'année. Le genre d'amis qu'ont la plupart des adultes, j'imagine. Nous ne sommes pas particulièrement proches, mais pour le moment elle est tout ce que j'ai.

Elle respire le calme à peine a-t-elle décroché son téléphone. C'est une des choses que j'aime le plus chez elle – le fait qu'elle soit toujours aussi détendue et rassurante. Elle prend immédiatement de nos nouvelles, à Nick et à moi, et demande si nous avons des nouvelles d'Ellie. Je lui réponds que non. Et très vite, la toujours perspicace Emma comprend qu'il y a un problème.

— Quelque chose te préoccupe ? me demande-t-elle, se doutant bien que c'est le cas.

Elle sait que je ne suis pas de ceux qui appellent les gens simplement pour bavarder.

— Oui, une ou deux bricoles, dis-je d'un ton presque sarcastique.

Comme si je me vidais déjà l'esprit de ce qui l'encombre.

— Tu sais que tu peux me parler, hein ? demande Emma. Je suis consciente que nous ne sommes plus aussi proches qu'autrefois, mais je suis toujours là si tu as besoin de te confier.

— Je sais. Merci.

Et elle a raison. Nous étions très proches à l'université. Toutes les quatre. Chacune bien dans son rôle : j'étais la meneuse, la fille forte, pleine de confiance en elle, celle qui attirait en premier les regards des garçons ; Emma était la fille modeste et tranquille, un rien baba cool, qui s'était laissée convaincre par ses parents d'aller à l'université, mais qui ne visait le diplôme que pour leur faire plaisir ; Cristina, elle, était celle qui buvait plus que de raison et disparaissait au milieu de la nuit, pour rentrer chez elle, ou chez quelqu'un d'autre ; Leanne, enfin, était la sportive qui ne buvait pas, surveillait sa ligne et était pourtant capable de prendre du bon temps. J'habitais toujours chez mes parents, l'université étant située à moins cinq kilomètres de la maison. Emma était de Droitwich, Cristina venait du pays de Galles, et Leanne du Devon. La petite bande paraissait inséparable. Toutes, nous sommes restées dans la région après la fac, et nous étions toutes persuadées que notre amitié durerait toujours. C'est probablement cette assurance excessive qui nous a fait du tort.

Nous avons commencé à suivre chacune plus ou moins notre chemin vers la fin de nos études. J'ai rencontré Nick peu de temps après, au syndicat des étudiants, bien qu'il ne fût pas inscrit à l'université. Mais il était du coin lui aussi, et y avait quelques amis. On a bavardé et fait connaissance, et puis on s'est rapprochés. Même à cette époque, quand j'y repense, il parlait très peu de lui. Pas une fois je ne lui ai demandé s'il avait une petite amie, quel était son parcours, rien. Je ne posais pas beaucoup de questions, et lui se confiait peu. Au début, personne ne savait même que nous étions ensemble. Nous avons fait connaissance, sommes devenus amis, et puis c'est arrivé comme ça. Nous n'avons jamais ressenti le besoin d'en parler à quiconque. On ne peut même pas dire qu'il y a eu un moment clé, un point de départ en quelque sorte. Je me souviens juste d'avoir été de plus en plus attirée par ce type qui cultivait le genre bohème, paraissait se ficher de tout et être heureux, satisfait de lui. Il y a quelque chose de très sexy chez les hommes qui manifestent une telle confiance en eux, sans pour autant verser dans l'arrogance.

— Pour être honnête avec toi, c'est Nick, lui dis-je en me recroquevillant sur le combiné bien qu'il n'y ait personne autour de moi qui écoute. Il aggrave la situation en faisant comme si tout tournait autour de lui. Et son comportement… est inquiétant.

— Inquiétant ? Comment ça ?

— Il s'est passé un ou deux trucs, dis-je en m'efforçant de réfléchir à la meilleure manière de formuler les choses. Tu le connais. Je n'arrive pas à le comprendre.

— Pourquoi ? Qu'est-ce qu'il fait ? demande Emma.

J'avale ma salive.

— Je ne sais pas si je suis censée te parler de cela ou non ; en tout cas, ils ne me l'ont pas interdit. Nick est obnubilé par ce type âgé qui habite en face de chez nous. Il est convaincu qu'il y a quelque chose de louche chez lui. Il aurait modifié son témoignage, ou du moins prétendu que Nick n'a jamais mis Ellie dans la voiture.

Bref, Nick est allé le trouver pour l'interroger, persuadé qu'il sait où se trouve notre fille. Il lui a fichu la frousse de sa vie, et a mis sa maison sens dessus dessous. La police a dû s'en mêler pour le faire sortir.

— Seigneur, soupire Emma.

— Ensuite, il est rentré à la maison, la police était là, bien sûr, et ils ont commencé à lui poser des questions. J'ai découvert qu'il y a longtemps, il a été condamné à une peine de prison avec sursis pour avoir enlevé sa petite amie de l'époque et l'avoir ligotée à un arbre. Ils avaient bu et fumé tous les deux.

— Nom de Dieu. Et ça s'est passé avant votre rencontre ?

— Ouais. C'est pour cela qu'il boit rarement, apparemment. Je savais qu'il avait fumé de l'herbe et je ne sais trop quoi autrefois, mais là on était dans un tout autre registre. Et je n'ai jamais rien su de toute cette histoire. Comment quelqu'un peut-il te cacher une chose pareille aussi longtemps ? Comme s'il avait oublié ce qui s'est passé.

— Je ne sais pas, avoue Emma. Ça arrive, pourtant. Est-ce que cela aurait changé l'opinion que tu as de lui si tu l'avais appris plus tôt ?

Je soupire.

— Ça dépend de ce que tu entends par « plus tôt ». Si, dès le départ, il m'avait dit : « Salut, je m'appelle Nick. J'ai enlevé ma dernière petite amie », je ne me serais sûrement pas attardée auprès de lui.

— Ça n'était peut-être pas sa dernière petite amie, risque Emma. Ça a pu se passer longtemps avant.

— Peut-être bien. Je ne sais pas. Je n'ai pas les détails. Je ne l'ai jamais interrogé sur ses anciennes petites amies. Je veux dire, qui fait cela ?

À cet instant, je me rends compte que je ne sais presque rien du passé de Nick. Je sais où il a grandi, qui étaient ses parents, où il est allé à l'école, mais ça s'arrête là. Les détails, je ne les connais pas. Pas la moindre anecdote. Rien d'intime, aucun souvenir personnel.

— Pardonne-moi, reprend Emma, mais on dirait que tu as des doutes au sujet de Nick.

— Je ne sais pas. Vraiment pas. Je suppose que je suis encore sous le choc, voilà tout. Découvrir tout ça m'a complètement chamboulée. Je suis dépassée. Et maintenant, il se met à sortir, il dit qu'il a besoin d'être seul. Je ne sais pas où il est, ce qu'il fait. J'ignore même si j'ai vraiment envie de le savoir.

— Y a-t-il quelque chose que je puisse faire ? demande Emma après un silence de quelques secondes.

— J'en doute. J'avais juste besoin de parler à quelqu'un. Il y a cette femme policière, Jane, mais quelque chose m'empêche de m'ouvrir totalement à elle. J'ai toujours l'impression qu'elle me surveille, qu'elle garde un œil sur moi et qu'elle attend que je commette une erreur ou dise quelque chose de mal.

— La police est là pour toi. J'imagine qu'ils ne font que leur boulot. Je ne m'inquiéterais pas de ça, à ta place. Si tu as besoin de te confier, il te suffit de m'appeler, d'accord ? Je répondrai toujours.

— Merci, dis-je, ne sachant pas quoi dire d'autre.

Je crois qu'il vaut mieux que je n'ajoute rien ; je pourrais bien m'effondrer complètement.

33

Nick

Le *Talbot Arms* est un pub dans lequel je n'ai encore jamais mis les pieds. J'ai vécu toute ma vie dans cette ville, et le pub a toujours été là, mais je ne crois pas connaître quelqu'un qui y ait jamais bu un verre. Pour faire simple, c'est le pub sans âme par excellence ; une monstruosité en béton aux murs couverts de croix de saint Georges et de bannières du réseau de télévision Sky Sport. Il y a toujours au moins une fenêtre condamnée, et les odeurs de cigarette et de vieille pisse viennent vous cueillir jusque sur le trottoir.

Le parking est jonché de crottes de chien et de cannettes de bière, et les voitures s'y font rares. Je ne suis qu'à quelques centimètres de la porte quand je me demande brusquement ce que je suis en train de fabriquer au juste. Ce n'est pas rien d'entrer là-dedans. Le fait que le ravisseur veuille que ce soit moi qui me charge de la basse besogne plutôt qu'il n'engage lui-même quelqu'un pour le faire me laisse penser qu'il veut me faire souffrir moi aussi, ce qui signifie qu'il s'agit de quelqu'un que Tasha et moi avons fichu en rogne. Deviner qui n'en paraît que plus impossible encore. Mais comment savoir que ce n'est pas un piège que l'on me tend ? L'hypothèse tient debout, même si les chances que ce soit le cas sont minces comparées à la probabilité que je ne revoie jamais Ellie si j'essaie de me soustraire à mes obligations. Mais après tout, qu'est-ce que je risque à avoir une petite conversation dans un pub ?

Je pousse la porte et entre. Mes pieds collent immédiatement à la moquette et je sens des regards se poser sur moi. Ce n'est pas le genre d'endroits où il y a beaucoup de passage, et je dois franchement détonner dans le décor. J'ai des cheveux, pour commencer.

Je me dirige vers le bar avec autant d'assurance et de décontraction que possible, et commande une bière blonde. Le patron me lorgne avec un regard insistant qui me met légèrement mal à l'aise, et me verse ma bière.

Je dis, Dieu sait pourquoi :

— Je viens d'emménager.

Je prends ma pinte de bière et la paie. Le patron s'assoit sur un tabouret tout près de moi, et tourne son regard vers un groupe de quatre types chauves qui jouent au billard.

— Je cherche quelqu'un, en fait. Warren MacKenzie, c'est son nom. Est-ce qu'il vient ici ?

— Qui le demande ? veut savoir le patron, sans quitter des yeux la table de billard.

— Moi.

Il se lève lentement, s'approche de moi et se penche au-dessus du comptoir, entre deux tireuses à bière.

— Et qui êtes-vous ?

— Un ami, dis-je en tendant, pour je ne sais quelle raison, une main vers lui, comme pour l'inviter à la serrer.

À ma grande surprise, c'est ce qu'il fait.

— J'ai besoin de lui parler. Un ami m'a mis en contact avec lui.

— Un ami vous a mis en contact ? cherche à comprendre le patron. Je croyais vous avoir entendu dire que vous *étiez* un ami.

— Eh bien, disons un ami d'un ami, bredouillé-je.

Le patron a un sourire narquois ; il hausse les épaules, qui retombent aussitôt en même temps qu'il soupire en émettant un son qui ressemble à celui d'un plongeur vidant son tuba.

— Warren. Il y a un gars ici qui veut te voir, lance-t-il en direction de la table de billard.

Un des hommes se redresse et s'avance vers moi, sans me quitter des yeux.

— Ouais ? fait-il en arrivant à ma hauteur.

C'est un grand gaillard. Il porte une large chemisette à carreaux qui ne permet pas vraiment de voir s'il est tout en muscles ou l'inverse. Un tatouage dépasse de la manche de son biceps droit, mais je ne saurais pas dire ce qu'il représente.

— Bonjour, dis-je en lui tendant la main comme je viens de le faire avec le patron.

Mais Warren n'est pas aussi accommodant ; il ignore mon geste, tout en continuant de me fixer du regard.

— Un ami m'a dit qu'on pouvait louer vos services, et que vous pourriez peut-être m'aider.

— Ouais. C'est pour construire une dépendance, c'est ça ? me répond-il.

J'entends ses amis que cela fait rire doucement à la table de billard.

Je le regarde en plissant les yeux, ne sachant pas trop s'il me met en boîte, ou si c'est une sorte de code. Que faut-il que je réponde ?

— J'ai besoin d'aide, dis-je, d'un petit service.

C'est tout ce qui me vient à l'esprit.

— Désolé, mon vieux. Je ne rends pas de service. Avec moi, c'est uniquement du travail tarifé. Le prix de la brique a grimpé ces derniers temps, vous comprenez.

Les rires de ses amis à la table montent crescendo.

— Écoutez, est-ce qu'on pourrait parler dehors ? Comme je vous l'ai dit, c'est un ami qui m'envoie. Il m'a assuré que je pouvais vous faire confiance. Ce serait mieux, je pense, si nous pouvions parler en privé.

— Oh, vous croyez ? réplique-t-il en se rapprochant encore de moi. Eh bien, je ne suis pas d'accord. Si vous avez quelque chose à me dire, dites-le ici. Votre ami, c'est qui ?

— Je ne peux rien dire. Il m'a demandé de rester discret.

Pour toute réponse, il se contente de souffler bruyamment, comme vient de le faire le patron.

— Vous avez de la chance : je suis de bonne humeur. Dehors, dit-il en pointant un doigt vers la porte.

Il y a quelque chose de menaçant dans son regard ; je n'ai pas l'intention de discuter. J'ai merdé, voilà tout.

Je sors et traverse le parking en traînant les pieds sur le goudron. Je m'assois sur un muret, ferme les yeux et sens le soleil qui me chauffe la nuque.

Quelques instants plus tard, j'entends un raclement métallique. Je me tourne dans la direction du bruit, et vois le patron qui repositionne un fût de bière contre le mur à l'extérieur. Il tourne la tête, me regarde et vient vers moi.

— Faites pas attention à Warren. Il est prudent, c'est tout. C'est son tempérament.

Je me force à sourire et me remets à regarder les voitures qui passent.

— Pourquoi vous avez dit que vous veniez d'emménager ? me demande-t-il en se perchant sur le mur à côté de moi.

Je hausse les épaules.

— J'en sais rien. Je ne voulais pas avoir l'air de débarquer de nulle part.

— Warren a eu quelques petits démêlés avec la police. Depuis, il est plutôt du genre soupçonneux avec les inconnus, comme vous pouvez l'imaginer. Mais j'ai vu votre photo dans la presse. Je sais qui vous êtes. Attendez là une petite minute.

Avant que j'aie le temps de prendre la mesure de ce qui vient de se passer, il est parti. Merde. Il sait qui je suis. Ça ne m'aide pas du tout. Est-ce que je peux faire confiance à ce type ? Je n'en ai pas la moindre idée. Tout ce que je vois, c'est qu'il a l'air de trouver parfaitement normal qu'une bande de gangsters, des professionnels du crime, boivent un verre chez lui, ce qui me paraît plutôt bon signe. Je ne peux plus reculer maintenant. Je n'ai pas de plan B.

Moins d'une minute plus tard, il est de retour, suivi par Warren. Je me lève, marche dans leur direction et nous nous retrouvons au milieu du parking.

— Richard me dit que vous êtes OK, déclare Warren.

— Ouais. On est partis sur de mauvais rails, désolé. Je ne suis pas exactement dans mon élément, ici.

Warren adresse un petit regard à Richard, qui s'en retourne à l'intérieur, nous laissant seuls tous les deux. Warren lève les yeux et me regarde d'un air d'attente.

— J'ai besoin qu'on s'occupe de quelqu'un, dis-je en m'efforçant autant que possible de ne pas jouer les troisièmes couteaux mafieux. Ma femme.

Warren observe quelques instants de silence, avant de réagir.

— Richard m'a dit qui vous êtes. Je vais être franc avec vous. Les mots « honneur » et « confiance » ont du sens pour moi, vous comprenez ? Je mène mes petites affaires à ma façon, mais j'ai mes principes. Je ne suis pas de ceux qui croient que les femmes sont irréprochables. Elles sont pires que les hommes, la plupart du temps.

Ce qui se passe entre votre bourgeoise et vous, c'est votre problème. Je n'ai pas à en juger. Mais je décide qui j'aide en fonction de différents paramètres, d'accord ? Maintenant, regardez-moi dans les yeux, et dites-moi que vous ne savez pas ce qui est arrivé à votre gosse.

Le ton se veut à la fois provocateur et menaçant, mais il ne m'a jamais été aussi facile de répondre à une question depuis longtemps. Je le regarde droit dans les yeux et lance :

— Je jure que je n'en ai aucune idée. Je veux juste retrouver ma fille. Et c'est le seul moyen pour qu'on me la rende.

Il acquiesce d'un hochement de tête.

— Comment vous vous y prenez ? Je veux dire, combien de temps ça prend ? Est-ce que c'est violent ? J'ai besoin de savoir.

— Je ne sais pas de quoi vous parlez, me répond-il, le visage calme, sans expression.

Mais je peux lire dans son regard qu'il faut entendre : *On ne parle pas de ça.* Je comprends qu'il soit prudent, mais en même temps je ne vois pas ce qui pourrait lui laisser croire que je suis un flic ou je ne sais quoi. Je pose bien trop de questions directes, pour commencer ; ou alors, ce serait la pire infiltration qui ait jamais été tentée.

— Combien vous demandez pour… vos services ?

— 15 000, répond-il sans ciller.

J'essaie de ne pas avoir l'air choqué.

— D'accord.

— En liquide, et payable d'avance.

— Quoi, toute la somme ?

— Oui, c'est bien ce que « payable d'avance » signifie. Richard a beau vous faire confiance, je ne vous connais ni d'Ève ni d'Adam.

Je n'ai pas le choix. Le problème, c'est que si Tasha est retrouvée morte et que la police découvre que j'ai fait un retrait important, je vais avoir du mal à l'expliquer.

— C'est beaucoup. Quelle histoire est-ce que je vais bien pouvoir raconter pour justifier la dépense de tout cet argent ?

— Raconter à qui ?

— À la police.

— Pourquoi est-ce que la police poserait des questions ? Vous ne faites pas de bêtise. Vous ne leur donnez pas de raison de vous soupçonner.

J'avale ma salive et réponds :

— Je crois qu'ils me soupçonnent déjà.

Il plisse les yeux.

— Dans ce cas, il va falloir vous disculper dare-dare, hein ? C'est mon boulot. On parle de mes affaires, là. Je ne peux pas travailler avec des gens en qui je n'ai pas confiance.

Il a dû remarquer quelque chose dans mon regard, parce qu'il s'interrompt et me fixe un long moment.

— Écoutez, mon frère tient un bureau de paris dans Dunhill Road. Il n'accepte que du liquide. Vous voyez le tableau ? Vous traversez un sale moment, vous êtes en situation de faiblesse, bouleversé. Alors, vous vous mettez à parier. Courses hippiques, lévriers, la totale. Ça vous permet de faire le vide, de vous évader un moment. Et avant de comprendre ce qui vous arrive, vous avez perdu 15 000. C'est pas beau, ça ?

Je vois exactement où il veut en venir.

— D'accord, mais comment faire ? La police saura que je ne suis jamais allé chez les bookmakers. Ils s'appuieront sur la vidéosurveillance.

— Vous seriez surpris du nombre de fois où ces caméras flanchent, lance-t-il avec un sourire narquois. Mais mon frère est un témoin fiable. Il est dans les paris depuis vingt ans. Il propose de très grosses cotes, du genre très risquées, mais il a des clients réguliers qui aiment bien dépenser leur argent chez lui, si vous voyez ce que je veux dire.

— Quoi, vous voulez parler de blanchiment d'argent ?

Il hausse les épaules, l'air innocent.

— Je ne sais même pas ce que ces mots signifient, mon vieux. Bon, alors, vous pouvez trouver 15 000 ou quoi ?

— Ouais. Pas de problème.

Je fais rapidement mes comptes. Nous avons un peu d'argent de côté, sur un compte épargne. Pas grand-chose, mais j'ai aussi un découvert autorisé d'environ 5 000, et je pourrais certainement retirer un peu d'argent liquide avec nos cartes de crédit.

— Il vous faut ça pour quand ?

— Ça dépend si le travail est urgent ou non, répond-il.

— Très urgent, dis-je. Ce qu'il faut, c'est que je n'y sois mêlé d'aucune manière. Un accident, ou quelque chose comme ça.

Warren acquiesce d'un hochement de tête.

— C'est quel genre, votre femme ? demande-t-il. Elle travaille ? Elle suit des cours du soir ? Elle a des passe-temps ?

— Euh, pas vraiment, dis-je. Elle travaille, mais le soir, elle ne fait rien de spécial, parce qu'elle rentre tard. Pourquoi ?

Warren me regarde en arquant un sourcil.

— Oh, dis-je.

J'essaie de me creuser la tête pour trouver quelque chose.

— Ça pourrait être fait quand, au plus tôt ?

Warren décale son poids sur sa jambe gauche.

— Quand pouvez-vous avoir l'argent, au plus tôt ?

— Quand vous voulez, dis-je sans craindre de mentir. Elle ne travaille pas en ce moment…

Je m'interromps en espérant que Warren va intervenir et prendre le contrôle de la situation.

Chaque mot que je prononce me fait l'effet d'un poison.

— Allez au *Crazy Chicken*, c'est un fast-food sur Northway, qui est aussi une de mes affaires. Commandez quelque chose et demandez-leur de me faire passer, dans une enveloppe que vous aurez fermée, une photo de votre femme. Dites-leur que vous vous appelez George, et que vous repasserez pour me voir le jour où vous voudrez que ce soit fait. Vous avez saisi ?

— Je crois, oui, dis-je en m'efforçant de mémoriser toutes les consignes.

— Ne le croyez pas : soyez-en certain. Faites ce que je vous ai demandé aussi vite que possible. Laissez l'argent dans la poubelle violette qui se trouve dans la ruelle, derrière le *Crazy Chicken*. Mettez ça dans un sac ou je ne sais trop quoi ; débrouillez-vous. Je n'ai pas l'intention de me salir les mains en fouillant là-dedans. Ensuite, appelez immédiatement ce numéro, ordonne-t-il en me tendant une banale carte de visite avec juste un numéro et un prénom – *John* –, imprimés dessus. Faites-le depuis un téléphone public. Demandez à parler à John. On vous répondra que vous avez fait une erreur de numéro. Vous raccrochez.

— D'accord.

Dans mon esprit, c'est un bazar indescriptible, mais étrangement, je sais une chose : il est hautement improbable que j'oublie un seul mot de cette conversation.

— Quoi que vous fassiez, n'appelez ce numéro qu'une seule fois. Ne le recomposez jamais et n'utilisez jamais mon nom. Compris ?

— Compris.

Je trouve tout ce projet à la fois incroyablement embrouillé, et ridiculement facile.

34

Nick

En arrivant à la maison, j'espère secrètement que Tasha ne s'y trouve pas. Mon esprit est accaparé par des visions de ce qui va arriver. Mais c'est un travers dans lequel nous tombons tous, nous autres les êtres humains, non ? Nous n'aimons plus notre situation à un moment donné, et entrevoyons alors distinctement la possibilité d'en changer en mieux, sans pour autant être prêts à supporter ce qui doit advenir dans cet entre-deux. Disons que je vous propose de choisir entre un billet de 5 livres d'une part, et un coup de poing dans la figure, *puis* un billet de 10 livres d'autre part, que choisissez-vous ? Le billet de 5 livres ? Alors, vous êtes comme la plupart des gens. Si au contraire vous choisissez le billet de 10 livres, vous êtes comme moi.

J'ai à peine franchi la porte que j'entends sa voix. Elle est au téléphone, mais je n'arrive pas à deviner avec qui. Je me force à lui sourire et lui adresse un pathétique petit signe de la main en traversant le salon en direction de la cuisine. Je m'appuie sur le plan de travail, les paumes bien à plat, en fixant la machine à café qui me donne envie d'une tasse. Je sais que la poupée Rosie est là, sur la pendule, et qu'elle me regarde. Je n'ai pas besoin de lever les yeux pour le vérifier.

D'ici, je n'entends pas les propos de Tasha, hormis quelques « Ouais » ou « C'est justement le problème » à travers les murs. Je me dois d'être honnête : j'aime être seul, avoir ma tranquillité. Mais cela va me paraître étrange de ne plus entendre la voix de Tasha. Tout cela semble si définitif, mais j'imagine qu'il ne peut en être autrement. La mort est ainsi.

Je ne sais pas ce qui se passe dans la tête de Tasha. J'ai toujours eu du mal à la comprendre, mais maintenant c'est encore plus difficile. Je n'ai plus aucun point de repère. Je ne pense pas qu'elle ait abandonné, ni qu'elle croie qu'Ellie soit morte ; ce qui m'inquiète, c'est son calme, son côté *gardons le cap, tout va bien.* Chez elle, c'est généralement signe qu'elle est en mode survie. Elle était comme cela à la mort de mes parents. Brusquement, elle a ce côté typiquement britannique, cette volonté d'agir efficacement, en mettant de côté ses émotions. Je mentirais en disant que cette stabilité-là n'est pas ce qui me permet de garder les pieds sur terre en ce moment. L'ennui, c'est que cela ne durera pas, parce qu'elle sera bientôt morte.

Mon cœur s'emballe ; je sens une brusque montée d'adrénaline à la pensée que, très bientôt, son avenir ne sera plus entre mes mains. Une fois que j'aurais fait ce que Warren m'a demandé, et qu'il aura l'argent, le sort en sera jeté. Je n'aurais plus aucun rôle à jouer. Rien à faire. À part rester assis et attendre. C'est à la fois réconfortant et terriblement inquiétant.

Faut-il que j'envoie un e-mail à Jen Hood pour dire que tout est sous contrôle ? Je décide qu'il ne vaut mieux pas. On ne sait jamais. Il serait stupide d'envoyer un e-mail disant que je vais faire tuer ma femme. Ce que j'ai pu écrire jusqu'à présent ne risque pas de m'incriminer en quoi que ce soit ; du moins, je ne crois pas. Mais pourquoi Jen Hood ne m'a pas recontacté pour s'assurer que je compte bien passer à l'acte ? Pourquoi n'ai-je pas de délai à respecter ? Est-ce une tactique délibérée pour me forcer la main ? Laisser faire en espérant que je m'exécute ?

L'argent. 15 000. Comment vais-je pouvoir mettre la main sur une somme pareille juste avant que ma femme ne soit tuée sans éveiller les soupçons ? Faire un retrait sur nos comptes paraît une idée bien stupide après coup, mais je ne me vois pas appeler Warren pour lui demander s'il accepterait un paiement échelonné !

Pour que l'on ne puisse pas retracer l'origine de l'argent, et pour que cette histoire de paris soit crédible, je vais avoir besoin de liquide, provenant dans l'idéal de différentes sources. Le seul problème, c'est que cela signifie plus de pistes et plus de témoins. Je ne peux pas vendre la voiture ; cela paraîtrait aussitôt suspect. Elle était considérée il y a peu encore comme une scène de crime. J'imagine déjà l'annonce : *Propriétaire soigneux. Véhicule déclaré médico-légalement vierge de toute trace de sang d'enfant.* Se procurer 15 000 livres intraçables, ça ne se fait pas comme cela. Tasha remarquerait certainement un tel trou dans nos comptes.

Donc, à défaut de pouvoir dissimuler les rentrées d'argent, ce sont les sorties qu'il va falloir camoufler. Toute cette histoire de paris me paraît un peu tirée par les cheveux. Sans doute pourrais-je escamoter une partie de l'argent, voire la plus grande partie ; mais toute la somme ? Passer de quelqu'un qui ne joue jamais au rang de joueur endetté de 15 000 livres chez les bookmakers du coin en l'espace de quelques jours seulement ne me paraît pas une si riche idée. On comprendrait en revanche aisément qu'un type dont la fille a disparu et est devenue l'objet de l'attention des médias nationaux ait des frais à supporter. C'est une des raisons qui poussent les gens à créer des fonds d'affectation spéciale. Tant que c'est légal – et que je fais en sorte que cela paraisse aider notre cause, qui est de retrouver Ellie et de la ramener à la maison –, peu importe comment je me suis procuré l'argent. Du moins dans l'absolu, car, *stricto sensu*, je ne suis pas sûr que la police l'entende de cette oreille.

Je caresse un instant l'idée grandiose de commettre un cambriolage ou je ne sais quoi, avant de la chasser aussitôt de mon esprit. Des gangsters professionnels tentent ce genre d'opération et se font prendre, alors quelle chance aurais-je de réussir ?

De plus, les condamnations pour vol à main armée et meurtre ne sont pas si différentes que cela.

15 000. Seigneur ! Nous avons un peu d'argent liquide dans le coffre de notre chambre – environ 3 000 –, censé servir de *fonds d'urgence.* Tasha a un peu paniqué au moment de la crise financière et de l'effondrement de la banque Northern Rock. Nous avons réussi à l'époque à retirer les quelques économies que nous avions dans cet établissement, mais Tasha est restée convaincue depuis que nous devions toujours avoir à disposition, en cas d'urgence, un peu d'argent liquide. Il n'y a que nous deux qui soyons au courant ; si Tasha n'était plus là, il n'y aurait plus que moi. Pour qui que ce soit d'autre, cet argent n'existe pas.

Mais 3 000 livres sont loin de suffire. Ce n'est qu'un cinquième de ce qu'il me faut pour que Warren remplisse son contrat. Soudain, une idée me vient : cette ville est pleine de toxicomanes et autres paumés qui donneraient leur bras droit pour 5 000 livres ; il doit bien se trouver quelqu'un qui accepterait de tuer une inconnue pour 3 000.

Mais bon Dieu, comment est-ce qu'on organise un truc pareil ? Je ne me vois pas aborder quelqu'un dans la rue, lui demander s'il est toxico et lui proposer de tuer ma femme pour 3 000 livres. Tout cela est ridicule. Le risque est bien trop grand. Quelqu'un comme Warren au moins sait ce qu'il fait. C'est comme tout, on en a pour son argent. Mais quand on ne peut pas s'offrir ce qu'il y a de mieux, il faut faire avec ce qui rentre dans notre budget.

Les idées se bousculent dans ma tête quant à la meilleure façon d'avancer dans ce que j'ai décidé. Il me faut avancer maintenant, parce qu'il faut qu'Ellie rentre à la maison. Le problème, c'est que mon visage et mon nom commencent à être connus, du moins localement, du fait de la couverture médiatique générée par la disparition d'Ellie. Et si un petit voyou quelconque est prêt à tuer quelqu'un pour de l'argent, il sera tout aussi enclin à vendre son histoire. Je ne peux prendre ce risque. Ce qui ne me laisse qu'une seule possibilité : m'en charger moi-même. C'est pourtant loin d'être une idée qui me réjouit.

Je repense au risque que le tueur décide de tout raconter. Ce risque n'est réel pourtant que si l'on peut prouver que c'est moi qui ai commandité le meurtre. Bien sûr, je serais le principal suspect, mais imaginons que j'aie le parfait alibi pour l'heure du crime, et que je ne sois jamais entré en contact direct avec le tueur…

L'anonymat, voilà ce qui importe, ne pas laisser de traces. Je me souviens d'avoir fait des recherches il y a plusieurs mois à propos du *dark web*, le côté obscur d'Internet, la partie qui n'est pas indexée par les moteurs de recherche et la plupart des navigateurs, et n'est accessible qu'anonymement, grâce à un ensemble de serveurs mandataires. Cela paraît compliqué, mais ça ne l'est pas.

Si vous ou moi voulons nous connecter à Internet sur notre ordinateur, nous passons directement par un fournisseur d'accès, qui lui-même nous connecte aux différents sites web via notre navigateur. Quand on utilise le *dark web*, ou « web sombre », on active des dizaines, voire des centaines de connexions intermédiaires, qui vont de la Chine au Canada, et de la France aux Philippines. À chaque étape, un encryptage des données s'opère, destiné à dissimuler la véritable source de la connexion. Pour faire simple, lorsque vous vous connectez à un site web, vous avez fait plusieurs fois le tour du monde en l'espace d'une seconde ou deux, et êtes totalement anonyme. Si je pouvais dénicher un tueur sur le *dark web,* tout serait réglé.

Mais même avec l'anonymat que procure ce « web sombre », je ne peux prendre le risque d'utiliser mon propre ordinateur ou ma connexion Internet. On m'a rendu mon ordinateur portable, mais le risque est trop grand. Je réfléchis pour déterminer qui, parmi mes amis, est le plus calé en informatique, et lui passe un coup de fil.

35

Nick

La chambre d'Alan ressemble davantage à l'*USS Enterprise*[1] qu'à un endroit où l'on dort. Une vieille chaise de salle à manger défoncée est le seul élément incongru dans ce décor high-tech de lumières clignotantes. Alan possède quatre moniteurs à écran plat disposés en carré, les deux du dessus légèrement inclinés vers l'avant pour former un ensemble du plus bel effet.

— C'est vraiment dommage qu'ils ne t'aient pas rendu ton ordinateur portable, déclare Alan en fouillant dans un placard.

— Oh, ne m'en parle même pas. Ça me rend cinglé de ne pas pouvoir écrire. C'est la seule chose qui me permet d'oublier un peu tout ça.

1. Iconique vaisseau spatial de la série télé *Star Trek*.

— Ouais, mec, je te comprends, compatit Alan.

Malgré son éducation de petit-bourgeois, Alan a la curieuse d'habitude d'employer des expressions familières, voire argotiques – lesquelles détonnent toujours un peu avec son timbre de voix.

— On a tous besoin de pouvoir exprimer notre côté créatif, tu vois ce que je veux dire ? Ah, voilà ! s'exclame-t-il en ressortant la tête du placard, un ordinateur portable noir à la main, avec son câble d'alimentation enroulé autour.

— C'était mon bébé, celui-là. Processeur quadricœur Sandy Bridge et carte graphique Radeon HD. Une petite merveille. On a fait mieux depuis, mais ça reste excellent. Ne te presse pas pour me le ramener, pas d'urgence. Je ne m'en sers plus.

— Super. Écoute, ça ne t'ennuie pas si je travaille un peu ici ? C'est un véritable asile de fous chez moi, en ce moment. Le téléphone sonne toutes les cinq minutes, et les journalistes n'arrêtent pas de débarquer. Ça me fait du bien d'être de retour par ici, tu comprends ?

— Ouais, bien sûr, pas de problème, répond Alan en me donnant une tape dans le dos. Installe-toi en bas, à la table de la salle à manger si tu veux. C'est calme, personne ne viendra te déranger là.

— En fait, tu peux peut-être m'aider, lancé-je en tenant le portable serré sous mon bras. J'essaie d'écrire un cyber-thriller. J'ai un personnage qui est censé tremper dans le trafic d'armes et de stupéfiants sur le *dark web.* Pour des raisons évidentes, je ne veux pas avoir l'air de trop fouiner de ce côté-là en ce moment, mais j'aimerais au moins comprendre le côté technique des choses. J'imagine que tu peux me fournir les éléments de base ?

— Bien sûr. En fait, c'est très simple, explique-t-il en se saisissant de l'ordinateur portable, avant de l'ouvrir et de l'allumer. Il y a déjà Tor là-dessus, si je me souviens bien. TOR est l'acronyme de *The Onion Router*[1]. En deux mots, c'est un navigateur spécialement conçu pour accéder au *dark web.* On l'appelle comme ça parce qu'il crée des couches de connexions autour du navigateur, pour masquer qui tu es vraiment et d'où tu te connectes.

— Et les gens se servent de ça pour faire commerce de trucs illégaux, c'est ça ?

— Et comment ! Tout est totalement intraçable, surtout quand ils utilisent les *bitcoins* comme monnaie d'échange. C'est une monnaie digitale ; du coup, il n'y a aucun compte en banque d'enregistré ni rien. Tout reste anonyme, et plus ou moins intraçable.

— C'est dingue, dis-je en faisant mine d'entendre parler de cela pour la première fois, et d'être sincèrement bluffé.

— Ouais, complètement. Tu as des endroits comme Silk Road, qui est une sorte de version illégale de eBay, où les gens vendent de la drogue, des flingues, des codes de cartes de crédit, ce genre de trucs.

— Ils n'ont pas fermé ce site ? Il me semble avoir vu un truc aux infos là-dessus.

Alan se met à rire.

— Rien n'est jamais fermé sur le *dark web.* C'est le jeu du chat et de la souris, mec. Ils ferment le truc là, quelqu'un le rouvre ailleurs. Aucun souci.

---

1. Littéralement : « le routeur oignon ».

— Incroyable. Quel genre d'autres trucs font les gens là-dessus ? Je veux dire, s'ils vendent des cartes de crédit volées, des flingues ou je ne sais quoi, ces gars-là n'ont sûrement aucune limite ?

— Aucune. Il y a vraiment des trucs craignos. Si tu crois qu'Internet, c'est moche, balade-toi sur le *dark web.* Prends le truc le plus tordu auquel tu peux penser sur Internet, c'est que dalle comparé à ce bazar.

— Comment est-ce surveillé ?

— Ça ne l'est pas, pas vraiment. Bon, il y a des flics sur le réseau, c'est évident, qui essaient d'obtenir des infos sur l'identité de certains de ces types, mais ceux qui sont vraiment prudents sont intouchables. C'est toute la beauté du *dark web* : si tu veux passer complètement sous les radars, il n'y a rien de plus simple.

L'ordinateur portable est maintenant allumé. Alan ouvre le navigateur Tor, et fait défiler rapidement une liste de sites web.

— Tiens, essaie celui-là, indique-t-il en cliquant sur un lien. C'est grosso modo une version clandestine de Craigslist. Tu penses peut-être que l'original est déjà assez glauque, mais ce n'est rien à côté de ça.

Je suis vaguement familier de Craigslist, qui n'est ni plus ni moins qu'un catalogue en ligne de petites annonces classées. On y trouve tout, des voitures d'occasion aux pièces de monnaie de collection, en passant par les *escorts* et les prostituées. Quelque chose me dit que les pièces de monnaie de collection doivent se faire bien plus rares sur cette version.

— C'est génial, merci. Ça devrait me donner quelques idées, et m'aider à rendre l'ensemble plus réaliste.

— Ouais, tant mieux. Parce que j'en ai ma claque de ces clichés sur l'informatique que nous balancent tous ces bouquins et tous ces films. *Oh, attends une minute, laisse-moi zoomer sur cette image granuleuse et lire l'inscription sur la bague de ce type* ; ou bien : *Encore quelques tentatives sur ce clavier, et je serai en mesure de pirater les données de la NASA*. Tout ça, c'est de la connerie !

Je rigole.

— Tu parles ! Ça ne t'ennuie pas si je descends explorer un peu tout ça ? Je vais tâcher d'éviter les trucs bizarres.

Alan se met à rire et retourne s'asseoir à son ordinateur.

— Alors là, bonne chance, mon vieux !

36

Tasha

Je deviens folle. Retourner travailler est tout bonnement hors de question pour le moment. La police nous a conseillé de ne pas lire les journaux ni regarder la télévision. Rester assise là et attendre, c'est véritablement un enfer. Je passe la plus grande partie de la journée au téléphone, à parler avec des amis ou la famille, à garder le contact avec des collègues de travail. Tous ont beau m'assurer qu'ils sont là si j'ai besoin d'eux, et me suggérer de les appeler à n'importe quel moment, je commence à sentir qu'ils en ont assez de m'entendre répéter les mêmes choses en boucle. Mais mon esprit ne peut se résoudre à rien d'autre pour le moment.

Je dois me rendre à l'évidence : pour les autres, la vie continue. Ils rentrent du travail et retrouvent leurs enfants comme d'habitude, s'assoient devant leur poste de télévision, continuent de vaquer normalement à leurs occupations quotidiennes. Quelque chose dans tout cela me frappe par sa perversité, aiguillonne ma colère et mon sentiment de solitude. Comment les gens peuvent-ils continuer de faire comme s'il ne se passait rien ? Je sais qu'ils croient bien faire en essayant de me témoigner de la gentillesse, mais comment pourraient-ils comprendre l'épreuve que je traverse ? C'est tout bonnement impossible.

Ma prise de conscience, toujours plus aiguë, que nos amis commencent à devenir moins patients et à moins nous manifester leur soutien, est quelque chose qui m'effraie vraiment. La question, c'est : que faut-il craindre ensuite ? La folie médiatique va probablement retomber très bientôt. C'est toujours le cas. Et après quoi ? Les gens vont-ils renoncer à retrouver Ellie ? Va-t-on restreindre les recherches ? La police va-t-elle classer l'affaire, et passer à une autre disparition d'enfant ? Et Nick et moi, dans tout cela ? Que fait-on de nous ? Comment devons-nous nous arranger avec le fait que notre petite fille n'est pas rentrée à la maison ? Parce que, regardons les choses en face, plus le temps passe, plus il est probable que nous allions vers cette issue. Les recherches vont cesser. Les gens vont passer à autre chose. Et je ne crois pas que j'arriverais à me faire à cette situation.

Je bois tasse de thé sur tasse de thé. Cela m'aide un peu ; c'est ma façon de restaurer une routine, quelque chose qui me rappelle comment était notre vie de tous les jours. Ce n'est pas miraculeux, mais cela me fait du bien. Et puis, j'éprouve un profond sentiment de culpabilité et de honte à tenter même de retrouver une certaine forme de normalité. Mais quelle est la bonne manière d'aborder ces choses-là ? Il n'y en a pas.

On sonne à la porte. Sans réfléchir, je jette un coup d'œil dehors à travers les rideaux, mais je ne vois rien. Je me lève, vais jusqu'à la porte d'entrée et essaie de voir qui est là à travers l'œilleton. C'est Jane McKenna. Je déverrouille la porte, ouvre et la fait entrer sans m'exposer à l'air extérieur.

— Il fait chaud ici, commente-t-elle aussitôt. Comment allez-vous, Tasha ?

— D'après vous ? dis-je en m'efforçant, sans y parvenir, de paraître agréable.

Elle ignore ma question.

— Je me demandais si nous pouvions avoir une petite conversation. Je n'ai pas de nouvelles informations, à proprement parler, mais j'ai besoin de tirer certaines choses au clair. Je peux ? demande-t-elle en faisant un geste en direction du salon.

J'acquiesce d'un hochement de tête. Elle passe dans la pièce d'à côté, et je lui emboîte le pas. Nous nous asseyons chacune sur un canapé ; elle croise les jambes, pose un petit carnet sur ses genoux, et y fait rebondir son stylo.

— Comment ça se passe entre vous et Nick ? demande-t-elle. Ces deux derniers jours, je veux dire.

J'écarquille les yeux et soupire.

— C'est dur. Bien sûr. Que croyez-vous ?

— Il est à la maison ?

— Euh, non, je crois qu'il est sorti. Il est revenu brièvement, mais il est ressorti.

— Où est-il ?

— Je ne sais pas, avoué-je après un silence.

Je me rends compte que cela paraît bizarre. Quelle femme ignorerait où est son mari alors même qu'elle attend à la maison des nouvelles de leur fille enlevée ?

— Il ne vous a rien dit ? s'enquiert Jane d'un ton qui pourrait être celui d'un ami proche soucieux de ce qui nous arrive.

— Eh bien, non. La vérité, c'est qu'on ne se parle pas beaucoup en ce moment.

Elle me sourit avec bienveillance.

— Avez-vous parlé à l'agent de médiation familiale ? Nous pouvons vous mettre en contact avec des personnes à même de vous aider.

— Nous n'avons pas besoin d'aide, merci beaucoup. Ce dont nous avons besoin, c'est de retrouver notre fille, énoncé-je d'un ton qui me surprend moi-même.

— Nous faisons tout ce que nous pouvons. Je sais que cela peut paraître insuffisant vu sous un certain angle, mais nous avons toute une équipe qui œuvre en coulisse pour retrouver Ellie. Toutes ces personnes savent parfaitement ce qu'elles ont à faire.

Je hoche la tête.

— Et ses amis ? me demande-t-elle encore.

— Quoi, ses amis ?

— Y a-t-il quelqu'un qu'il voit régulièrement ? Quelqu'un qu'il aurait pu aller retrouver aujourd'hui ? Nous essayons juste d'avoir une vision plus large de la situation. Vous n'imaginez pas comme ça peut aider parfois.

Je réfléchis un instant.

— Non, personne. Pas vraiment. Il n'y a personne qu'il voit régulièrement, ni rien de ce genre. Il est seul la plupart du temps.

— Tasha, savez-vous où Nick a l'habitude d'aller boire un verre ?

— Il ne boit pas. Presque pas. Il lui arrive bien de prendre un verre ou deux de temps à autre, mais quand nous allons à une soirée, un spectacle ou autre chose, c'est lui qui conduit à chaque fois. Il n'aime pas boire trop. Pas après…

Je ne termine pas ma phrase. Nous savons toutes les deux pourquoi Nick ne boit plus.

— Mais s'il décide malgré tout de sortir, où va-t-il ? insiste McKenna en même temps qu'elle écrit dans son carnet.

— Je ne sais pas. Il est allé au *Flag* une ou deux fois avec des amis. Je crois qu'il aime bien aussi le *Old Red Lion*. Pourquoi ?

— Et le *Talbot Arms* ?

Je laisse échapper un petit rire malgré moi.

— J'en doute. Ce n'est pas cet endroit plein de toxicomanes et de fraudeurs aux aides sociales ?

Jane McKenna hausse les sourcils. J'ai du mal à savoir si c'est pour confirmer mes propos, ou si c'est à cause des mots que j'ai choisis pour qualifier la clientèle de ce pub.

— De notre point de vue, c'est certainement un des pubs les plus animés de la ville. D'où ma surprise de voir Nick s'y rendre un peu plus tôt dans la journée.

Elle me regarde comme si elle s'attendait à ce que je sois au courant de quelque chose, mais rien n'est plus éloigné de la vérité.

— Je ne sais pas. Pourquoi ne lui posez-vous pas directement la question ?

— C'est bien ce que nous voulons faire, mais nous ne savons pas où il se trouve en ce moment. Nous espérions que vous pourriez peut-être nous aider.

— Moi ? Si vous l'avez vu entrer dans ce pub, vous avez bien dû voir où il est allé ensuite ? Vous le suivez, c'est ça ?

Un grand sourire innocent se dessine sur le visage de McKenna.

— Non, pas du tout. Je passais par là. J'allais voir quelqu'un.

Je suis certaine qu'elle ment.

— Et les agents qui sont censés garder un œil sur nous ? Sur la maison ? Où étaient-ils ?

— Ils n'étaient pas dans le secteur à ce moment-là, répond-elle après un silence. Nous devons faire très attention à la manière dont nous répartissons nos effectifs ; étant donné que nous n'avons eu aucun incident lié à une éventuelle intrusion de journalistes par exemple, nous avons rappelé nos hommes. Mais quand ils sont ici, ils gardent un œil sur la maison, comme vous dites. Ils ne peuvent pas suivre Nick partout où il va. Et d'ailleurs, pourquoi le feraient-ils ? Vous nous avez dit que vous ne le soupçonniez pas.

Les paroles de McKenna ne font que jeter un trouble encore plus grand dans mon esprit. La presse qui chercherait à faire intrusion ? Des effectifs rappelés ? Nick soupçonné ? Le peu de logique qu'il me reste me dit qu'elle essaie de me déstabiliser et de me tirer les vers du nez à propos de je ne sais quoi. Elle n'y est sûrement pas autorisée ; elle agit de son propre chef et a voulu me prendre par surprise.

— Vous êtes censés nous protéger, dis-je en ravalant mes larmes.

— On essaie, répond-elle en se penchant vers moi. Mais d'abord, vous devez vous protéger vous-mêmes.

37

Nick

Une fois assis à la table de la salle à manger d'Alan, j'explore plus avant le *dark web*. La première chose qui me frappe, c'est que c'est vraiment un endroit malsain. Alan a raison sur ce point. Je n'en comprends pas la moitié, mais le peu que je comprends me fait vite regretter le contraire.

Toute l'organisation du *dark web* est très étrange. Alan m'a dirigé vers des répertoires de sites avec lesquels je ne veux rien avoir à faire. En cliquant sur les liens, je tombe sur des espèces de marchés en ligne. La présentation est basique et ressemble à celle des forums de discussion tels qu'on les trouvait partout sur Internet à la fin des années 1990. Ce qui m'étonne par-dessus tout, c'est que les différentes catégories soient listées aussi ouvertement.

Contrefaçons, Matériels de dealer, Drogues, Faux documents, Armes. C'est incroyable que tout cela figure en toutes lettres, comme si c'était la chose la plus normale du monde.

Peu importe en réalité que les autorités tombent là-dessus – elles sont parfaitement au courant de ce qui se passe –, parce que rien de tout cela ne peut être retracé. Aucun document papier n'est échangé, ni monnaie physique – il s'agit de bitcoins, et d'autres devises virtuelles, intraçables. Si les autorités voulaient coincer un vendeur, elles ne le pourraient pas. Elles peuvent bien tenter de lui acheter quelque chose, mais tout ce qu'elles récupéreront, c'est un nom d'utilisateur anonyme. Les vendeurs, eux, peuvent théoriquement voir qui sont leurs acheteurs, mais le système d'évaluation du site, assez semblable à celui d'eBay, signifie qu'il est presque impossible d'acheter à quelqu'un qui travaillerait avec la police, sans que la police justement n'ait dû préalablement vendre de grandes quantités d'armes ou de drogue pour booster sa note de confiance. C'est un peu comme si tous ces types venaient de franchir la frontière, se retournaient et se mettaient à narguer la police en la mettant au défi de les attraper maintenant.

Je découvre une section du site intitulé *Services en nature*, qui semble lister principalement des transactions non financières. Le langage est celui de la rue, avec d'obscures références à ce qui paraît être surtout de la drogue et des armes, bien qu'il y ait quelques *posts* qui parlent clairement de choses bien plus graves.

Je me décide à faire le grand saut et clique sur le lien « S'enregistrer ». La première chose qui me frappe est que c'est le premier site sur lequel je tombe qui ne me demande que deux choses : un nom d'utilisateur, et un mot de passe. Pas d'adresse e-mail, pas de nom, rien. Je regarde autour de moi dans la pièce et tente de trouver quelque chose de sibyllin. Mes yeux s'arrêtent sur le meuble bar ; je n'ai aucune idée de quel bois il est fait au juste, mais je tape *noyer6676* dans le cadre réservé au nom d'utilisateur. Puis je choisis un mot de passe que je sais pouvoir retenir facilement, mais que je n'ai encore jamais utilisé nulle part.

Voilà. Je suis enregistré, et de retour dans la catégorie *Services en nature.* Je prends un moment pour rattacher géographiquement, le plus précisément possible, mon annonce, afin d'être sûr qu'elle sera vue par des utilisateurs qui se trouvent plus ou moins dans la région. Plus je resserre mon champ de recherche, plus le nombre d'annonces figurant dans la catégorie diminue. Il semble qu'il y ait peu de gens du coin sur cette partie du marché. C'est plutôt rassurant, d'une certaine manière. Je ne veux pas restreindre davantage le champ de recherche ; je laisse les choses ouvertes. Je suis à peu près sûr que quelqu'un fera le job pour 3 000.

Je clique sur le lien « Nouveau sujet de discussion » et entre le titre de mon annonce, en m'efforçant de réfléchir à une tournure suffisamment allusive et équivoque. On est sur le *dark web* après tout, non ? J'opte finalement pour *Recherche expert en nettoyage. Règlement en liquide.* Pour le corps de l'annonce, j'écris :

Besoin de faire enlever vilaine tache, particulièrement tenace. Paiement en liquide généreux pour nettoyeur qualifié et expérimenté.

Je relis le texte. Il est assez sibyllin, mais pas au point que l'on ne comprenne pas ce que je recherche. Juste assez probablement pour écarter les personnes qui ne sont pas sérieuses. Si quelqu'un est capable de faire ce travail pour moi, il saura dans quoi il s'embarque. Bien sûr, si les autorités devaient tomber là-dessus, elles comprendraient également le message. Mais auraient-elles de quoi me faire condamner ? Peut-être. Ce que je sais, c'est qu'elles ne pourront en aucune manière remonter à la source de cette annonce. Et puis, ai-je vraiment le choix ? J'ai besoin que ce travail soit fait, ou on ne me rendra pas Ellie. Tout bien considéré, c'est la seule option à ma disposition.

Je me sens de nouveau gagné par l'agitation, par l'impression que le monde se referme sur moi. J'essaie de respirer profondément, calmement. Je dois parvenir à retrouver une vie normale, empêcher mon esprit de tourner en roue libre. Je dois retrouver la maîtrise de mes émotions.

Je passe un peu plus d'une heure encore à naviguer sur le *dark web*, ainsi qu'à vérifier mes e-mails et à rattraper d'une manière générale ce que j'ai laissé passer ces derniers jours. J'essaie d'éviter les réseaux sociaux et les sites d'information, mais je ne peux m'empêcher d'y jeter un coup d'œil tout de même. Je ne lis pas les commentaires des articles de presse consacrés à Ellie, principalement parce qu'il n'y en a pas tant que cela. Je suis partagé entre la tristesse et la colère de constater que l'aide apportée semble retomber, et un sentiment de relatif soulagement en songeant qu'une moindre attention des médias les plus indésirables pourrait permettre à la police de faire plus efficacement son travail. Mais les enquêteurs savent ce qu'ils font, je suppose ; ce sont eux les experts. S'ils pensent qu'il y a un bénéfice à remettre la pression médiatique, ils le feront. Oui, ils savent ce qu'ils font. Et c'est bien ce qui m'inquiète aussi.

Quand j'ai terminé, je rends l'ordinateur portable à Alan et lui demande si je peux l'utiliser à nouveau en cas de besoin, du moins jusqu'à ce qu'on me rende le mien.

C'est toujours rassurant de savoir qu'il y a quelqu'un sur qui vous pouvez compter.

38

Nick

Quand j'arrive à la maison, Jane McKenna est là, qui m'attend. Elle me sourit avec un peu trop d'entrain tandis que j'entre dans le salon. Tasha paraît quelque peu mal à l'aise.

— Bonjour, Nick, lance McKenna en terminant de boire sa tasse de thé. Je faisais justement le point sur les recherches avec Natasha. Nos hommes ont ratissé les bois jusqu'à l'autoroute, et les appels radio vont être relayés au plan national. Il est probable que la personne qui détient Ellie le fait soit dans un endroit bien caché, soit l'a emmenée ailleurs à l'heure qu'il est.

Ça, j'aurais pu le deviner sans qu'on me le dise. D'ailleurs, c'est mon hypothèse depuis le début.

— C'est tout ? Les nouvelles, c'est qu'il n'y en a aucune. C'est pour nous dire ça que vous êtes venue ?

— Ils font tout ce qu'ils peuvent, Nick, intervient Tasha.

Je me demande pourquoi elle prend la défense de la police soudainement. Je me fais la réflexion qu'elle a paru bien plus rassurée par eux que par son propre mari jusqu'à présent. Sa réaction en apprenant l'incident avec Derek et l'histoire avec Angela était plutôt compréhensible, mais je m'attendais à ce qu'elle se tienne davantage à mes côtés ensuite. Une fois de plus, j'ai le monde entier contre moi, mais cette fois je suis certain d'être en train de faire ce qu'il faut pour régler toute cette histoire, une bonne fois pour toutes.

— Non, je comprends, dit McKenna en posant une main sur le genou de Tasha dans un geste d'apaisement.

On dirait qu'elles sont devenues les meilleures amies du monde depuis mon départ.

— Nick, je me demandais si je pouvais vous poser une ou deux questions pour clarifier certains points.

Tasha comprend le message plus vite que moi et lance :

— Je vais préparer un peu de thé.

— Non, ça va, dis-je. Je m'en occupe. Nous pouvons parler dans la cuisine.

Je ne pense pas que quelqu'un veuille réellement du thé ; j'évite donc de poser la question. Je ferme la porte de la cuisine derrière moi et attends d'entendre ce que McKenna souhaite me dire.

— Comment ça va, Nick ? Vous tenez le coup ? me demande-t-elle en s'appuyant contre les meubles bas, sa tête légèrement penchée sur le côté.

— Je fais tout ce que je peux pour ça.

— Je trouve que vous vous en sortez très bien. C'est le problème : les parents ne peuvent pas faire grand-chose. Je sais que vous devez vous sentir désespéré et impuissant.

— Ouais, ça résume assez bien mon état d'esprit.

— J'ai cru comprendre que vous sortiez davantage depuis un jour ou deux.

Dois-je comprendre qu'elle m'a fait suivre ?

— Ouais, c'est vrai. J'ai besoin de changer de décor. Prendre un peu d'air.

— Un de nos agents vous a vu vous rendre au *Talbot Arms*, dit-elle en me prenant au dépourvu.

Je suis sûr qu'elle a vu mes yeux papilloter. Garce.

— Vraiment ? Ah oui, je suis allé y boire un verre vite fait. J'avais besoin de me changer les idées. Comme vous l'avez dit, il n'y a pas grand-chose que l'on puisse faire. Rester assis là à attendre des nouvelles, il y a de quoi devenir cinglé.

— J'imagine, dit-elle en souriant. Enfin, c'est tout de même un drôle d'endroit, non ? Et puis, c'est à l'autre bout de la ville.

— Je passais par-là, dis-je sans réfléchir.

Et si la police m'avait suivi depuis le début ? Si c'est le cas, ils savent que tout ça, c'est du flan.

— Ce n'est pas le genre d'endroit que je fréquente habituellement, mais je n'avais pas envie d'aller dans un lieu trop familier. J'avais besoin d'un peu d'évasion, je suppose.

McKenna acquiesce d'un hochement de tête.

— Il y a longtemps que vous vivez dans cette ville, je me trompe ?

— J'y ai passé toute ma vie.

Elle acquiesce à nouveau.

— On ne peut pas dire que ce pub a la meilleure des réputations. Je me souviens que quand je portais l'uniforme, je passais plus de temps à intervenir sur des bagarres au *Talbot* qu'à faire quoi que ce soit d'autre.

— Ça arrive dans tous les pubs, à un moment ou à un autre, dis-je en me forçant à sourire.

— Peut-être, mais là bien plus qu'ailleurs. Le *Talbot* ne change pas, et il n'est pas près de changer, j'en ai peur. Ce qui me fait penser que c'est plutôt un drôle d'endroit où aller boire une bière, je veux dire pour quelqu'un comme vous. Ça m'étonnerait que les habitués du *Talbot* soient le genre de personnes que vous fréquentez habituellement.

— Comme je vous l'ai précisé, je voulais changer de décor. Éviter les endroits où les gens me connaissent.

— Je comprends, dit-elle. Donc, vous ne connaissez personne qui fréquente ce bar ?

J'essaie de soutenir son regard aussi longtemps que possible, pour tenter de déterminer si oui ou non elle en sait plus qu'elle ne veut bien le dire.

— Non, personne.

— Je suis ravie de l'entendre, déclare-t-elle. Parce qu'il y a là-bas quelques personnages plutôt douteux. Le genre de personnages avec lesquels il vaut mieux garder ses distances.

— Je ne suis pas resté longtemps, vous savez.

— Je sais, répond-elle en me fixant avec un tout petit peu trop d'insistance. En même temps, c'est toujours plus agréable que de boire seul à la maison, hein ?

Elle sourit et se redresse en s'écartant d'un mouvement de hanches des meubles de cuisine.

— Je vous tiens au courant s'il y a quoi que ce soit de nouveau. De votre côté, gardez le moral, d'accord ?

Je la regarde quitter la pièce, les poings serrés à m'en faire blanchir les phalanges. Je sens les yeux de la poupée Rosie qui dardent leur regard sur ma nuque, et j'entends ma mère qui me manifeste toute sa désapprobation. Je me retourne, attrape la poupée et la colle dans le placard à céréales, faisant taire du même coup les voix qui résonnent dans ma tête.

39

Nick

— C'était quoi, ces manigances ? demande Tasha en entendant la porte se fermer et en venant me voir dans la cuisine.

— Je n'en sais rien. Je t'assure.

Elle met la bouilloire en marche, décidée finalement à prendre une tasse de thé elle aussi.

— Elle m'a posé tout un tas de questions bizarres avant que tu ne rentres.

— Quel genre de questions ? lancé-je en m'efforçant d'adopter le ton le plus détaché qui soit.

Je vois bien que Tasha a pleuré, mais je ne veux pas aborder le sujet. Lui demander pourquoi paraîtrait stupide dans la situation présente.

— Des trucs qui concernent les endroits où tu es allé ces derniers jours. Elle m'a aussi posé des questions à propos de tes amis.

— Mes amis ?

Je m'efforce de ne pas avoir l'air trop intrigué.

— Ouais. Elle voulait savoir qui tu vois de manière régulière, des trucs concernant tes fréquentations, explique-t-elle en plongeant un sachet de thé dans chacune des deux grandes tasses.

— Bizarre, dis-je d'un ton faussement indifférent. Et que lui as-tu répondu ?

— Que veux-tu que j'aie répondu ? Que tu ne sortais pas beaucoup, voilà tout. Que tu ne voyais personne régulièrement.

Je suis un peu déstabilisé. Je sais qu'elle me dit la vérité, mais l'entendre me met quelque peu mal à l'aise. Elle a raison : j'ai totalement abandonné la plupart de mes amis dans ma quête d'un bonheur familial. Le plus drôle, c'est que cela n'a même pas marché. Ma fille a été enlevée par je ne sais quel psychopathe, et je réfléchis au meilleur moyen de tuer ma femme. Vous parlez d'un bonheur !

— Qu'est-ce qu'elle voulait savoir ? me demande Tasha en remplissant les tasses d'eau bouillante.

— Oh, apparemment, un de ses agents m'a vu entrer dans un pub.

La première règle quand on veut mentir est de s'en tenir à l'absolue vérité, du moins jusqu'à ce que vous en arriviez précisément à la partie que vous voulez cacher à l'autre. C'est autant de conneries en moins à retenir.

— Je ne tenais plus en place, alors je suis sorti me changer les idées en me baladant jusqu'à l'autre bout de la ville. Elle a trouvé ça un peu bizarre, et je la comprends en un sens. Elle voulait savoir ce que j'avais fait là-bas.

— Seigneur, en quoi est-ce que ça la regarde ? réagit Tasha.

Je me demande si elle est sérieuse, ou si elle joue le même jeu que McKenna.

Première règle du mensonge encore :

— En même temps, à sa place, j'aurais des soupçons moi aussi. On peut considérer les choses sous l'angle qu'on veut, sur le papier je suis leur suspect numéro un, ça ne fait aucun doute. Le plus souvent, dans les affaires de disparition d'enfant comme la nôtre, un des parents est impliqué, quand ce n'est pas les deux. C'est statistique.

— Ne me regarde pas comme ça, me lance-t-elle sans même prendre la peine de s'assurer que je la regarde effectivement. J'étais en route pour le travail. J'ai un alibi.

Là encore, je ne sais pas si elle dit cela à dessein, ou si elle passe totalement à côté de ce qu'elle a l'air de sous-entendre.

— Un alibi ? Pourquoi est-ce que tu me parles d'alibi ? On se croirait dans un interrogatoire de police.

— Ne commence pas, Nick, me renvoie-t-elle. Tu sais parfaitement ce que je veux dire.

— Ouais. Bah, je croyais en avoir un avant que l'enfoiré d'en face ne décide de mentir à la police.

— Pourquoi est-ce qu'il ferait ça, Nick ? me demande-t-elle en se tournant vers moi, une main sur la hanche.

Je sais maintenant qu'elle est parfaitement consciente de ce qu'elle fait.

— J'en sais rien. J'en sais foutre rien. J'ai essayé de réfléchir à ce que je pouvais avoir fait qui ait pu le contrarier, mais je ne vois rien. Bon, il est possible qu'il n'ait rien vu, mais comment imaginer une seule seconde que le premier jour où il n'est pas à sa fenêtre en train d'épier ce qui se passe dehors soit justement le jour où Ellie disparaît ?

— Tu crois vraiment qu'il est impliqué dans sa disparition ? me demande Tasha après un long silence.

— J'espère que non. J'en sais rien. Tout ça est bizarre, mais s'il était vraiment un kidnappeur d'enfant, tu ne crois pas que quelque chose aurait déjà été fait ? Comme le dit McKenna, son casier est vierge. Oui, je sais, contrairement au mien, inutile de me le rappeler.

— Je n'allais pas le faire, ment-elle.

Durant une bonne vingtaine de secondes, c'est le silence complet. J'en profite pour farfouiller dans les placards à la recherche d'un biscuit. Le non-dit entre nous s'entend plus fort que tout ce que nous pourrions nous reprocher de vive voix, mais que j'aille en Enfer si je suis le premier à prononcer un mot.

40
Nick

Passer une journée de plus à me morfondre à la maison ne me tente guère, mais je tiens surtout à voir si ma petite annonce sur le *dark web* a suscité ou non des réponses. Je décide donc de me rendre à nouveau chez Alan. McKenna en aura vent, d'une manière ou d'une autre, mais je ne crois pas qu'il soit irréaliste de lui opposer comme argument le fait que même le moins sociable des hommes peut vouloir, après que sa fille a été enlevée, chercher un peu de réconfort auprès de quelques amis.

Quand j'arrive chez Alan, je vois qu'il a laissé l'ordinateur sur la table de la salle à manger, exactement à la même place. Cela ne me surprend pas ; Alan est quelqu'un en qui on peut avoir confiance, et pas vraiment le genre de personnes qui fait grand usage de sa table à manger de toute façon, à en juger par le nombre de cannettes vides et d'emballages de plats préparés qui jonchent le plan de travail de sa cuisine.

Je relève l'écran du portable et attends que le système s'amorce, avant d'ouvrir Tor et de naviguer sur le site qui m'intéresse. J'ai l'impression que cela prend une éternité, mais je sais que c'est juste parce que je suis impatient. J'ouvre une session et vois un *(1)* s'afficher à côté de mon nom d'utilisateur. Je suppose que c'est le nombre de réponses que j'ai eues. C'est mieux que rien. Je clique sur ce *(1)* et la réponse s'affiche sur l'écran :

De combien parlons-nous ? Ça dépend du type de tache et de la méthode de nettoyage que vous souhaitez. On peut en discuter.

Prudent, mais prometteur. Je clique sur « Répondre » et écris rapidement :

3 000. Non négociable – c'est littéralement tout ce que j'ai. Pour la méthode, à vous de choisir, tant que c'est rapide. Plus de détails très bientôt, mais la tache est facile à enlever.

Je trouve un peu bizarre que nous échangions en termes aussi opaques, étant donné le caractère secret et l'anonymat du *dark web,* mais je ne me plains pas. Jusqu'à présent, nous n'avons absolument rien dit de compromettant. Bien entendu, un flic doté d'un brin de jugeote comprendrait immédiatement ce qu'il y a là-dessous, mais rien de tout cela ne tiendrait devant un tribunal. Et puis, je suis ici incognito, donc parfaitement en sécurité, non ?

Il faudra pourtant bien, à un moment, rompre cet anonymat. Aussitôt que j'aurai identifié Tasha comme étant la cible, il y a de fortes chances pour que le tueur découvre qui je suis. Je peux cependant brouiller les pistes en prétendant être quelqu'un d'autre, quelqu'un qu'elle aurait piégé à travers un contrat d'affaires. Rien ne permet de remonter jusqu'à moi. Pas si je suis prudent.

Mon autre grande inquiétude est que cette personne puisse ne même pas être ce qu'elle prétend. Qui me dit qu'elle ne va pas prendre mes 3 000 livres et disparaître tout bonnement ? Comment savoir si elle va vraiment remplir sa part du contrat ? Et si c'était un flic infiltré ?

Je chasse cette dernière pensée de mon esprit. C'est impossible. C'est moi qui ai passé l'annonce et lancé toute cette affaire. Mais comment savoir si cette personne est digne de confiance ? Je ne sais pas qui elle est, et je n'ai aucune garantie qu'elle fera ce qui est convenu, mais ai-je le choix ? La parole de Warren vaut 12 000 livres de plus, que je n'ai pas. Qui plus est, il n'est pas question de rédiger un putain de contrat avec un tueur anonyme trouvé sur Internet. Ces choses-là reposent sur la confiance. C'est indispensable. La parole des parties doit être engagée ; elle est la garante absolue.

Payer de la main à la main, en outre, peut être un piège ; il faut que je détermine un point de livraison. Je pourrais laisser l'argent à l'abri quelque part, dans un endroit où personne ne risque de le trouver, et puis envoyer un message au tueur sur le *dark web* pour lui dire où il se trouve. Tant que j'évite les caméras de surveillance en déposant l'argent dans un endroit sûr, je ne devrais pas être inquiété.

J'en suis là de mes réflexions quand je m'aperçois qu'un nouveau message est arrivé. Le type est chaud.

C'est pas beaucoup, mais c'est faisable. Par contre, ne comptez pas sur quelque chose de sophistiqué. La méthode sera basique et sans risque. Identifiez la cible, et je vous dis si c'est faisable.

Identifiez la cible… Seigneur ! L'expression est presque militaire. J'espère que cela signifie qu'il sera efficace.

Je me rends compte qu'il va probablement vouloir une photo de Tasha. Mais comment faire pour en récupérer une et la lui communiquer sans laisser de traces ? Il faut que je réfléchisse soigneusement à tout cela.

Je me renverse contre le dossier de ma chaise et laisse mes pensées vagabonder. Quelle que soit la méthode utilisée, la mort de Tasha devra avoir l'air naturelle. Autant qu'il est possible, du moins. Pas question d'une mort par balle, bien entendu, mais maquiller son décès en suicide n'est pas sans risque non plus. Non, il faut que cela ait l'air accidentel.

Je me souviens de l'idée que j'ai eue il y a peu : une agression qui tournerait mal. Tasha est tellement entêtée que si un type l'agressait ou essayait de lui voler son sac, elle n'hésiterait pas à se défendre violemment au risque d'être sérieusement blessée, ou pire. *Ou pire.*

Mais où ? Elle sort rarement sans moi, mais il faut absolument que je veille à me trouver physiquement loin d'elle quand cela arrivera, parce que je vais avoir besoin d'un alibi. Il faudra que cela ait lieu dans un endroit pas trop fréquenté, et pas en plein jour, de préférence. Heureusement pour moi, Tasha n'est pas peureuse ; elle n'est pas du genre à rallonger son parcours juste pour pouvoir rester dans les grandes rues.

Je repense à ma rencontre avec Mark dans Jubilee Park. Presque personne ne traverse le parc le soir, bien qu'il soit ouvert. Tasha a une amie, Emma, qui habite de l'autre côté. Il faudrait qu'elle le traverse – non, elle *le* traversera –, pour se rendre chez Emma. Je préférerais ne pas impliquer cette dernière, mais je ne suis pas sûr d'avoir le choix. Emma n'est pas précisément le genre de personne avec qui j'ai envie de passer du temps, mais Tash a réussi à couper systématiquement les ponts avec chacune de ses autres amies. Même Cristina et Leanne ne semblent plus très emballées à l'idée de la voir. Sans réfléchir davantage, je sors mon téléphone de ma poche et appelle Emma.

— Nick, c'est bon de t'entendre, dit-elle.

C'est ce qu'on appelle un mensonge éhonté. Il y a des années qu'elle me témoigne de la distance.

— Comment ça va ? poursuit-elle. Je veux dire, sans parler de tout ce qui se passe. Est-ce que tu as des nouvelles ?

— Non, rien de concret. Tout ce qu'on peut faire, c'est attendre. Et c'est le plus dur.

Un mouchoir, s'il vous plaît.

— Pour être honnête, ça commence à devenir très difficile pour nous. Tasha prétend que ça va, mais je la connais. Elle a du mal à faire face, comme nous tous. C'est pour ça que je t'appelle, en fait. Elle ne le dira pas, mais je pense qu'elle a besoin d'une amie.

— Oh ?

— Oui. Ne lui dis surtout pas que je t'en ai parlé. Tu sais comment elle est.

Je laisse échapper un petit rire pour détendre un peu l'atmosphère.

— Je me disais que, peut-être, si tu l'appelais et que tu l'invitais chez toi demain soir… je crois que ça l'aiderait beaucoup. Ça la distrairait et lui redonnerait le moral, changer un peu de décor, tu vois. Être entre filles, se détendre un peu.

Un silence, puis :

— Ouais, bien sûr, reprend-elle. Je vais voir ce que je peux faire. Ça doit être dur d'attendre comme ça des nouvelles. Vous devez vous sentir impuissants.

— On l'est.

— Ne t'inquiète pas. Je vais lui passer un coup de fil tout de suite.

Nouveau silence, puis :

— Et toi, Nick, tu tiens le coup ?

— J'ai connu de meilleurs moments, dis-je en m'efforçant d'éluder la question. Oh, oui, Emma ? Est-ce que tu peux me rendre un grand service ?

Elle paraît hésiter un instant avant de répondre :

— Bien sûr. De quoi s'agit-il ?

— Ne parle à personne de cette conversation. Surtout pas à Tasha. Tu sais comment elle réagit quand elle a l'impression que les gens essaient de la materner.

Je peux presque entendre Emma sourire à l'autre bout de la ligne.

— Bien sûr.

Les dernières nouvelles et plaisanteries échangées, et le téléphone de retour au fond de ma poche, je me rends compte à quel point les choses se sont accélérées. Je clique sur « Répondre » sur le *dark web* et donne les dernières consignes à l'inconnu :

Ce sera demain soir. Jubilee Park. Il faut que ça ait l'air accidentel. L'argent sera prêt. Description à venir.

J'entends Alan qui traîne les pieds à l'étage, et je me surprends à laisser échapper un petit glapissement. Je sais qu'il faut que je reste calme. Être survolté ne me sera d'aucune utilité.

Quelques secondes plus tard, un *ding* me signale l'arrivée d'un nouveau message :

Ce n'est pas suffisant. Nous devons entrer plus étroitement en contact. Mon numéro de mobile jetable : 07700919663. Geoff.

Geoff. Est-ce son vrai nom ? Je parie que non.

Il a peut-être un GSM prépayé dont il peut facilement se débarrasser, mais moi non. Est-ce que la police est capable de retracer les numéros cachés ? Je n'en sais rien, mais je ne peux prendre aucun risque. Je vais devoir appeler depuis des cabines publiques, de préférence celles qui ne sont pas sous vidéosurveillance. Au reste, je ne saurais même pas où me procurer un mobile *jetable*, et il me semble qu'une carte SIM prépayée doit être enregistrée à un nom et une adresse aujourd'hui. La cabine téléphonique semble être l'unique solution.

Je décide de rentrer à la maison pour être avec Tash, et attendre qu'Emma l'ait invitée. Elle me dira alors à quelle heure, et je pourrai appeler Geoff pour le mettre au courant.

Je compte mettre l'argent dans un sac, que je cacherai dans les bois en périphérie de la ville. Il y a une zone boisée assez dense du côté de Huish Farm, avec un sous-bois touffu couvert d'un épais tapis de feuilles mortes. Je vais souvent m'y promener pour m'éclaircir les idées ou réfléchir à un point d'intrigue compliqué dans mes romans. Tasha et moi allons aussi nous y balader quelquefois avec Ellie quand il fait beau, mais c'est plutôt rare. Ça ne l'était pas autrefois, mais aujourd'hui je me retrouve le plus souvent à marcher seul. C'est toute l'histoire de ma vie.

J'enfouirai le sac sous un tas de feuilles mortes ; cela fera parfaitement l'affaire pour quelques heures, ou même un jour ou deux. En fait, je pourrais l'y laisser trois mois que personne ne le trouverait. En dehors de quelques rares promeneurs avec leur chien, ce n'est pas exactement ce qu'on appelle un endroit fréquenté.

Je redresse le buste et réfléchis un moment. Cette fois, l'issue est toute proche. Je suis en train d'échafauder des plans, de déterminer des itinéraires, des cachettes, des diversions, et cela m'effraie un peu.

C'est presque trop réel, trop saisissant. Je me rends brusquement compte que tout cela est bel et bien en passe de se concrétiser, finalement.

Tout à coup, les choses semblent s'accélérer.

41

Nick

De retour à la maison, je trouve un mot de Tash disant qu'elle est sortie une heure faire quelques courses. Confronté à ce quotidien qui reprend le dessus, je ressens une pointe de culpabilité. Quand votre enfant disparaît, votre vie s'arrête tout net ; et pourtant il y a certaines choses qui doivent continuer normalement, comme manger et dormir. Et c'est ce qui est terrible dans tout cela : en venir à se sentir coupable du seul fait de devoir satisfaire ses besoins naturels. Oui, cela va jusque-là.

Je suis content que Tash ne soit pas là, parce qu'il me faut récupérer l'argent dans le coffre et repartir. Si elle avait été là, cela n'aurait pas été facile. Je ressens une brusque montée d'adrénaline en songeant à quel point tout ce que je fais est déplorablement improvisé. J'étais censé avoir un plan mûrement réfléchi, et je me retrouve à foncer tête baissée d'imprévu en imprévu, à régler les problèmes comme ils viennent. Cela m'inquiète.

À l'instant même où j'ai reçu la photo d'Ellie, j'ai compris que je devais agir vite. Je le savais avant, mais cette photo a été décisive. Voir son petit visage a été un déchirement, et pour l'heure je suis écartelé entre ma volonté désespérée de la voir rentrer, et la nécessité de rester calme et concentré si je veux que mon plan soit couronné de succès.

Mais une fois encore, il faut savoir prendre des risques.

Je grimpe l'escalier au pas de course et fonce dans la chambre. L'argent se trouve toujours dans le coffre. J'ouvre mon placard, en sors mon sac de sport et mets les billets dedans. Ce n'est pas une très grosse somme, mais elle tient difficilement dans une poche ; à l'intérieur du sac cependant, elle a l'air perdue. Pour éviter l'impression de sac vide, j'attrape une serviette et une paire de baskets dans le placard et les fourre à l'intérieur.

Je me rends compte que je vais devoir prendre la voiture. Je n'ai pas voulu l'utiliser jusqu'à présent – hormis pour les déplacements habituels –, parce qu'une partie de moi est convaincue que la police y a placé une sorte de traceur GPS. Je me dis en même temps qu'ils n'ont pas pu le faire, parce qu'il faut un mandat pour cela ; autrement dit, cela signifierait qu'ils ont des preuves suffisantes de mon implication dans la disparition d'Ellie. Quoi qu'il en soit, je ne vois pas trop comment me rendre dans les bois sans prendre ma voiture. Dans le pire des cas, ils découvriront que j'y suis allé, et je pourrais toujours leur dire qu'à la place de la salle de sport, j'ai préféré aller m'aérer en courant un peu à travers bois.

Je sais pertinemment que si je m'arrête, je risque de changer d'avis, ce qu'il ne faut surtout pas que je fasse. Je dois m'en tenir au plan prévu. Il faut que je récupère Ellie.

Je redescends, ouvre la porte et sors ; c'est à ce moment-là que je vois McKenna qui remonte l'allée, un sac dans chaque main. Tasha la suit de près.

— Bonjour, Nick. Vous allez quelque part ? me demande McKenna.

— À la salle de sport, dis-je en levant mon sac. J'ai besoin de décompresser.

— Je sais que c'est difficile de rester assis à attendre des nouvelles, sans même savoir ce qui se passe, commente-t-elle.

— Oui, c'est vrai. On se sent tellement impuissant ! C'est frustrant. Voilà pourquoi, dis-je en me dirigeant vers ma voiture, je m'en vais fouler les tapis de course.

— Profitez-en bien, dit McKenna en me dévisageant avec un tout petit peu trop d'insistance, avant de rentrer dans la maison.

Tasha s'arrête pour me parler.

— Avant que j'oublie, Emma m'a appelée. Elle m'a demandé si je voulais passer la voir demain soir avec Leanne et Cristina. Elle pense que ça me ferait du bien de sortir un peu.

— Elle a probablement raison. Il n'y a rien que nous puissions faire réellement, à part devenir cinglés à attendre. Se changer les idées, il n'y a que ça qui aide un peu, dis-je en levant à nouveau le sac.

— Je sais, dit-elle, mais j'ai du mal à m'en convaincre. Si je décide d'y aller, ce sera vers huit heures ; je ne rentrerai pas tard, précise-t-elle en se penchant pour m'embrasser sur la joue, avant de passer à côté de moi et de rentrer.

— Bonne séance de sport, me lance McKenna depuis l'entrée, après qu'elle a posé ses sacs dans la cuisine.

Je monte dans ma voiture, mets le contact et démarre. Je garde un œil sur le rétroviseur intérieur tandis que je me dirige vers le centre-ville, avant de m'engager le long d'une petite route en direction des bois. Je prends soin de m'assurer que personne ne me suit. Je n'aimerais pas devoir expliquer maintenant pourquoi je me dirige vers les bois avec un sac de sport.

La zone boisée n'est pas accessible en voiture ; je me gare donc le long d'une route toute proche, à côté d'un ensemble de maisons, en veillant à ce que la voiture se fonde autant que possible dans le décor. Je m'engage ensuite le long du petit sentier qui conduit jusqu'au bois.

Par chance, je ne croise personne. Le temps n'est pas idéal pour promener son chien ou se balader en famille. Je parviens à un taillis, jette un coup d'œil autour de moi, avant de m'enfoncer entre les arbres, au cœur du sous-bois, mes pieds trébuchant sur les rondins de bois mort au milieu des fourrés.

Quand enfin il me semble être hors de portée du regard, je dégage avec ma botte une grosse pile de feuilles et de branches mortes, laisse tomber le sac sur la terre humide, puis le recouvre complètement. De quelle façon je vais bien pouvoir décrire l'endroit où il se trouve, je n'en sais rien. Rapidement, je cherche à tâtons une pierre acérée quelconque dans les feuilles. Je trouve quelque chose qui ressemble un peu à du silex, et je laisse une marque sur l'arbre le plus proche – un *X*. Je recule ensuite jusqu'au sentier, et cette fois trace une flèche sur un arbre, qui pointe en direction du sac. Quelqu'un qui passerait par hasard ne la remarquerait probablement pas, mais elle est suffisamment visible pour quelqu'un qui la cherche.

J'ai beau savoir que l'argent est bien caché, laisser ainsi 3 000 livres dans un sac au milieu des bois me met quelque peu mal à l'aise – quoique pas autant que l'idée de me retrouver face à face avec l'homme qui doit tuer ma femme, ou le fait de devoir lui dévoiler mon identité en lui remettant la somme directement. Je veux bien perdre 3 000 livres si c'est le prix à payer pour éviter cela.

Je rebrousse chemin et rejoins ma voiture. Je sais qu'il y a une cabine téléphonique dans le village voisin, Medbury – une cabine qui n'est pas sous vidéosurveillance. Pour être honnête, je serais surpris que Medbury ait l'électricité. Je mets le contact, et prends la direction du village.

Là, je décide de garer la voiture à une centaine de mètres environ de la cabine. Je ne sais pas exactement pourquoi ; cela me paraît plus sûr, c'est tout. Je descends et me dirige vers le téléphone, en m'efforçant de marcher d'un air dégagé tout en jetant des regards autour de moi. Je plonge la main dans ma poche, en sors le morceau de papier sur lequel j'ai noté le numéro de Geoff, soulève le combiné et le compose. Je glisse une pièce dans la fente aussitôt qu'il répond.

— Ouais ?

— Geoff ? dis-je, incapable de formuler autre chose.

— Ouais, répond-il.

— C'est le type qui a passé l'annonce pour un travail de nettoyage.

— Je sais qui vous êtes. Je n'utilise qu'une carte SIM par personne, dit-il.

Cela me rassure et me met mal à l'aise à la fois. Il semble que j'aie affaire à quelqu'un de sérieux, quelqu'un de professionnel.

— Oh, très bien. Si vous allez du côté du bois de Huish Farm, juste à la sortie de Medbury, vous verrez des panneaux qui indiquent une piste cavalière. Suivez le sentier qui s'enfonce dans les bois. À un moment, sur votre gauche, vous verrez un arbre. À partir de là, suivez seulement les indications ; elles vous mèneront là où il faut.

J'essaie de rester aussi vague que possible, de ne pas mentionner l'argent ni rien de la sorte. On n'est jamais trop prudent.

— D'accord. Et le travail en lui-même ? demande l'homme, laconique.

— Femme, dans la trentaine. Elle traversera à pied Jubilee Park demain entre huit heures et huit heures et quart. Elle sera vêtue d'un manteau beige, avec une capuche doublée de fourrure.

Je ne vois pas comment lui décrire autrement Tasha. Je n'ai aucune idée de la manière dont elle sera habillée, et je ne vois pas comment je pourrais lui suggérer quoi que ce soit, mais je sais quel manteau elle portera, parce qu'elle ne le quitte pas.

— Une préférence concernant la méthode ?

— Quelque chose de rapide, mais qui ait l'air accidentel.

— Est-ce qu'elle aura un sac ? Un téléphone ? De l'argent ? demande-t-il.

— Les trois, je suppose.

— Très bien. Une agression qui tourne mal alors, dit-il.

Cela peut paraître idiot à dire à un tueur professionnel, mais les mots m'échappent :

— Faites attention tout de même. Elle est fougueuse. Elle essaiera de se défendre.

— Ne vous inquiétez pas pour ça, lâche-t-il. C'est tout ce que j'ai besoin de savoir ?

— Euh… oui.

Que puis-je ajouter d'autre ? Ce n'est pas exactement quelque chose que je fais tous les jours.

— Parfait. Si l'argent se trouve bien là où vous dites, ça roule. Quoi qu'il en soit, n'appelez plus ce numéro.

Avant que je puisse ajouter quelque chose, il a raccroché. Je sens ma gorge se serrer à la pensée qu'il est définitivement trop tard maintenant pour faire marche arrière.

42

Tasha

— Drôle de moment tout de même pour aller à la salle de sport, me fait remarquer Jane, tandis que je sors les conserves des sacs en plastique pour les ranger dans les placards.

Elle fait presque partie de la famille maintenant.

— Ouais, eh bien, c'est tout Nick, ça, dis-je pour faire court.

— Peut-être qu'il cherche à évacuer ses frustrations par l'exercice, à s'épuiser.

— Peut-être.

— Sa façon à lui de retrouver une certaine normalité, et peut-être de permettre à son esprit de lâcher prise.

Je pose une boîte de conserve dans le bas d'un placard un peu plus durement que je ne le ferais d'ordinaire.

— Peut-être bien.

Je pense qu'elle a compris que je suis mal à l'aise, parce qu'elle change aussitôt de sujet.

— Ces sacs en plastique sont de plus en fins, c'est vrai. Ça frise l'arnaque, étant donné qu'on les paie tout de même 5 centimes l'unité.

— Il faut bien préserver l'environnement, dis-je d'un ton neutre.

— C'est sûr, mais si je dois utiliser trois fois plus de sacs parce qu'ils les font deux fois plus fins, je ne suis pas certaine que l'environnement y gagne beaucoup.

Je laisse échapper un petit soupir, une main appuyée sur une boîte de haricots. Je ne la soulève pas. Je reste là, à regarder la faïence.

— Non, sans doute que non.

Jane ne dit plus rien pendant quelques secondes, mais je devine qu'elle me regarde. Je l'entends inspirer, avant qu'elle ne reprenne d'un ton faussement détaché :

— Est-ce que Nick va souvent à la salle de sport ?

Je lui réponds, d'une voix presque murmurée :

— Pas très souvent, non.

— Quel est le club où il est inscrit ?

J'avale ma salive.

— Je ne sais pas.

— Vous ne savez pas ? réagit-elle.

Mais elle n'a pas l'air particulièrement choquée, comme si elle s'attendait à cette réponse. Et c'est le cas, bien sûr. Elle est déjà au courant. Elle essaie juste de me le faire verbaliser.

— Vous devez bien savoir dans quelle salle il va ? À moins qu'il n'en fréquente plusieurs.

— Je crois qu'il va dans une salle où on paie à la séance, sans abonnement. C'est un peu idiot de payer tous les mois si on n'y va pas souvent.

— C'est vrai, admet Jane d'un ton qui se veut plus amical encore. En fait, je crois me souvenir d'avoir lu un article expliquant que l'exercice physique ne vaut que s'il est régulier ; autrement, ça ne sert à rien. C'est un peu comme l'effet yo-yo des régimes alimentaires. Il faut s'accrocher dans la durée. C'est tout un style de vie qu'il faut changer. Il faut parfois savoir faire de grands sacrifices pour obtenir ce que l'on veut vraiment. Ce n'est pas toujours facile, mais c'est quelquefois indispensable.

Cette fois, je ne me peux m'empêcher de répliquer :

— Est-ce qu'on parle toujours du régime sportif stérile de Nick, ou est-ce que vous essayez de me dire autre chose ?

Jane paraît sincèrement choquée d'être ainsi rembarrée.

— Non. Quoi d'autre ? Je posais juste la question parce que ni l'un ni l'autre n'avez parlé de salle de sport jusqu'à présent, et parce que j'ai été étonnée qu'il s'y rende maintenant, étant donné la situation. Sans compter le mal que j'ai eu à vous convaincre de quitter la maison pour faire quelques courses de base.

— Oui, eh bien, nous sommes très différents. Nick aime sortir et se changer les idées. Moi non.

— Peut-être que vous devriez y réfléchir, dit-elle en s'approchant de moi par-derrière et en posant calmement une main sur mon épaule. Il ne faut pas que vous vous sentiez coupable de vivre. Vous ne devez pas vous culpabiliser et rester là à broyer du noir, parce que ça n'arrangera rien. Ça n'augmentera pas les chances de retrouver Ellie. En revanche, ça signifie que lorsqu'elle rentrera à la maison, ses parents ne seront pas devenus complètement névrosés entre-temps.

Elle ponctue cette dernière phrase d'un petit rire destiné à détendre l'atmosphère.

— Allez, reprend-elle en me secouant légèrement l'épaule. Laissez-nous nous inquiéter à votre place, d'accord ? Nous sommes payés pour ça. Pas suffisamment, mais tout de même.

— Je ne sais pas, dis-je en me libérant de son étreinte. Ça ne me paraît pas bien d'aller boire un verre de vin chez Emma alors que ma fille est portée disparue. C'est malsain.

— Parce que vous trouvez que rester assise ici dans l'obscurité à fixer les murs, ce n'est pas malsain ? rétorque-t-elle. Ça vous fera du bien d'être avec des amis. De changer de décor. Je saurai où vous trouver si j'ai besoin de vous joindre, et de toute façon, j'imagine que Nick sera là. À moins qu'il ne soit retourné à sa salle de sport ou dans son nouveau pub préféré.

Juste au moment où j'allais convenir qu'elle a raison, le ton qu'elle utilise me fait reconsidérer les choses. Je n'aime vraiment pas sa manière de parler de Nick. Non pas que je n'aie pas mes propres inquiétudes à son sujet, au contraire, mais à l'entendre, on croirait qu'elle parle d'un criminel. Nick n'est pas un criminel ; il est juste naïf et au-dessous de tout. Il a toujours été ainsi, mais cette fois c'est comme s'il essayait de cacher quelque chose. Au fond de moi, j'espère que c'est seulement parce qu'il se sent coupable d'être retourné dans la maison et d'avoir laissé Ellie dans la voiture ; et en même temps, je ne peux pas m'empêcher de trouver juste qu'il se sente coupable, ni de lui reprocher ce qui est arrivé.

— Vous n'avez pas besoin d'être aussi dure avec lui. Nick n'est pas quelqu'un de mauvais.

Elle acquiesce d'un hochement de tête.

— Je sais. Il fait ce qu'il peut pour surmonter la situation, et vous devriez faire de même. Je pense qu'un peu de distraction pendant une heure ou deux ne vous fera pas de mal.

— Mais j'ai l'impression que c'est mal. C'est comme si je laissais tomber Ellie en n'étant pas ici.

Jane replace sa main sur mon épaule.

— Non, vous vous trompez. Croyez-moi. Alors faites ce qu'il vous paraît bon de faire, mais je peux vous promettre que personne – à commencer par Ellie – ne pensera du mal de vous parce que vous vous changez les idées une heure ou deux.

Je réfléchis un moment encore ; et puis j'acquiesce en hochant la tête.

43
Nick

Je suis resté dans ma voiture plus longtemps que je n'aurais dû, mais je n'avais pas trop le choix. Je ne pouvais pas rentrer tout de suite à la maison ; il fallait que je sois sorti au moins une heure et demie – juste au cas où McKenna serait encore là à mon retour.

Une pensée me traverse l'esprit : va-t-elle chercher à vérifier auprès des clubs de forme des environs que je suis bien membre ? Certains d'entre eux font payer à la séance, mais elle pourrait vouloir savoir où je suis allé exactement, et vérifier. J'essaie de balayer cette pensée, mais je me rends compte en même temps que je vais rentrer également sans mon sac de sport.

Quelle explication vais-je pouvoir donner ? « J'ai finalement décidé de ne pas aller à la salle, mais de rouler un peu, tout simplement. » C'est assez plausible compte tenu de la situation dans laquelle nous sommes. « J'ai aussi perdu mon sac » risque d'être moins crédible. Cela paraît fou de devoir s'expliquer sur quelque chose d'aussi insignifiant en apparence, mais aux yeux de la police je suis le suspect numéro un, et cela risque d'être bien pire encore dans les tout prochains jours.

Et si je disais que je l'avais laissé à la salle ? Je pourrais feindre de ne pas avoir eu envie de m'entraîner, dire que la motivation n'y était pas, et que j'ai décidé de laisser mes affaires dans un casier jusqu'à la prochaine fois. Ça tient debout, sauf s'ils veulent savoir dans quelle salle je suis allé exactement, et vérifier mes dires.

Voudront-ils vraiment vérifier ? Je pourrais leur dire de se mêler de ce qui les regarde, mais cela risquerait d'être encore plus suspect. Car tout va changer à partir de demain. Ne pas coopérer avec la police alors que ma fille a disparu et que ma femme vient d'être tuée ne risque pas de jouer en ma faveur. J'imagine qu'il ne me reste qu'une chose à faire : me procurer un autre sac de sport et le placer effectivement dans un casier au club de forme. Je préfère prendre mes précautions.

Le trajet de retour me paraît plus long que je ne m'y attendais. J'ai l'impression que le temps a ralenti son cours. Je me demande si mon cerveau n'a pas adapté sa perception du temps qui passe pour permettre aux milliers de pensées et d'émotions qui m'assaillent de circuler librement.

Je suis soulagé en arrivant de constater que McKenna n'est plus là. Je sais bien que nous sommes censés être rassurés par la présence policière, mais celle de McKenna me met mal à l'aise. Je suis conscient de n'avoir rien pour trouver grâce à leurs yeux ces derniers jours, mais je n'arrive pas à me départir d'un affreux sentiment d'injustice lié au fait qu'ils paraissent chercher davantage à me compromettre, ou du moins à me déstabiliser, qu'à retrouver Ellie.

Ils ne méritent pourtant pas ces soupçons. Je le sais bien. Je sais qu'ils font tout ce qu'ils peuvent pour la retrouver, et qu'ils n'ont pas la tâche facile, mais il faut être parent pour comprendre cette volonté instinctive, ce besoin primaire, désespéré, qui vous étreint, de récupérer votre enfant sain et sauf.

J'ai du mal à regarder Tasha. Elle est là quand j'arrive, mais il m'est presque impossible de décrire ce que j'éprouve pour elle. C'est comme un grand vide. Dit comme cela, avec un certain détachement, cela peut paraître étrange, mais je crois que mon cerveau a déjà accepté le fait qu'elle ne sera plus là très longtemps. Je m'étonne moi-même de penser cela après toutes ces années passées ensemble, mais je n'ai jamais été réellement heureux avec elle. Je ne sais pas depuis combien de temps au juste j'ai cette impression, mais j'imagine que cela fait des années. Pour quelle autre raison ne ressentirais-je rien, sachant que demain soir elle sera morte ? Peut-être est-ce parce que sa mort me paraît justement insignifiante comparée à la possibilité que l'on puisse faire du mal à Ellie.

Je me demande ce qui se serait passé si nous n'avions pas été mis dans cette situation. Aurait-on simplement continué comme avant ou aurions-nous fini par nous séparer, puis par divorcer ? Quel effet cela aurait-il eu sur Ellie ? On dit que le divorce des parents peut avoir un effet profondément néfaste sur les enfants. Je ne voudrais jamais cela pour Ellie.

Je ne dis pas que la mort d'un parent est moins lourde de conséquences, bien sûr, mais du moins y a-t-il là quelque chose de définitif. Dans le cas d'un divorce, la situation se rappelle en permanence aux enfants. Le fait d'être baladé entre deux maisons du fait de la garde alternée, les droits de visite, décider qui va où à Noël, pour les anniversaires… Avec la mort, au moins, toutes ces questions sont réglées. On peut avancer.

Je ne sais pourquoi j'essaie de me justifier. Je n'ai pas à le faire. Je veux juste qu'on me rende Ellie.

Tasha est assise à la table de la cuisine et navigue sur Facebook. Personnellement, je n'en vois pas l'intérêt. J'ai déjà assez à faire en m'occupant de ma propre vie sans avoir à lire ce que quelqu'un avec qui je suis allé à l'école a mangé ce midi.

Le mari dévoué que je joue encore à être demande :

— Tout va bien ?

— J'essaie de me distraire un peu, me répond-elle d'un air impassible. Et le sport, comment c'était ?

— Pas génial. Je ne trouvais pas la motivation. Je me sens mal quand je reste assis là à attendre des nouvelles, mais je me sens encore plus coupable quand j'essaie de faire quelque chose.

Tasha se contente d'acquiescer d'un hochement de tête. Je note qu'elle a cessé de faire défiler la page. Elle ne semble pas non plus lire quoi que ce soit. Je me tiens à côté de la table et remarque une petite larme qui coule sur sa joue. Je pose une main réconfortante sur son épaule.

— Ils vont la trouver, dis-je, rassurant.

Tasha m'enlace par la taille et se met à sangloter dans mes bras. Elle s'accroche à moi comme un alpiniste qui a perdu son harnais de sécurité.

— Nick, j'ai tellement peur, s'écrie-t-elle entre deux sanglots.

— Je sais, chérie, je sais. Mais ils vont la trouver, j'en suis sûr.

— Et s'ils ne la retrouvent pas ? Et si… si elle était morte ?

Elle me regarde droit dans les yeux maintenant, et attend que je dise quelque chose.

— Elle n'est pas morte. J'en suis certain. Je le sens, ajouté-je, conscient de pouvoir l'affirmer avec une quasi-certitude.

Ma conviction paraît rassurer Tasha, et lui procurer une certaine consolation.

— Merci, murmure-t-elle. Je t'aime, Nick.

Elle a l'air anéanti, brisé. Et tout à coup, j'ai un doute, un doute affreux.

44
Tasha

Je reste assise à fixer le mur, en me morigénant en silence pour n'avoir rien dit. J'avais pourtant tout prévu. Je devais attendre qu'il rentre et l'interroger au sujet de la salle de sport. Je devais lui demander dans quelle salle il était allé exactement, pourquoi il avait soudainement décidé que c'était urgent, et enfin ce qu'il mijotait, au juste. Mais je n'ai pas eu le courage de le faire.

Je sais pertinemment qu'il n'est pas allé au sport. Il n'y va plus depuis des années. Bien sûr, il a été membre comme tout le monde à un moment ou à un autre, mais il y a bien deux ans qu'il a annulé son dernier abonnement, après avoir laissé tomber pendant quelque temps. Il n'a jamais été un vrai mordu de la remise en forme ; il a la chance d'avoir un métabolisme et une condition physique qui ne l'exigent pas. Ce n'est pourtant pas ce qui m'a conduite à penser qu'il n'est pas allé à la salle de sport. Avec les événements des derniers jours – et le recul, d'une manière générale –, je me rends compte que je sais quand mon mari me cache quelque chose. Je sais quand il ment.

Je crois que je l'ai toujours su, mais je ne voulais pas l'admettre. Je me doutais qu'il y avait quelque chose dans le passé de Nick dont je ne voulais rien savoir ; je me suis protégée, je pense, en ne cherchant pas à connaître la vérité, en ne m'autorisant même pas à y réfléchir. Peut-être était-ce un mécanisme de défense ; ou bien de l'égoïsme. Ou peut-être encore, tout simplement, me suis-je laissé aveugler par amour. J'imagine que c'est un peu un mélange de tout cela, mais la dernière possibilité me fait me demander si elle n'implique pas, au fond, que je n'aime plus Nick. Se peut-il qu'un événement tragique comme celui que nous traversons ait raison de notre couple aussi facilement ? Certes, nous sommes loin d'être ce qu'on appelle un couple parfait, et avant la naissance d'Ellie, j'aurais juré que nos chemins allaient se séparer, mais elle a été le ciment dont nous avions besoin. Elle a été tout ce qui nous manquait. Maintenant qu'elle a disparu cependant, que nous reste-t-il qui nous lie tous les deux ? Un tissu de mensonges.

J'ai eu beau savoir que Nick n'était pas allé au sport, et avoir prévu de le confronter à ce sujet, quand il est apparu sans son sac, j'ai été déstabilisée. Totalement déstabilisée. Je m'attendais au moins à ce qu'il rentre avec, une serviette jetée en travers de l'épaule peut-être, son visage légèrement aspergé d'eau pour avoir l'air en sueur. Mais il ne s'est pas embarrassé de prendre la moindre précaution. J'ai eu l'impression qu'il me jetait carrément au visage le fait qu'il me mentait, tout en pensant que j'étais assez stupide pour marcher.

C'est à ce moment-là que j'ai compris que tout s'écroulait. Je ne le dis pas de gaieté de cœur, mais quand on ne prend même plus la peine d'essayer de mentir de façon convaincante à sa compagne ou son compagnon, quel genre de relation de couple vit-on, au juste ? Quand vous avez un tel mépris pour l'autre que vous ne faites même plus l'effort de vous inventer un alibi probant ? À moins qu'il n'ait eu besoin d'être seul ; peut-être a-t-il simplement cherché un prétexte pour pouvoir sortir et m'acheter un cadeau. Agir secrètement ne signifie pas forcément manigancer quelque chose.

Quand il est rentré, et m'a rejointe dans la cuisine comme si rien ne s'était passé, je n'ai pas su quoi faire ni quoi penser sur le moment. Tout s'est bousculé en même temps dans ma tête. L'impression dominante a été un profond sentiment de désolation. Je m'apitoie sans doute beaucoup trop sur mon sort ; Jane a probablement raison. Mais quand, du coin de l'œil, j'ai vu Nick rentrer, j'ai eu honte pour lui ; honte de le voir essayer de dissimuler où il était allé sans même prendre la peine de mentir avec conviction ; honte, tout simplement, que mentir soit son premier réflexe, et que toute cette situation nous éloigne l'un de l'autre. Ellie, notre précieuse petite fille, qui a d'abord consolidé notre couple, l'a ensuite peu à peu, et sans le savoir, profondément lézardé. Ce n'est pas de sa faute, bien sûr que non. C'est de notre faute, et en même temps de la faute de personne. Ou plutôt si, de celui ou celle qui l'a enlevée, cette personne anonyme dont nous ignorons tout, et contre laquelle il n'y a toujours rien que nous puissions faire. Quand c'est arrivé, je me suis sentie si impuissante.

Je regrette de n'avoir rien dit au retour de Nick. Le moment a été si fugace, si intense, que je n'ai rien pu faire sinon lutter pour contenir mes larmes. Tout est arrivé d'un seul coup. Et maintenant, le moment est passé. Je ne me vois plus questionner Nick. Je n'ai pas besoin de savoir. Quand il m'a tenue dans ses bras et qu'il m'a assurée que tout irait bien pour Ellie, je l'ai vu dans ses yeux. J'ai compris qu'il y croyait. C'est difficile à décrire, mais quand on connaît bien quelqu'un, on peut déduire beaucoup de choses uniquement en regardant ses yeux. La sincérité, la détermination, la passion, on peut y lire tout cela. C'est précisément ce qui s'est passé quand il m'a déclaré qu'il était persuadé que tout irait bien pour Ellie. Ce n'était pas seulement un espoir – c'était une conviction profonde, une foi inébranlable. En une fraction de seconde, tout a changé. Quand je lui ai dit que je l'aimais, je le pensais. Et à cet instant-là, en plongeant mon regard dans le sien, j'ai eu le sentiment que je venais de récupérer mon mari.

45
Nick

Je suis resté éveillé presque toute la nuit, l'esprit perturbé après avoir entendu Tasha m'ouvrir son cœur. Elle qui est toujours si froide et distante d'ordinaire, elle m'a montré un autre visage hier soir. J'ai vu sa vulnérabilité, sa douleur profonde. Et j'ai aussi découvert une autre facette de moi-même. J'ai vu ma conscience.

Dans n'importe quel autre mariage, c'eût été un moment merveilleux et poignant. Dans le nôtre aussi, si nous n'étions parvenus à ce point de non-retour. J'essaie de me dire que c'était une forme de test, que je ne peux en aucun cas faire marche arrière. Je dois m'en tenir au plan, quoi qu'il en coûte. Je n'ai pas d'autre moyen de récupérer Ellie.

Mais j'ai beau faire, il m'est difficile d'ignorer complètement le fait qu'hier soir, j'ai ressenti quelque chose. Quelque chose de nouveau.

La matinée est passée lentement. Tasha est allée participer aux recherches de la police. Ils continuent de ratisser les champs et les bois environnants ; pas du côté de Medbury, heureusement pour moi. Elle m'a dit qu'elle avait besoin d'avoir l'impression d'agir, de faire quelque chose. C'est plutôt une chance pour moi, car même si je me retrouve coincé à la maison près du téléphone, à attendre des nouvelles qui, je le sais, n'arriveront pas, du moins suis-je débarrassé des journalistes, qui sont tous partis là-bas pour essayer de faire la photo exclusive de Tasha se joignant aux recherches, sur le terrain.

Ce qu'il y a de pire dans le silence et la solitude, c'est qu'ils vous laissent tout le temps de réfléchir. J'ai passé toute la nuit à le faire, et maintenant je veux juste pouvoir dormir. Mais même en m'allongeant dans le fauteuil moelleux, avec pour seule compagnie le *tic-tac* de l'horloge sur le manteau de la cheminée, et malgré le manque de sommeil, je n'arrive pas à stopper le train express de pensées et de doutes qui me traverse le crâne.

J'ai toujours entendu dire que ce genre de situation était épuisant à la fois physiquement et mentalement, sans jamais bien comprendre comment un stress extrême pouvait épuiser les forces de quelqu'un ; maintenant, je le sais. Je ne suis pas fatigué ; je suis exténué. J'ai l'impression d'avoir fait douze rounds contre Mike Tyson.

Et cela alors que je sais qu'il ne sera fait aucun mal à Ellie, qu'elle rentrera bientôt à la maison. Je me demande ce que Tasha peut ressentir, elle qui est dans la plus totale incertitude.

Maintenant que tout est arrangé, tout ce qu'il me reste à faire, c'est attendre. J'essaie de m'obliger à penser de manière logique, cohérente. J'essaie de me concentrer sur les points positifs. Ellie sera bientôt avec moi. Toute cette histoire sera terminée. Tasha ne sera plus là. Ce sera juste Ellie et moi, et personne d'autre.

Je me sens comme extérieur à tout ce qui se prépare. Je me demande si l'écriture ne m'a pas rendu quelque peu indifférent. Se peut-il que lire et écrire sur la mort et les crimes fasse que tout semble parfaitement normal ? Cela paraît bizarre que l'on puisse être à ce point impénétrable face à la mort, mais je suppose que c'est possible.

À mesure que les heures passent, je nourris ma réflexion, et commence à considérer les choses sous un angle à la fois philosophique et politique. A-t-on le droit de prendre une vie pour en sauver une autre ? Et si les vies en question étaient, pour la première celle de la femme que vous n'aimez plus, pour la seconde celle de votre fille adorée ? À l'heure de choisir laquelle doit vivre et laquelle doit mourir, la réponse est évidente.

Je n'arrive pourtant pas à me défaire totalement d'une espèce de doute lancinant. Si je suis si sûr de moi et de ma décision, pourquoi suis-je encore dans l'analyse ? Pourquoi ne pas tout simplement laisser faire, et me projeter vers le fait que, dans quelques heures, je retrouverai Ellie ?

Comment va-t-elle revenir ? Va-t-on la déposer dans notre rue de la même manière qu'elle a disparu ? Comment son ravisseur fera-t-il pour ne pas être repéré ? Que dira Ellie ?

Une pensée me vient. Je suis à peu près sûr qu'elle a dû voir son ravisseur, et qu'elle pourra décrire où elle est allée depuis son enlèvement. Le ravisseur le sait aussi, certainement. Ellie est une petite fille intelligente. Il suffit de passer quelques minutes avec elle pour s'en rendre compte. Son ravisseur n'a pas pu passer à côté de cela. Il sera identifié, tôt ou tard.

Mon cœur se met brusquement à battre plus fort. Et s'il avait pris sa décision depuis le début ? Et s'il n'avait jamais eu l'intention de la relâcher ? Et si son plan avait été de faire tuer Tasha, puis de s'assurer qu'on ne le retrouve pas en gardant Ellie – ou pire ? S'il a été capable de l'enlever et de me demander de tuer Tasha, qui me dit qu'il ne tuera pas Ellie en fin de compte ?

J'en suis là de ma réflexion épouvantée quand j'entends Tasha rentrer. Elle me dit qu'elle va se doucher et se changer, avant de se rendre chez Emma. Je n'ai pas vu passer la journée, et brusquement je me rends compte que l'issue est proche. Dans quelques minutes, Tasha descendra, franchira la porte et ce sera la dernière fois que je la verrai, avant sans doute de devoir identifier son corps à la morgue.

Je fais les cent pas en bas, ballotté entre panique totale et tentative de me convaincre que j'ai pris la bonne décision et que je dois m'y tenir. L'affolement de dernière minute ; c'est compréhensible.

Tasha finit par descendre et vient me dire au revoir dans le salon. J'essaie de me comporter normalement, de chasser toute pensée parasite de mon esprit. Loin des yeux, loin du cœur. Quand j'entends la serrure de la porte se refermer et le *clip clop* de ses talons dans l'allée, je panique.

Je me précipite dans la cuisine et décroche le téléphone. Je sais que ce n'est pas malin d'utiliser mon propre poste, mais là, tout de suite, je m'en moque. Il faut que j'appelle. Je compose le numéro ; mes mains tremblent, tandis que je me concentre pour appuyer sur les bonnes touches. Après quelques secondes qui me paraissent une éternité, ça sonne.

— Ouais ?

— Geoff ? Il y a un changement de plan, dis-je. Pouvez-vous…

Il m'interrompt :

— Je vous ai dit de ne pas appeler, c'est trop risqué.

— Je sais, mais…

— Il n'y a pas de « mais » qui tienne, m'interrompt-il à nouveau.

Et avant que je puisse ajouter un mot, il met fin à l'appel. Je lâche un juron et rappelle, mais je tombe directement sur sa messagerie. J'essaie encore, deux fois, trois fois, quatre fois. Il a débranché son téléphone.

Je cours à l'étage, attrape une paire de chaussures que j'enfile précipitamment. Je tente d'attacher mes lacets, mais mes doigts tremblent tellement que cela me prend deux fois plus de temps que d'habitude. Je descends les marches de l'escalier deux par deux, franchis la porte et la claque derrière moi. Il faut que j'empêche ce qui se prépare. Maintenant.

Quand j'arrive au bout de l'allée, je vois Derek qui sort sa poubelle. Il s'arrête en même temps que moi, et nous échangeons un regard. L'instant d'après, je scrute la rue en direction de Jubilee Park. Je ne vois pas Tasha.

Je regarde Derek à nouveau. Il continue de me fixer. Dans un rare moment de lucidité, je comprends que je dois rester. Je tiens mon alibi.

46

Tasha

Une partie de moi se sent profondément coupable ce soir. Je veux dire, qui s'en va prendre un verre chez des amis alors que sa petite fille de cinq ans a été enlevée ? Et puis, je me souviens de ce que Nick m'a dit : il n'y a rien que nous puissions faire à ce stade à part se morfondre dans un fauteuil à la maison en imaginant le pire. À quoi bon ?

Nous sommes impuissants. La police fait tout ce qu'elle peut, mais la frustration me gagne quand je vois avec quelle lenteur les choses paraissent avancer. Ils nous ont conseillé de continuer de vivre aussi normalement que possible ; le problème est que je ne me souviens même plus à quoi ressemble une vie normale. Tout ce qui précède la disparition d'Ellie est enveloppé de brouillard : les journées au travail, les vacances, les balades au parc. Tout se confond. Je pourrais invoquer l'effet des médicaments, mais je sais que ce n'est pas ça. Je sais que c'est le traumatisme. C'est ce qui arrive quand on vit ce genre de drame. Tout se résume à un avant et un après.

J'essaie de faire bonne figure. Je le fais pour Nick et moi, parce qu'il est tout ce que j'ai. Et cela m'inquiète. Je sais qu'il n'arrive pas à faire face. Je ne le lui reproche pas. Qui le pourrait ? Mais il se met à avoir un comportement bizarre dès qu'il est dépassé par quelque chose. Il n'a jamais su affronter les situations difficiles, mais cette fois ses agissements m'inquiètent plus que d'habitude.

Je ne sais pas si c'est parce que je me pose trop de questions, mais avant – le fameux mot, encore –, je doute que Nick aurait été du genre à m'encourager à aller boire un verre de vin chez Emma alors que notre fille a disparu. Il ne voulait déjà pas que je retourne travailler après sa naissance ; son attitude me semble tellement improbable.

Quoi qu'il en soit, je pense que passer quelques heures séparés ne peut que nous faire du bien. Nous commençons probablement à être un peu trop l'un sur l'autre ; les choses ont bien failli dégénérer une ou deux fois. Au fond de moi, j'ai du mal à ne pas lui en vouloir de ce qui est arrivé à Ellie. Si seulement il n'était pas retourné dans la maison ce matin-là ; si seulement, pour une fois dans sa vie, il avait pu s'organiser pour pouvoir conduire Ellie à l'école à l'heure prévue ; si seulement il avait su être ferme avec elle, et lui faire accepter l'idée qu'elle pourrait toujours apporter son dessin à Mlle Williams un autre jour. Et puis, c'est contre moi que je retourne les reproches : si seulement je n'avais pas eu à aller à cette conférence ; si seulement j'avais décidé d'y aller plus tard, d'assumer mes responsabilités de mère et de préparer moi-même Ellie pour l'école. Des *si seulement,* je pourrais en aligner indéfiniment, mais cela ne nous ferait aucun bien.

Je n'essaie pas d'oublier ce qui est arrivé ; j'essaie seulement de m'empêcher de ressasser les mêmes reproches, de me tuer à petit feu à force de réprobations. Je sais au fond de mon cœur qu'Ellie va nous être rendue. Appelez ça comme vous voudrez, de l'espoir, ou du désespoir ; reste que chaque fibre de mon être est tendue vers ce moment où Ellie rentrera à la maison. Et quand ce moment viendra, je veux qu'à la maison justement, tout soit redevenu comme avant, qu'il y règne une atmosphère positive, loin des rancunes passées.

Mais aussitôt, je me sens coupable d'essayer de voir les choses sous cet angle. Comme s'il était de mon devoir de tourner en rond en m'arrachant les cheveux, comme si le fait de ne pas pousser des cris hystériques en me roulant par terre faisait de moi une mauvaise mère. Se peut-il que Nick pense cela de moi ? Et la police ? Je suppose qu'ils ont déjà examiné la vidéosurveillance de la gare. En un sens, je l'espère ; ainsi, ils auront pu voir que j'étais loin au moment où Ellie a disparu. D'un autre côté, je redoute qu'ils l'aient fait, car cela signifierait qu'ils m'ont un temps soupçonné d'avoir enlevé ma propre fille.

Il y a une contradiction de fond à laquelle j'essaie d'éviter de penser : je suis convaincue qu'Ellie est saine et sauve et rentrera à la maison, mais en même temps je ne vois pas qui aurait pu préméditer son enlèvement. Et s'il n'y a pas eu préméditation, la seule possibilité est celle d'un ravisseur de passage, d'un enlèvement opportuniste. Mais pourquoi un tel ravisseur prendrait-il soin de garder sa victime en vie et de veiller sur elle si son but est seulement de…

Je chasse cette pensée de mon esprit. Je ne peux pas me permettre de la laisser s'y insinuer. J'ai les mêmes inquiétudes désespérées, les mêmes pensées noires qui seraient celles de n'importe quelle mère en pareilles circonstances, mais en même temps je me bats bec et ongles pour les repousser, et garder autant d'espoir, autant d'optimisme, que possible. Mais même cela devient de plus en plus difficile.

Les médicaments m'aident à décompresser. Sans eux, je serais incapable de fonctionner. Mais une fois de plus, je me sens coupable ne serait-ce que de réussir à mettre un pied devant l'autre. Les médicaments ont pour effet de freiner ces pensées culpabilisantes, et de me permettre de les traiter. Ils m'empêchent de tomber dans le précipice.

Un sentiment de léger engourdissement s'empare de moi, tandis que je commence à traverser Jubilee Park. Derrière moi, la lueur des réverbères s'estompe doucement ; l'obscurité du parc a quelque chose de familier et de réconfortant. La nuit noire et le silence alentour produisent sur moi une sorte de gigantesque effet tampon, comme j'en éprouve chaque jour au contact de la réalité. Voir les gens se rendre au travail, vaquer à leurs occupations quotidiennes, paraissant ignorer totalement ce qui est arrivé, à savoir que le monde a cessé de tourner. Je me sens comme dans une bulle, complètement isolée de la réalité. Comme le parc, une masse noire auréolée par la faible lueur des réverbères allant s'amenuisant.

Soudain, un bruit de pas me sort de mes pensées ; un craquement de feuilles mortes et de brindilles. Avant que j'aie le temps de tourner la tête, je ressens une violente douleur dans le crâne, des lumières m'éblouissent, diluant la lueur orangée des réverbères qui tournoie comme ma joue heurte le sol.

47
Nick

Rester assis là à attendre des nouvelles est horrible. Je le sais d'autant mieux que c'est ce que j'ai fait tous ces derniers jours. Rester assis à attendre une mauvaise nouvelle est encore pire, surtout quand on sait ce que sera cette nouvelle. J'attends l'appel qui m'apprendra que Tasha est morte.

Tout est étrangement paisible. Toute cette triste histoire est sur le point de prendre fin ; nous serons bientôt réunis, mon Ellie et moi. Comment son ravisseur saura-t-il que j'ai rempli ma part du contrat ? Dois-je envoyer un e-mail à Jen Hood ? Je ne tiens pas à prendre ce risque maintenant. Je ne veux pas m'incriminer davantage.

Quelle que soit son identité, il n'a eu aucune difficulté à nous approcher de très près en deux occasions au moins – au moment où Ellie a été enlevée, et quand j'ai reçu ce message à propos de l'agent de police de faction devant la maison. Il n'en aura pas davantage à le refaire maintenant. Il ne fait aucun doute que la nouvelle de la mort de Tasha va faire les gros titres des journaux télévisés. Et alors quoi ? Va-t-il ramener Ellie, la larguer quelque part dans la rue et disparaître ? J'ai du mal à y croire, mais je n'ai rien d'autre à quoi me raccrocher.

Finalement, après ce qui paraît avoir duré une éternité, le téléphone sonne. Je me précipite pour répondre, avant de me raviser. Je regarde l'heure. Il est vingt et une heures. Qui, à cette heure du soir, répond à la première sonnerie ? Je laisse quelques secondes s'écouler, avant de décrocher.

— Oui, bonsoir ?

— Nick ? C'est Emma.

— Oh, salut, dis-je en m'efforçant d'avoir l'air détendu. Quoi de neuf ?

— Je me demandais juste si Tasha était déjà partie de chez vous, s'enquiert-elle, l'inquiétude clairement perceptible dans sa voix. Elle devrait être là depuis plus d'une heure déjà, et je n'arrive pas à la joindre sur son portable.

— Vraiment ? Elle est partie d'ici un peu après vingt heures.

— Merde. Tu crois qu'elle a eu un souci ? Est-ce qu'elle avait prévu d'aller quelque part avant ?

— Je n'en sais rien, dis-je d'un ton qui se veut rassurant. Je suis sûr que tout va bien. Je vais essayer de la joindre, et puis je te rappelle.

J'attends une seconde d'avant de composer le numéro de Tasha. Je sais qu'il faut que je passe cet appel, parce que c'est une erreur trop fréquemment commise : le mari qui ne prend même pas la peine d'essayer d'appeler sa femme alors qu'il se rend compte que l'on s'inquiète de savoir où elle est.

Je tombe directement sur sa messagerie.

Je rappelle Emma. Pendant que j'attends la première sonnerie, une seule pensée m'obsède : je ne veux pas être celui qui découvrira le cadavre de Tasha. Emma prend immédiatement l'appel.

— Messagerie… dis-je. Écoute, elle prend par Jubilee Park pour aller chez toi. Peut-être qu'elle s'est assise un moment sur un banc pour s'éclaircir les idées et qu'elle n'a pas vu le temps passer. Je suis sûr que tout va bien. Bon, et si on se retrouvait à mi-chemin ? Tu marches en direction de chez nous, je fais pareil dans l'autre sens. On devrait tomber sur elle. Elle ne peut pas être bien loin. Ce serait peut-être une bonne idée si Cristina ou Leanne t'accompagnait. L'une de vous doit rester chez toi, au cas où Tasha arriverait.

— Elles n'ont pas pu se libérer, répond Emma. Elles ont dû annuler. Il n'y aura que Tash et moi, ce soir.

— Bon, je pars maintenant. On se retrouve dans le parc. Prends bien ton téléphone avec toi.

Je laisse passer quelques minutes, sachant très bien qu'Emma va partir immédiatement. Si j'attends un peu, elle parcourra une plus grande distance et aura plus de chances de découvrir le cadavre de Tasha, et donc de m'épargner cela. Je ne suis pas sûr de pouvoir le supporter.

Après un temps qui me paraît interminable – l'horloge de mon téléphone m'indique pourtant qu'il ne s'est passé que quatre petites minutes –, j'enfile mes chaussures et sors. Je marche d'un bon pas, mais pas rapidement. Je ne sais pas dans quelle mesure la police est capable de retracer le chemin parcouru grâce à la géolocalisation GSM, mais je veux avoir l'air d'avoir marché le plus naturellement du monde.

En quelques minutes, j'arrive au parc. Mon cœur s'emballe dans ma poitrine à mesure que je réalise que je suis sur le point de découvrir le cadavre de ma femme.

Avant de voir quoi que ce soit, j'entends crier :

— Nick ! Par ici !

Je me tourne dans la direction de la voix et reconnais Emma. La lumière bleue de son mobile, qu'elle tient collé contre son oreille, éclaire sa joue. Elle regarde par terre ; à ses pieds, je distingue une forme sombre. Je sais immédiatement de quoi il s'agit.

Je m'approche en courant. Le monde semble ralentir autour de lui, tandis que j'essaie de comprendre ce qui se passe, quand bien même je m'y attendais – quand bien même je l'ai planifié.

— Oui, toujours, explique Emma au téléphone, la panique perceptible dans sa voix et sur son visage. Son mari vient d'arriver.

Elle écarte le téléphone de son oreille afin d'éloigner le micro de sa bouche, et me dit :

— Elle a été attaquée, Nick.

J'essaie de reprendre mon souffle. *Attaquée.*

— Est-ce qu'elle est… Est-ce que…

— Elle va bien, me rassure Emma. Elle respire. Une ambulance est en route.

Tout à coup, la nuit se fait plus noire sur Jubilee Park.

48
Nick

L'ambulance roule à un train d'enfer entre Jubilee Park et l'hôpital. L'ambulancier a diagnostiqué « une sérieuse blessure à la tête », qui nécessite une prise en charge urgente, et « une grave hémorragie ». L'espace d'un instant, je caresse l'idée de leur demander de ralentir, mais je n'en fais rien.

Tasha est presque méconnaissable. Son visage a commencé à enfler. Les infirmiers s'inquiètent du développement d'un œdème cérébral, et lui ont réservé une place pour un scanner en urgence. Voir sa propre femme couverte de sang et savoir que l'on est responsable de ce qui lui arrive est une des pires choses qui se puissent supporter. Mais c'est surtout l'affreux râle d'agonie qui s'échappe de sa gorge tout le long du chemin qui m'anéantit le plus.

Quand nous arrivons à l'hôpital, on me fait descendre de l'ambulance et une infirmière me conduit jusqu'à la salle d'attente, tandis que les ambulanciers sortent le brancard de Tasha et le font rouler. Ils disparaissent derrière une série d'autres portes pendant que l'infirmière tente de me rassurer en m'expliquant que Tasha est entre de bonnes mains et que tout va bien se passer. Je n'ai aucun moyen de lui dire que ce n'est pas ce que j'ai envie d'entendre.

On me donne un gobelet en carton de thé chaud et sucré – trop sucré –, et on me dit qu'un médecin va venir me voir pour m'expliquer la situation et me permettre de voir ma femme. Emma préfère prendre un café, et se met en quête d'un distributeur automatique de boissons chaudes.

Tout est flou dans mon esprit. Je perds la notion du temps. Par moments, j'ai l'impression que les minutes filent ; à d'autres, elles me paraissent interminables. Il ne se passe pas longtemps cependant avant que je ne reconnaisse la voix familière de McKenna. Elle se met à me suivre et ne me lâche plus. Je me demande comment elle a su aussi vite. La police surveillait-elle Tasha ? Non, c'est peu probable. Je me dis que les médecins ou les ambulanciers l'ont probablement reconnue du fait de la médiatisation récente de notre affaire. Ils se seront souvenus de son nom, ou bien peut-être les dossiers de l'hôpital comportent-ils un élément qui aura alerté la police. Je n'en sais rien, et pour le moment je m'en moque. Tout ce que je sais, c'est que je ne suis pas en état de discuter avec McKenna.

— Comment va-t-elle ? demande-t-elle au moment même où Emma réapparaît avec sa tasse de café.

— Je ne sais pas, dis-je vaguement d'une voix rauque, presque éteinte, qui me surprend moi-même.

— Est-ce qu'ils savent ce qui est arrivé exactement ? poursuit-elle en nous regardant successivement, Emma et moi.

— Ce n'est pas votre boulot, ça ? rétorqué-je d'un ton venimeux dont je me rends compte qu'il me vient naturellement.

— Nous ne pouvons pas lui parler avant que les médecins n'aient terminé avec elle, Nick. Je faisais surtout allusion à ce qu'elle faisait dans ce parc à une heure aussi tardive. Pourquoi passer par là ? L'endroit n'a rien de rassurant. Pourquoi n'a-t-elle pas pris la voiture ? Ou un taxi ? Elle aurait pu aussi vous demander de la déposer.

McKenna ne me quitte pas du regard.

— Les médecins ont l'air de penser qu'elle était visée personnellement, reprend-elle d'un ton neutre. Ils n'ont trouvé ni porte-monnaie, ni sac, ni téléphone sur elle. On peut donc supposer que son agresseur les lui a pris.

— Une agression crapuleuse ?

— On dirait, me répond-elle en me fixant à nouveau comme si elle voulait me percer à jour. Vous êtes resté chez vous toute la soirée ?

— Oui. Je ne suis sorti qu'après qu'Emma m'a appelé pour me dire que Tasha n'était toujours pas arrivée.

— Seul, je suppose ?

Je hausse les épaules avec un petit sourire crispé qui semble dire : *Eh bien, oui, malheureusement.* Je sais que je dois faire très attention à ce que je dis. Je n'ai pas eu le temps de mettre au point un alibi, comme avec Derek. Tout s'est enchaîné très vite, et les événements m'échappent. Mais maintenant que j'ai saccagé sa maison et à en juger par son air effrayé quand il m'a vu, je me demande si les choses ne seraient pas différentes cette fois. Au reste, je n'ai guère le choix. C'est mon dernier coup de dés. Je décide que le jeu en vaut la chandelle.

— Si votre question, c'est : est-ce que je peux prouver que j'étais bien chez moi, oui, je le peux. Je suis sorti devant la maison quelques minutes après que Tasha est partie. Derek était dans son allée ; il vidait sa poubelle.

— Vous tenez vraiment à ce que Derek vous fournisse une nouvelle fois un alibi ? demande McKenna. Vous êtes sûr que c'est une bonne idée ?

— Attendez. Un « alibi » ? dis-je en essayant d'avoir l'air choqué et en colère. Vous voulez dire que vous croyez que c'est moi qui ai fait cela ?

— Pas du tout. Qu'est-ce qui vous fait croire ça ? J'ai juste besoin de savoir qui était où et quand. Établir les faits. Parlez-moi de Derek.

— Il était là. C'est la seule personne qui m'a vue. Ensuite, je suis rentré dans la maison, et il ne s'est rien passé d'autre jusqu'à l'appel d'Emma.

McKenna hoche la tête à nouveau. Je vois bien qu'elle n'a pas l'air de croire que j'ai pu quitter la maison et me rendre au parc pour y agresser ma femme, surtout après la médiatisation de notre affaire, et alors que tout le monde dans le secteur connaît nos visages. Mais elle sent bien que quelque chose cloche, c'est évident, sans pouvoir dire quoi au juste.

Nous attendons plusieurs heures assis dans un silence de plomb, rompu seulement par nos allers-retours au distributeur automatique pour une tasse de thé ou de café, ou les remarques habituelles tournant autour de notre impatience à avoir des nouvelles. Quelqu'un vient justement nous en donner toutes les heures environ. Elles sont un peu plus positives à chaque fois : on a stoppé l'hémorragie, protégé son cerveau, elle a repris conscience. Mais ce qui me met hors de moi, c'est que McKenna a été autorisée à la voir deux fois dans la nuit, les médecins donnant manifestement la préférence à la police plutôt qu'à son propre mari pour ces visites.

Vers six heures du matin, le médecin apparaît à la porte de la salle d'attente, et nous dit que Tasha est stable, mais qu'elle a une commotion assez sérieuse. Elle a également perdu beaucoup de sang.

— Elle sera très faible, ajoute-t-il.

— Puis-je la voir ? dis-je en m'adressant surtout à McKenna.

— Je n'y vois pas d'inconvénient, répond-elle en se tournant vers le médecin, qui acquiesce d'un hochement de tête.

C'est McKenna qui me conduit dans la salle où se trouve Tasha ; elle lui sourit en arrivant près du lit. Tasha est allongée, la tête légèrement tournée vers la fenêtre. Dehors, le temps est clair ; la journée promet d'être ensoleillée. C'est la première fois que je fais attention au temps qu'il fait depuis qu'Ellie a disparu.

— Salut, murmuré-je d'une voix douce.

Tasha met une ou deux secondes à tourner la tête dans ma direction. Elle a quelque chose d'un zombie, et je jurerais que je viens d'entendre craquer son cou.

— Nick, murmure-t-elle d'une voix étranglée.

Je regarde McKenna, l'air de dire : c'est bon signe, non ? Je me surprends moi-même à être ravi qu'elle soit en vie et me reconnaisse. Cela ne devrait pas être le cas. Je devrais être anéanti, qu'elle ait survécu à l'attaque, qu'Ellie risque de ne pas revenir. Toute cette situation est un gigantesque gâchis.

— Comment vas-tu ? dis-je, assis au bord du lit, en replaçant une mèche de cheveux derrière son oreille.

— J'ai connu mieux, répond-elle.

— Est-ce que tu as vu qui t'a fait ça ?

Elle secoue lentement la tête.

— Il faisait noir. Il est arrivé par-derrière. Je ne me souviens de rien.

— Le docteur pense qu'il n'y aura pas de séquelles, commente McKenna. Elle a une pommette fracturée, et les ecchymoses seront visibles et douloureuses pendant quelque temps, mais c'est un petit bout de femme solide que vous avez là. Une vraie battante.

— Ça, ça ne fait aucun doute, dis-je en regardant Tasha. Non, aucun doute.

49
Nick

Quand nous sommes tous de retour de l'hôpital, je prends le temps d'installer Tasha au lit. Elle a été catégorique : pas question de rester à l'hôpital. Les médecins eux-mêmes ont compris qu'il était inutile de discuter avec elle. Même après ce qu'elle vient de subir, elle est toujours aussi obstinée. Elle sait aussi qu'elle obtiendra ce qu'elle veut, parce qu'elle fait toujours tout ce qu'il faut pour cela.

Pourtant, si elle sait parfaitement ce qu'elle veut, elle ne sait pas toujours ce dont elle a besoin. C'est le problème de Tasha. Elle va avoir besoin en l'occurrence de se reposer quelques jours, au moins. Non seulement cela l'aidera à récupérer, mais cela devrait me laisser du même coup une certaine marge de manœuvre.

Je ne peux m'empêcher d'éprouver une foule de sentiments contradictoires. Je suis à la fois soulagé que son agression n'ait pas été fatale à Tasha, et en même temps furieux contre son agresseur. Certes, je m'attendais à ce que cela arrive, je l'ai planifié, mais après mon revirement de dernière minute, après que je lui ai demandé de n'en rien faire, Geoff n'aurait pas dû essayer d'aller jusqu'au bout. Et puis, voir ma femme allongée sur ce lit d'hôpital, dans cet état : je ne souhaite pas cela à mon pire ennemi. Sans même parler du sentiment de culpabilité qui vous étreint quand vous savez que tout cela est de votre faute.

Mon premier réflexe est de vouloir me rendre chez Alan et d'envoyer un message assassin à Geoff sur le *dark web*, mais je n'ai pas la moindre idée de ce que je lui dirais. J'ai juste envie de lui arracher la gorge. Je sais pourtant qu'il faut que je reste calme et concentré. En un sens, je suis satisfait de constater que je ne suis plus celui que j'étais il y a des années. Je suis plus posé, moins enclin à craquer et à faire n'importe quoi. Je suis davantage capable de réflexion, d'éviter de me précipiter là-bas en espérant pouvoir me payer sa putain de tête.

Je prends une longue inspiration et ferme les yeux. Il est temps de réfléchir rationnellement. Je dois me concentrer et décider de ce que je dois faire. Il n'est pas trop tard. Il n'est jamais trop tard. De retour en bas, je me prépare une tasse de café et m'assois tranquillement à la table de la cuisine. Je dois conserver un semblant de normalité, retrouver un ancrage à travers les gestes du quotidien, me concentrer à nouveau.

Je ne peux pas impliquer la police dans cette histoire. Je dois éviter cela à tout prix. Je me vois mal leur expliquer que j'ai organisé le meurtre de ma femme, mais que tout va bien, parce qu'on lui a juste cogné dessus. Je ne peux rien leur dire de ce qui s'est passé. Si je leur parle maintenant des e-mails de Jen Hood, ils voudront savoir pourquoi je n'ai rien dit plus tôt. Je suis allé bien trop loin, et il n'y a rien que je puisse faire à part essayer de me sortir de ce bourbier sans m'enfoncer davantage.

La seule preuve que j'avais, la seule que j'aurais pu porter à la connaissance de la police dès le début, n'existe plus. Elle est inutilisable. Ils jetteront un coup d'œil à ces e-mails, feront le lien avec le fait que Tasha a été victime d'une violente agression quelques jours plus tard, et comprendront immédiatement ce qui est arrivé. Pourquoi ne suis-je pas allé les trouver dès le début pour leur expliquer ce qui se passait ? Pourquoi ne leur ai-je pas montré les e-mails ? Je sais pourquoi : parce que je suis un salopard obstiné qui a cru qu'il pourrait se sortir tout seul de cette histoire. Super Nick à la rescousse, une fois de plus. Mais cette fois, j'ai échoué. En beauté.

Je suis désormais condamné à retrouver Ellie par moi-même. Mais par où commencer ? Je suis totalement seul désormais.

La chose la plus évidente à faire serait de poser des questions. Mais il y a peu de chances que j'apprenne quelque chose sur la vie de Jen Hood, ou que je reçoive par e-mail un scan de son permis de conduire. Si Jen Hood avait voulu que je sache qui il ou elle était, il y a longtemps que des détails m'auraient été fournis.

J'essaie de réfléchir à un moyen détourné, inattendu, qui me permettrait d'obtenir les informations dont j'ai besoin. On appelle cela la pensée latérale. Poser quelques jalons, faire diversion. Tenter de faire circuler de fausses informations nous concernant, Tasha et moi, et voir si quelqu'un mord à l'hameçon.

J'essaie de me souvenir des recherches que j'ai pu faire sur les troubles de la personnalité, et leurs effets sur le comportement. Le ravisseur est-il un psychopathe ou un sociopathe ? Qui peut bien vouloir enlever un enfant et exiger que l'on tue sa mère en échange de sa libération ? Tout ce que je sais, c'est que ce n'est pas le genre de personne à qui on a envie de se frotter.

50
Nick

Mon ordinateur portable allumé et mon navigateur ouvert, j'essaie de résister à la tentation de télécharger Tor et de me connecter sur le *dark web.* Une partie de moi n'a qu'une envie : aller voir si Geoff a donné de ses nouvelles – s'il a quelque chose à dire pour sa défense –, mais je ne peux prendre ce risque. Cette connexion-là doit être totalement dissociée. À la place, je vérifie mes e-mails.

Je ne sais pas comment autant de personnes ont trouvé mon adresse, mais je tombe sur un déluge de messages émanant de parfaits inconnus qui ont tous leur théorie sur ce qui est arrivé à Ellie. Un certain nombre d'entre eux, comme c'était prévisible, nous accusent, Tasha ou moi, ou même tous les deux, de l'avoir tuée et d'avoir fait disparaître son corps. Quelques messages déversent les plus ignobles injures que j'aie jamais lues, mais à ce stade elles glissent sur moi. Je sais qu'ils ont tort, et ils l'apprendront bien assez tôt à leur tour.

Certaines des théories les mieux intentionnées sont en fait encore plus loufoques. Un couple est convaincu d'avoir la preuve qu'un vaisseau extraterrestre se trouvait dans le secteur le jour de la disparition d'Ellie ; d'autres sont certains de savoir où elle se trouve grâce à la radiesthésie, ou aux *alignements de sites*[1] ; d'autres encore prétendent avoir vu en rêve l'endroit où elle se trouve.

Je fais défiler la page, lis quelques lignes de chaque e-mail, mon inquiétude allant grandissant face à l'état de santé mental de certaines personnes en ce monde. Un e-mail, cependant, attire particulièrement mon attention. Je le lis attentivement.

Vous devriez jeter un coup d'œil chez Lynda Macauley. J'espère que vous trouverez votre fille.

Le message est suivi d'une adresse à Halifax, dans le comté du Yorkshire de l'Ouest. Encore un cinglé qui veut du mal à sa voisine. Génial. Je lui envoie cependant la réponse que j'adresse systématiquement à tous ceux qui ont un soupçon qui n'implique pas les extraterrestres ou les fantômes :

1. Les *ley lines* – ou « alignements de sites » en français –, sont des lignes imaginaires reliant certains grands sites sacrés préhistoriques.

Si vous avez des informations susceptibles d'être utiles, veuillez je vous prie contacter *le lieutenant Jane McKenna.*

J'appuie sur la touche « Envoyer ». On sonne au même moment. Je regarde par la fenêtre et vois McKenna à la porte. Le timing est parfait. Je vais ouvrir et m'écarte pour la laisser entrer.

— Comment va Tasha ? me demande-t-elle aussitôt.

— Ça peut aller. Juste fatiguée et secouée, je pense.

Moi aussi, je vais bien, merci de poser la question.

— Il vaut mieux qu'elle se repose. Une agression comme celle-là vous laisse complètement vidé, dit-elle en s'asseyant dans le salon. Il faut que vous gardiez un œil sur elle. Souvent, ce sont les cicatrices mentales qui font le plus mal. Il arrive qu'on perde confiance en soi quand on subit ce genre de traumatisme. Dès qu'elle ira mieux physiquement, je vous conseille de faire en sorte qu'elle quitte un peu la maison ; qu'elle reprenne ses habitudes au plus tôt.

— J'y comptais bien. C'est quand même drôle, la vie. Tasha et moi qui vivions le plus banal des quotidiens, qui rêvions de nous en échapper pour connaître autre chose, voilà que maintenant notre séul souhait est de retrouver cette vie-là, de faire que chaque minute soit la plus normale possible.

McKenna se contente de sourire.

— Je n'ai pas les mots pour décrire ce que ça fait de vivre ce genre de cauchemar. Être incapable de mener une vie normale dans votre propre maison.

— Être envahi tous les jours par des officiers de police, ajoute-t-elle avec un sourire.

— Oui, ça aussi, dis-je en souriant à mon tour.

— Je pense à une chose, dit McKenna. Vous m'avez bien dit que Derek vous a vu hier soir, je ne me trompe pas ?

— Oui. Pourquoi ? Ne me dites pas qu'il nie ça aussi.

McKenna sourit.

— Non, il ne l'a pas nié. Il dit qu'il vous a vu. En fait, il a même décrit la scène en détail, vous sortant précipitamment de la maison pour rattraper Tasha semble-t-il, puis vous arrêtant net quand vous l'apercevez qui vous regarde, avant de retourner dans la maison. Pourquoi avoir fait ça, Nick ?

— Fait quoi ? dis-je en avalant ma salive, sans même avoir le temps de réfléchir.

— Pourquoi lui avez-vous couru après ?

— Elle avait oublié quelque chose.

— Qu'avait-elle oublié ?

— Hmmm ?

— Qu'avait-elle oublié, Nick ?

Les pensées se bousculent dans ma tête, désordonnées.

— Son téléphone, dis-je.

— Son téléphone ? Ce serait pour cela qu'Emma n'a pas pu la joindre quand elle l'a appelée pour savoir où elle était ?

Mon soulagement est immédiat.

— Oui, dis-je, probablement.

— Mais vous n'avez pas entendu sonner son téléphone quand Emma a appelé ? Pourquoi avoir cherché à joindre Tasha sur son portable justement pour savoir où elle était après qu'Emma vous a prévenu qu'elle n'était pas encore arrivée ? Vous saviez qu'elle l'avait oublié ici ; pourquoi avoir cherché à l'appeler ?

— J'ai oublié. L'habitude, dis-je en m'efforçant de dissimuler le feu qui fait rage en moi.

McKenna acquiesce d'un hochement de tête.

— Je comprends. Donc, le téléphone se trouve quelque part dans la maison, c'est ça ?

Je secoue la tête.

— Je ne sais pas. Je suppose. C'est important ?

— Peut-être pas, répond-elle. Ça vous ennuie si j'y jette un coup d'œil ?

— Eh bien, oui, un peu.

McKenna est stoppée net dans son élan.

— Tasha rentre à peine de l'hôpital, fais-je valoir. Je préférerais que vous ne mettiez pas la maison sens dessus dessous maintenant. C'est un téléphone. Ça peut attendre.

McKenna me regarde d'un air grave.

— Ce téléphone pourrait s'avérer être une preuve d'une importance capitale ; votre femme a subi une violente agression, Nick.

— Non, je ne crois pas que ce téléphone soit important. Elle ne l'avait même pas avec elle au parc. Il est resté ici ; il ne peut donc rien prouver du tout.

— Sauf si vous vous êtes trompé sans le savoir, et qu'elle l'avait bien avec elle.

— Auquel cas il est inutile de fouiller la maison, pas vrai ?

Je crois que c'est ce qu'on appelle prendre l'avantage. McKenna le comprend, et change de tactique.

— Vous ne voulez pas attraper la personne qui a fait cela à Tasha ?

— Bien sûr que si.

— Pourquoi vous êtes-vous arrêté quand vous avez vu Derek, avant de retourner dans la maison ? Je ne me trompe pas en disant que vous ne vouliez pas que Tasha traverse le parc sans avoir son téléphone avec elle, n'est-ce pas ?

Elle enchaîne, sans me laisser le temps de répondre :

— La porte de service derrière donne bien du côté d'un sentier au bout du jardin, non ? On peut rejoindre Jubilee Park en passant par là. J'imagine que vous auriez pu l'emprunter pour donner son téléphone à Tasha, non ?

Elle me bombarde de questions. Je sais exactement ce qu'elle essaie de faire, mais je n'arrive ni à l'en empêcher ni à soutenir le feu de ses questions. Tasha n'a jamais utilisé ce sentier. Elle le déteste. Mais je ne sais pas comment lui expliquer cela.

— Eh bien, je…

— Ce qui me ramène à ma question : pourquoi n'avez-vous pas poursuivi dans la rue ? Pourquoi vous êtes-vous arrêté dès que vous avez vu Derek ? N'auriez-vous pas justement emprunté un autre chemin, plus discret, pour rejoindre Jubilee Park ?

— Vous permettez que je me serve un verre d'eau ? J'ai la tête qui me tourne un peu.

J'essaie de garder un visage impassible, mais intérieurement je hurle.

51

Tasha

Les médecins à l'hôpital n'ont rien compris apparemment. À chaque fois qu'ils me demandaient comment je me sentais, je leur répondais que ça allait. Non, ma tête ne me faisait pas mal. Non, mes articulations n'étaient pas raides. Comparée à tout ce que j'ai enduré ces derniers jours, la douleur physique me paraît totalement dépourvue d'intérêt.

Je n'ai aucune idée de ce qui est arrivé. Tout ce dont je me souviens, c'est d'avoir entendu un bruit de pas. C'était vraiment très bizarre. Ce n'était pas comme si quelqu'un avait marché dans ma direction, ou avait déboulé de quelque part. Juste un pas. Comme si on attendait, tapi dans l'ombre, que quelqu'un passe ; que *je* passe.

La police m'a demandé à l'hôpital ce que j'avais sur moi au moment de l'agression. Je leur ai dit que je ne m'en souvenais plus, mais que je quittais rarement la maison les mains vides. Je n'arrive pas à me souvenir si j'avais de l'argent sur moi. Probablement pas. Je ne pense pas non plus que j'aurais pris un sac à main, puisque je me rendais chez une amie et que je n'avais pas besoin d'argent. De plus, une femme seule avec un sac à main la nuit fait une cible toute trouvée. Ils m'ont posé des questions à propos de mon téléphone, mais je ne sais pas. Je pense l'avoir pris avec moi. Il n'est plus là, mais ça ne me préoccupe pas. Je ne veux plus de téléphone. Je ne veux plus que qui que ce soit m'appelle. Je veux juste me rouler en boule et mourir.

Jane McKenna est en bas, mais je ne veux pas la voir. Je l'entends parler avec Nick, mais je ne comprends pas ce qu'ils se disent. Je ne veux rien savoir de toute façon, à moins qu'elle ne soit venue pour dire qu'ils ont retrouvé Ellie.

Je sais que je me complais dans mon malheur, et je déteste ça. Ça ne me ressemble pas. Je suis le genre de personne qui se remet constamment en selle pour aller de l'avant, mais cette fois ce n'est réellement pas aussi simple. J'ai éteint la télé de la chambre ; les programmes sont abrutissants. Que l'on ne se méprenne pas, j'ai besoin de me distraire, mais à ce niveau de crétinerie, on ne peut même plus parler de distraction. Je reste seule avec mes pensées noires, envahissantes. Je n'en veux plus. J'aimerais qu'on m'en débarrasse. J'ai besoin de pouvoir me concentrer sur quelque chose suffisamment longtemps pour permettre au brouillard de s'estomper, pour ne plus avoir l'impression que le monde a implosé en moi. J'ai besoin d'un peu de normalité.

Je pousse un gémissement en me penchant en avant pour ramasser la sacoche qui contient mon ordinateur portable à côté du lit, mes bras et mes côtes me signifiant qu'ils rechignent à coopérer. Je suis mal tombée, d'après les médecins. Ça, on peut le dire. Je suis à peu près certaine que j'étais déjà inconsciente quand j'ai heurté le sol, mais cela ne change pas grand-chose de toute façon : le fait est que la douleur est bien là.

J'ouvre la sacoche, en tire mon ordinateur à la coque argentée et l'allume après avoir relevé l'écran. Je reconnais le bruit de la mise sous tension ; il a quelque chose de rassurant, de tangible, de familier. Je l'entendais tous les jours, quand tout était encore normal dans mon existence, quand j'avais encore ma fille, quand les choses étaient encore exactement telles qu'elles devaient être ; avant que ma vie ne soit mise sens dessus dessous.

Ma boîte affiche cent neuf e-mails reçus et non lus. Je fais défiler la liste ; j'en vois quelques-uns qui paraissent émaner de collègues nous souhaitant, j'imagine, bon courage et nous accompagnant de leurs vœux après avoir appris la disparition d'Ellie. Je ne veux pas les lire ; je m'en tiens à ceux dont l'intitulé laisse entendre qu'ils ont un rapport avec le travail. Pour l'essentiel, il s'agit de messages où mon équipe me met en copie, ou qui me sont envoyés par des gens qui croient utile d'aligner quarante noms au lieu d'un seul bien ciblé dans la case « Destinataire ». Là, pour l'heure, je ne leur en suis pas moins redevable à tous. Grâce à eux, je peux tranquillement prendre connaissance de ce qui se passe, et obliger mon esprit à se concentrer sur autre chose sans pour autant avoir à fournir le moindre travail réel. Je me sens impliquée. Je me sens attendue.

Je trouve mon travail, je l'avoue, incroyablement relaxant. Tellement de gens trouvent le leur stressant, et ont besoin de trouver des échappatoires pour se détendre une fois leurs journées terminées. Pour moi, c'est tout le contraire. Je trouve mon travail apaisant, presque thérapeutique. Il mobilise juste ce qu'il faut d'intelligence et de gestes routiniers. C'est un peu comme tricoter ou peindre – vous devez être concentré, mais pas au point que plus rien d'autre n'existe autour de vous. C'est le parfait équilibre.

Est-ce que je me sens coupable d'allumer mon ordinateur et de lire mes e-mails professionnels alors que la police continue de faire tout ce qu'elle peut pour retrouver Ellie ? Oui, peut-être un peu, mais la diversion remplit son office. Certaines personnes se tournent vers l'alcool ou la drogue ; moi, c'est vers le travail. Je ne crois pas que quelqu'un m'en voudrait si je me mettais à boire dans la situation présente ; la seule différence est que mon ordinateur ne risque pas d'endommager mon foie.

Étrangement, j'ai l'impression que ma migraine diminue lentement à mesure que je lis mes e-mails. L'un d'eux contient un échange de vingt-six messages à propos d'un écart de chiffres sur des comptes quelconques. Rien qui ne me concerne ni même m'intéresse, mais lire cela – et surtout avoir été incluse au nombre des destinataires – me fait me sentir importante à nouveau. Cela peut paraître bizarre, mais c'est vrai. Et l'espace d'un instant, j'arrive à tout oublier et à faire comme si tout était redevenu comme avant.

52
Nick

McKenna est partie. Elle a fini par me dire – après m'avoir regardé me tortiller sur mon siège, mal à l'aise –, que la vidéosurveillance à l'angle de la rue où débouche le sentier montre que je ne suis pas allé jusque-là. Elle sait donc que je n'étais pas à Jubilee Park hier soir. Mais, d'une certaine manière, c'est encore pire. Elle a bien vu que quelque chose clochait, et m'a mis sur le gril en me regardant me débattre pour répondre à des questions dont elle connaissait déjà la réponse. Je suis certain que cette manière de procéder est illégale. Il y a une raison au fait qu'elle soit revenue constamment à la charge en me posant ces questions directes et plus ou moins accusatrices.

C'est parce qu'elle sait que quelque chose ne colle pas. Elle sait aussi, je crois, que je n'ai pas agressé Tasha, mais elle n'est pas stupide. Elle passe sa vie à parler avec des gens qui essaient de lui cacher quelque chose. Elle est convaincue que c'est mon cas, et bien décidée à découvrir de quoi il s'agit. C'est pour cela qu'elle a cherché à me mettre la pression, pour essayer de me piéger. Tout ce qu'elle sait pour le moment, c'est ce qui *n'est pas* arrivé.

J'en tremble encore. J'ai bu un litre et demi d'eau, pour essayer de stopper la sensation d'étourdissement. Je sens l'étau qui se resserre doucement autour de moi, et je n'aime pas ça du tout. Je vais être franc : je commence à paniquer, à perdre confiance en moi. Je dois mettre de l'ordre dans mes pensées. Que sait-elle au juste ? De quel côté peut-elle creuser, et que peut-elle découvrir ? Il faut que je me mette à penser comme le fait la police, rationnellement, méthodiquement.

Malgré l'alibi de Derek et la vidéosurveillance prouvant que je ne peux pas être impliqué, je commence à craindre que McKenna ne réussisse à faire le lien entre l'agression de Tasha et moi. Et si la police retrouvait son auteur ? Et s'il craquait et passait aux aveux, ou bien parvenait à négocier un arrangement, et que McKenna venait cogner à ma porte ?

Ils ne peuvent rien prouver. J'en suis certain. D'accord, j'ai parlé à Mark. J'ai rencontré un ancien camarade de classe. Et alors ? Oh, et oui, je suis allé au *Talbot Arms* et j'ai eu une conversation avec Warren. Mais ça ne signifie rien. Ils n'ont aucun moyen de relier l'agression à Warren. À ce stade, ils ont certainement une idée de ce qui s'est tramé, mais ils ne peuvent rien prouver.

Toutes ces pensées virevoltent dans mon crâne, et disparaissent sans laisser de trace ou presque, cédant la place à d'autres.

Je vais me servir un autre verre d'eau, mais opte finalement pour quelque chose de plus fort.

Après deux verres de whisky, je décide de remonter dans la chambre. J'entre et vois Tasha assise sur le lit, son ordinateur sur les genoux, en train de répondre à un e-mail.

— Qu'est-ce que tu fais ?

— Je travaille.

— Oh, pitié, Tash, dis-je en essayant de ne pas laisser la colère poindre dans le ton de ma voix. Je pense que tu pourrais te passer de travailler quelques jours ; je te rappelle que tu viens d'être agressée et que notre fille a été enlevée. Ils peuvent bien t'accorder ça.

— Je ne peux pas me permettre d'être absente, me renvoie-t-elle sans même prendre la peine de quitter son écran des yeux.

— Ils ne peuvent pas te le reprocher. C'est un droit.

— La question n'est pas là. Ça ne marche pas comme ça. J'ai déjà manqué des réunions importantes.

— Et alors ? Ils peuvent prendre quelqu'un pour te remplacer, dis-je en m'efforçant d'être le plus convaincant possible.

Elle me regarde. Je peux lire de la colère dans ses yeux.

— Est-ce que tu as une idée des sacrifices que j'ai dû faire pour ma carrière ?

J'ai envie de lui répondre oui, elle lui a tout sacrifié, jusqu'à sa vie de famille et son sens moral.

— J'ai travaillé tellement dur pour arriver là où j'en suis. Et il faudrait que je gâche tout, simplement parce que je suis coincée ici à la maison ? Que je laisse d'autres personnes me prendre mon travail et mes clients ? C'est vraiment ce que tu veux ?

— Bon sang, comment est-ce que tu peux ne penser qu'à ton boulot alors que ta fille a disparu ? aboyé-je hargneusement. Qu'est-ce qui ne va pas chez toi ?

Elle me regarde d'un air ébahi laisser libre cours à ma colère, et lui dire ses quatre vérités.

— Ellie n'a jamais compté pour toi, pas vrai ? Pas plus que moi. Ç'a toujours été ta carrière. C'est moi qui reste à la maison pour m'occuper de *notre* fille, pendant que toi, tu *évolues* professionnellement.

— Nick, ce n'est pas parce que moi j'ai un vrai boulot et toi non qu'il faut que…

Je ne veux pas entendre un mot de plus. Je claque la porte de la chambre et descends passer la nuit – encore une –, sur le canapé.

53
Nick

Ce canapé commence à me devenir plus familier que mon propre lit. Ce n'est pas forcément bon signe, mais cela vaut mieux que de dormir là-haut avec le dragon.

Je désactive les notifications d'e-mails sur mon téléphone. À chaque fois que le signal retentit, j'ai l'impression que mon cœur va lâcher. Et évidemment, il s'agit toujours d'un *spam*, ou d'une *newsletter* d'une société quelconque à qui j'ai acheté il y a huit ans un stylo. J'ai besoin de reprendre le contrôle ; je ne vérifie plus mes e-mails que manuellement. J'essaie d'être extrêmement prudent, bien que j'aie la conviction maintenant que ma boîte e-mail n'est pas surveillée. C'est certainement illégal. Je ne suis pas naïf au point de croire que ces choses-là n'existent pas, mais il faut bien que je trace une limite quelque part, ou la paranoïa aura raison de moi.

J'ouvre l'application courrier sur mon mobile ; j'ai cinq messages. Ils datent des deux dernières heures. C'est assez drôle, mais les messages inquiets de la famille et des amis semblent avoir cessé. Il y a quatre *newsletters*, et un nouvel e-mail de Jen Hood.

Pour me calmer et me recentrer, je commence par supprimer méthodiquement chacun des quatre autres e-mails. Je dois garder la tête froide. Puis, les doigts tremblants, j'ouvre l'e-mail de Jen Hood. Dans la partie « Objet », il est indiqué *Ellie*, et pour tout message, je lis : *Le mot de passe est Natasha*, suivi d'un lien Vimeo[1].

J'appuie sur le lien, et arrive directement sur une page Vimeo. L'indication *Cette vidéo est protégée par un mot de passe* apparaît à l'écran, accompagnée assez curieusement d'une main tendue, paume ouverte, qui fait barrage à la manière d'un videur de boîte de nuit. J'essaie de rester calme, entre le nom *Natasha* dans la case mot de passe et clique sur « Soumettre ».

La page suivante s'affiche instantanément, excepté la vidéo, qui met un temps fou à apparaître, dissimulée derrière un rectangle blanc. Je suis sur le point de balancer mon téléphone par la fenêtre, quand l'écran change et que la vidéo se télécharge. Un rectangle noir s'est affiché. J'appuie sur la partie « Lecture » et incline mon téléphone sur le côté pour avoir une vue en plein écran.

---

1. Site web communautaire destiné au partage et au visionnage de vidéos.

Deux secondes plus tard, l'écran noir laisse apparaître une image brouillée qui pourrait être celle de n'importe quelle petite fille. C'est le gémissement que je reconnais en premier, ce qui est bizarre, parce que ce n'est pas un gémissement que j'ai déjà entendu. Ce n'est pas la façon qu'a Ellie de geindre habituellement, comme ce matin-là quand elle a oublié son dessin de Mlle Williams. Il y a quelque chose de douloureux cette fois dans sa lamentation, quelque chose d'inconsolable, de réel.

« *Papa, je veux rentrer à la maison,* dit-elle, en même temps que l'image devient plus nette et que les larmes inondent mes yeux. *S'il te plaît, est-ce que tu peux faire ce que tu dois faire pour que je puisse rentrer ?* »

Elle se met à pleurer. On dit que l'amour est une réaction chimique qui se produit dans le cerveau, mais c'est dans la poitrine que je ressens une violente douleur en l'entendant m'appeler désespérément. Et aussi vite qu'elle a commencé, la vidéo s'arrête.

Je suis perdu, complètement perdu. Une partie de moi veut revoir immédiatement cette vidéo, mais une autre sait très bien que je ne le supporterai pas. Je ferme la page Vimeo et ma boîte e-mail réapparaît ; j'ai reçu un nouveau message. Sur le moment, je n'y prête pas vraiment attention – je suis totalement effondré –, mais très vite je me rends compte qu'il s'agit d'un nouvel e-mail de Jen Hood. Je l'ouvre et lis son message :

Je suis ravi de constater que vous avez finalement compris ce que vous aviez à faire, mais ça ne suffit pas. Je la veux morte, pas seulement blessée. Il va falloir essayer mieux que ça. Elle doit mourir, ou vous ne reverrez jamais Ellie. N'essayez surtout pas de nous trouver. Je peux voir tout ce que vous faites. Un faux pas, et vous ne la reverrez plus. Vous savez ce qu'il vous reste à faire.

Mes mains tremblent. Je ferme l'application courrier et éteins mon téléphone.

J'ai besoin d'un autre verre.

54

Nick

Je suis face à un dilemme. Mon premier réflexe est de vouloir montrer cette vidéo à la police. Après tout, ils devraient être capables de remonter à sa source, non ? Plus rien ne me paraît compter ni avoir le moindre sens quand je vois mon bébé pleurer dans cette vidéo, et me supplier de la ramener à la maison. Il faut que tout cela s'arrête.

Mais si je préviens la police, la première chose qu'ils voudront savoir, c'est pourquoi je ne leur ai pas parlé plus tôt des e-mails de Jen Hood. Quelle raison – à part la plus évidente de toutes –, aurais-je pu avoir de ne pas vouloir expliquer à la police qu'un inconnu me propose de me rendre ma fille en échange du meurtre de ma femme ?

Sans compter le fait que je me fermerais définitivement cette dernière option. Il ne me resterait donc plus qu'à espérer de toute mon âme que la police retrouve le ravisseur d'Ellie et la sauve avant qu'il ne soit trop tard. Je me rends rapidement compte que c'est un degré de confiance que je n'ai pas. J'ai besoin que le jeu reste ouvert ; aller trouver la police à propos de Jen Hood ne me le permettrait décidément plus, sans même parler des soupçons qui pèseraient alors sur moi.

Je me demande tout de même si je pourrais leur montrer la vidéo, mais pas les e-mails. Évidemment, ils voudront savoir d'où je la tiens. Ils mettront leurs analystes sur le coup, et j'aurais beau effacer tous les autres e-mails, cela ne suffira pas. Et puis, cela aurait l'air suspect, tout bonnement.

Je songe un instant à mettre la vidéo sur une clé USB, puis à prétendre qu'on l'a glissée sous ma porte, ou envoyée par la poste ou je ne sais quoi. Est-ce une idée crédible ? Je ne m'y connais pas suffisamment en informatique pour savoir s'ils peuvent ou non se rendre compte que la vidéo provient à l'origine d'un e-mail. Sont-ils réellement en mesure de le déterminer ? Je pourrais faire des recherches en ligne, mais s'ils découvrent cela aussi ?

Il m'apparaît clairement que chaque petite décision peut avoir des conséquences insoupçonnées. La moindre recherche sur Google peut tout mettre par terre. Le plus drôle dans tout cela, c'est que je n'ai rien fait d'illégal. Je n'ai pas enlevé Ellie. Je n'ai pas menacé de tuer un enfant. Je n'ai rien fait du tout. Mon seul tort est de l'avoir laissée seule une minute dans la voiture. Deux, au maximum. Est-ce que cela justifie un tel degré de paranoïa ? D'accord, on peut me reprocher l'agression de Tasha, c'est ma faute, mais bon sang, je n'en suis pas l'auteur, à proprement parler.

Qu'est-ce qui me prend ? Voilà que j'essaie de justifier le fait d'avoir mis un contrat sur la tête de ma femme. Le pire contrat de tous les temps, il faut bien le reconnaître. Tasha a-t-elle vu son agresseur ? Et si elle venait à l'identifier plus tard ? Imaginons que la police l'attrape, et que l'enquête remonte finalement jusqu'à moi ? Ce n'est apparemment pas le type le plus calme et concentré du monde, puisqu'il n'a même pas pris le temps de terminer le travail correctement.

Toutes ces pensées se bousculent follement dans ma tête. Je les entends faire du raffut à l'intérieur de mon crâne, chacune rivalisant pour l'emporter sur les autres alors même que je m'efforce de mettre de l'ordre entre elles. On dit que c'est comme cela que la plupart des meurtriers qui tuent pour la première fois se font prendre. Leur cerveau est incapable de saisir la globalité de ce qui se passe, de gérer en même temps les pensées et les émotions. Ils n'arrivent tout bonnement pas à continuer *comme si de rien n'était.*

J'ai vu à la télévision, au fil des ans, d'innombrables parents d'enfants disparus ou assassinés, tous évoquant la manière dont leur monde s'est brusquement arrêté de tourner le jour où leur enfant a disparu de leur vie. Rien n'est plus jamais pareil après cela. Couleurs, atmosphères, tout change. On se retrouve entraîné vers autre chose, une sorte de monde en noir et blanc ; un monde parallèle où tout paraît normal, où il ne se passe plus jamais rien.

Mais étrangement, l'autre monde est toujours là. C'est celui dans lequel chacun autour de moi continue de vivre. Eux voient toujours les couleurs. Leur monde continue de tourner.

Pour moi, le monde s'est arrêté le matin où Ellie a disparu. Et je suis le seul à pouvoir le remettre en mouvement.

55
Nick

La bouteille de scotch paraît désespérément vide, mais je commence à me sentir beaucoup mieux. Je commence à pouvoir penser clairement pour la première fois depuis des jours, et je dois en remercier cette bouteille.

Il y a longtemps que je n'ai pas bu une telle quantité d'alcool. J'ai toujours eu peur, peur de redevenir l'espèce de monstre que j'ai été ce soir-là avec Angela. Pour le moment, cependant, je ne me sens pas monstrueux du tout. En fait, j'ai l'impression de penser bien plus clairement, bien plus lucidement que d'habitude. Je ne suis pas stupide au point de croire que les pensées qui me viennent maintenant sont celles que j'aurais si j'étais sobre, mais du moins s'articulent-elles clairement dans mon esprit. Il faut que je fasse quelque chose, n'importe quoi. Rester assis là à regarder le plafond n'est pas une option. Ce n'en est plus une depuis que j'ai reçu cette vidéo d'Ellie.

Donc, je dois prendre une décision. Il ne s'agit plus seulement de faire revenir Ellie. Il s'agit de lui sauver la vie. Son ravisseur m'a déjà dit qu'il la tuerait si je ne fais pas ce qu'il me demande, et je ne peux pas prendre ce risque. Je suis parfaitement conscient que dans l'état mental qui est le mien maintenant, tuer Tasha signifie vraisemblablement me faire prendre. Je veux bien en assumer le risque. Je préfère passer le reste de ma vie en prison et savoir qu'Ellie est en vie, plutôt qu'être libre après qu'il lui sera arrivé quelque chose. Quel genre de liberté serait-ce là ? Ce serait la pire des prisons, de celles dont on n'a aucun espoir de jamais s'échapper.

Je mets à nouveau à l'épreuve les idées qui me sont venues, et la manière de les concrétiser. Je vais devoir être prudent et organisé, et en même temps agir vite. Il y avait manifestement une forme de cruauté dans cet e-mail, et je suis persuadé que le ravisseur d'Ellie, qui que ce soit, n'hésitera pas à mettre sa menace à exécution. Je veux sauver ma fille – il le *faut* –, et au plus vite.

Je me lève pour aller chercher mon ordinateur portable à l'étage, mais me ravise aussitôt. Je dois décider de la manière de procéder. Je ne m'inquiète plus que la police puisse surveiller mon ordinateur et voir ce que j'y fais. Ellie, c'est tout ce qui compte. La seule raison pour laquelle je ne veux pas aller dans la chambre maintenant, c'est parce que je sais que j'y ferais directement ce que je suis censé faire, et que ça finirait mal pour tout le monde.

Je veux juste échapper à toute cette folie. Je commence à envisager le fait qu'il se peut que je ne revoie jamais Ellie. Si tel doit être le cas, à quoi bon continuer ? Si je n'arrive pas à me résoudre à faire ce qu'on attend de moi, autant en finir définitivement maintenant. Le résultat sera le même, en plus rapide et en moins douloureux.

Tasha prend du Tramadol pour l'aider à supporter la douleur depuis son agression. Je me demande combien de cachets il faudrait que j'avale pour en finir définitivement, *moi.* Ou pour en finir avec Tasha. Je pourrais en écraser une bonne quantité et la mélanger dans sa nourriture pour terminer le travail, mais McKenna comprendrait aussitôt ce qui s'est passé. Non, je ne peux pas faire ça. Et ça peut paraître bizarre, mais je n'aimerais pas me suicider avec les analgésiques de Tasha. Pas ceux qu'elle prend à cause de moi. Non, plutôt ses somnifères. Bien plus efficace. Moins de culpabilité en jeu. Ça pourrait être accidentel, non ? Je me demande combien de comprimés de témazépam il me faudrait pour dormir éternellement. Je devrais peut-être faire une recherche sur Google. Non, mauvaise idée. En quelques secondes, on verrait les ambulances arriver en trombe et m'emmener avant même que j'aie eu le temps d'ouvrir la boîte.

Je me sens piquer du nez, mais il faut que je reste éveillé. Je n'ai peut-être pas l'esprit clair, mais au moins je réfléchis.

Je retourne à ma boîte de réception et ouvre de nouveau le dernier e-mail de Jen Hood. Je me dis que si je parviens à m'accoutumer à cette vidéo, je serai capable de mieux réfléchir. Je dois dépasser ma première réaction émotionnelle, et commencer à considérer la situation avec détachement. Je déglutis péniblement en cliquant une nouvelle fois sur le lien de la vidéo.

La voix d'Ellie me saisit aux tripes, et je me rends compte que je vais devoir visionner cela de nombreuses fois avant de parvenir à quelque chose qui s'approche de la désensibilisation. Bientôt, cependant, j'ai à peine conscience de ce que j'entends, quand mon regard est attiré par quelque chose au-dessus de l'épaule gauche d'Ellie, qui dépasse à moitié d'un carton. Je mets la vidéo sur pause.

Je n'arrive pas à distinguer de quoi il s'agit au juste, mais cette chose m'est familière. Je plisse les yeux, le nez à quelques centimètres seulement de l'écran. Ça y est, c'est très clair.

C'est un pull. Un pull que j'ai déjà vu. Très souvent. En fait, j'ai vu un tas de personnes le porter. Je sais pourtant exactement à qui appartient celui-là.

56

La fumée emplit la pièce d'une brume stagnante, tandis que la musique résonne à nos oreilles. C'est une pure expérience sensorielle : l'odeur douce de cigarette, le moelleux du matelas sous nos jambes, la chaleur de son corps appuyé contre le mien. Même le jaune d'or du logo de l'université cousu sur la poitrine du pull suspendu en travers de la chaise au bout du lit paraît briller plus fort. Mais mon esprit commence à faire abstraction de ces détails, préoccupé par autre chose.

On dit que les années d'université sont les meilleures de la vie. J'ai trouvé les miennes formidables, et pourtant je ne suis jamais allé à la fac. J'en savoure pourtant encore les meilleurs moments. L'alcool, les fêtes, les filles. C'est un des grands avantages d'avoir des amis qui font leurs études près de chez vous. Tous les plaisirs, sans aucun des inconvénients. Les devoirs à rendre et les dettes à rembourser. Une vie d'éternel étudiant. Non, très peu pour moi.

Sa tête repose sur mon épaule, ses longs cheveux étalés sur ma poitrine. Je sais qu'il va bien falloir que je lui parle à un moment – il y a déjà un certain temps que j'en ai l'intention –, mais ce n'est pas le genre de fille que l'on peut plaquer en douceur. Je ne peux pas dire que j'en suis certain parce que je n'ai jamais osé essayer, mais j'ai entrevu à plusieurs petits détails qu'elle ne réagirait peut-être pas de la meilleure des manières à ce que j'ai à lui dire.

C'est une fille plutôt calme, le genre timide et réservé, mais comme on dit, il faut parfois se méfier de l'eau qui dort. Il a fallu que je la rencontre pour comprendre enfin le sens de cette expression. Jusqu'alors, dans mon esprit, une fille calme était une fille calme, rien d'autre. Mais avec elle, c'est comme si quelque chose couvait sous la cendre. Je n'arrive pas à dire quoi exactement, mais c'est là. Je le sais.

Je décide d'aller droit au but. Il le faut. Indépendamment de toute autre considération, ce n'est pas juste de ma part de continuer ainsi, comme s'il n'y avait aucun problème. Il faut que je le lui dise, et que je le fasse avant que ce ne soit plus difficile encore pour l'un comme pour l'autre.

— À quoi tu penses ? me demande-t-elle, comme si elle lisait dans mes pensées.

Voilà exactement le genre de coïncidence qui me fait me poser des questions à son sujet. Je ne peux pas l'expliquer, c'est juste bizarre et plutôt flippant en même temps. Comme si elle savait déjà.

— À pas grand-chose, dis-je en me reprochant aussitôt ma lâcheté. Des trucs, c'est tout.

— Quel genre de « trucs » ? insiste-t-elle.

— La vie. Des trucs, en général.

Je ne sais pas pourquoi ça ne veut pas sortir. Les mots paraissent m'avoir abandonné tout à coup. C'est la première fois que j'ai un tel problème ; d'habitude, j'ai tendance à trop parler au contraire. Mais cette fois, c'est comme si elle m'avait pris à contre-pied.

— À nous ? demande-t-elle en me caressant la poitrine.

Aussi humble et réservée puisse-t-elle paraître, je vois bien qu'elle prend un malin plaisir à minauder quand ça lui plaît.

— Oui, je suppose, dis-je en me laissant le temps de réfléchir à la meilleure manière de présenter les choses. Je me demandais juste si tout ça a une chance de durer.

Je la sens qui se crispe légèrement avant de répondre, mais elle ne décolle pas sa tête de mon épaule. Elle reste allongée là, sans bouger, comme si elle envisageait sous tous les angles ma réflexion, et s'efforçait de comprendre ce qu'elle cache. Je sens bien que je l'ai contrariée.

— Qu'est-ce que tu veux dire ? fait-elle d'un ton calme et parfaitement innocent.

— Eh bien, tu auras terminé ici dans quelques semaines. Tu vas rentrer chez toi, probablement, ou bien partir vivre de nouvelles aventures, trouver un travail.

— Mais tu vis ici, Nick, fait-elle valoir sans manifester d'émotion particulière. Tu ne vas nulle part. Tu l'as dit toi-même. Et j'aime cet endroit. Je n'ai pas envie d'aller ailleurs. Je veux trouver un travail ici et rester. On pourrait même travailler ensemble.

C'est exactement ce qui m'inquiétait.

— J'sais pas. Je me demandais juste si je serais toujours le même après la fac. La vie est différente une fois qu'on est dans le monde réel. Je ne voudrais pas que ça gâche ce qu'on a vécu. Je connais tellement de personnes qui se sont promis des choses.

— Comme qui ? demande-t-elle, d'un ton accusateur cette fois.

— Des amis, c'est tout.

Une chape de silence nous tombe dessus, et durant une minute ou deux, nous n'échangeons plus un mot. Mais je crois deviner ce qu'elle pense ; je crois pouvoir suivre le cheminement de sa pensée tandis qu'elle reste là, allongée sur moi, la respiration de plus en plus profonde.

Finalement, elle lance :

— Le problème, ce n'est pas ça, hein ? Tu as rencontré quelqu'un d'autre.

Il y a de la douleur et de l'angoisse dans le ton de sa voix. Je sais que j'aurais dû lui dire tout cela bien plus tôt, avant qu'elle ne s'attache trop. Maintenant, je vais devoir me colleter durant plusieurs semaines avec une revancharde souffrant de troubles psychotiques.

— Ne dis pas de bêtises, répliqué-je en tentant de désamorcer la situation.

— Non, j'ai raison, avoue-le. Qui est-ce ? Ça m'est égal, vraiment.

Sa voix a complètement changé. Elle paraît à nouveau parfaitement calme, presque sûre d'elle.

Je sais pourtant qu'elle accusera le coup. Pas question de lui dire quoi que ce soit. Si elle savait, ça la tuerait.

— Je n'ai rencontré personne.

— C'est Tash ?

Je me force à rire en secouant la tête.

— Non, Emma, ce n'est pas Tash. Je te le promets.

57
Nick

Le déclic, ç'a été le pull. Ce vieux pull universitaire que tant d'étudiants portaient à l'époque. Je me souviens du premier jour où j'ai parlé à Emma, et remarqué que l'insigne sur le sien était légèrement différent.

L'université avait un emblème plutôt bizarre que l'on retrouvait sur tout : un pélican avec un stylo dans la bouche. Une obscure référence à un écrivain plus ou moins oublié qui avait été jadis étudiant à l'université. Seule Emma avait modifié le sien en le décousant et en remplaçant le stylo par un joint brodé. C'était un geste très osé pour quelqu'un d'aussi tranquille et réservé. Une sorte de protestation silencieuse. La plupart des gens n'ont rien remarqué ; l'eussent-ils fait, elle aurait probablement eu de sérieux ennuis, mais c'est une des choses qui m'ont tout de suite attiré chez elle.

Je repense à ce jour-là dans sa chambre universitaire, quand je lui ai annoncé que je mettais fin à notre liaison. Tout s'explique maintenant. Elle a réagi si calmement ce jour-là, que cela ne pouvait signifier qu'une chose. On dit à juste titre qu'il faut se méfier des gens trop calmes ; ceux qui ne montrent rien, mais qui s'activent dans l'ombre, méthodiquement, pendant que tout le monde s'inquiète des têtes brûlées qui font constamment parler d'eux.

J'avais raison à l'époque de soupçonner qu'Emma réagirait mal. J'ai bien vu qu'elle était dévastée par la nouvelle, mais qu'elle ne voulait pas le laisser paraître. De mon côté, j'ai cherché à me convaincre, je pense, qu'elle avait préféré garder cela pour elle et tenté de faire bonne figure. Je comprends maintenant que je me suis trompé.

Je comprends aussi pourquoi elle est revenue sur le devant de la scène, dans le rôle de l'amie compréhensive et attentionnée. Elle avait besoin de voir les choses de l'intérieur ; de s'assurer que je ne parle à personne des e-mails de Jen Hood. Elle voulait savoir ce que faisait la police, et quand, à la façon du criminel qui s'en retourne sur les lieux de son forfait pour en prendre la mesure. J'en ai la nausée.

Se peut-il qu'elle ait anticipé le fait que je lui demanderais d'inviter Tasha chez elle parce que je prévoirais d'en finir avec elle ce jour-là ? Non, impossible. Mais j'éprouve une bouffée d'angoisse en me souvenant d'autre chose : Emma a dit que Cristina et Leanne avaient annulé ce soir-là ; elle prévoyait donc de se retrouver seule avec Tasha. Pour quelle raison ? Avait-elle l'intention de profiter de l'occasion pour la tuer elle-même ? Elle aurait pu le faire depuis des semaines, des mois, des années déjà. Si elle voulait réellement la mort de Tasha, pourquoi ne pas l'avoir tuée ? A-t-elle craint de se faire prendre ? À moins qu'elle n'ait pas pu se résoudre à passer à l'acte. Ou peut-être qu'elle a brusquement senti l'étau se resserrer, et compris que c'était le seul moyen. Ça n'explique pourtant pas tout ; pour le moment, c'est la confusion totale dans mon esprit.

C'est déconcertant. Certaines choses deviennent plus embrouillées, tandis que d'autres s'éclaircissent. Je n'arrive pas à croire que je n'ai rien vu. J'ai été aveugle. Ou peut-être que je ne voulais pas y penser. Emma l'a joué à long terme, et a plutôt bien réussi son coup. Toutes ces années passées à attendre, à me voir former un couple avec Tasha après que je lui avais dit que nous n'étions pas ensemble, à nous voir nous marier et essayer d'avoir des enfants. Que se passait-il dans sa tête à ce moment-là ? Se réjouissait-elle secrètement en espérant notre rupture ? Et qu'a-t-elle ressenti quand finalement Tasha est tombée enceinte, et que la naissance d'Ellie a suivi ?

J'essaie de déterminer s'il y a un moment en particulier où j'aurais pu deviner ce qui se tramait. Elle a paru sincèrement ravie quand Tasha et moi lui avons finalement avoué que nous sortions ensemble. Le plus bizarre, c'est que je n'ai rien trouvé d'étonnant à sa réaction à l'époque. Je suppose que j'étais trop amoureux, trop absorbé dans ma relation avec Tasha pour voir quoi que ce soit. J'imagine m'être dit qu'elle avait surmonté notre rupture. Je ne pouvais pas me tromper davantage.

Le jour où Ellie est née, Emma a été l'une des premières personnes à la voir. Je me souviens de la façon qu'elle avait de la fixer, avec dans les yeux ce que j'imaginais alors être une forme d'étonnement, et même d'émerveillement. Maintenant, je sais ce qu'il y avait derrière ce regard. C'est ce jour-là qu'elle a compris que sa vie avait vraiment changé, et qu'il n'y aurait pas de retour en arrière possible. C'est à ce moment-là qu'elle a décidé qu'elle allait faire quelque chose de radical.

Mais pourquoi maintenant ? Pourquoi avoir attendu qu'Ellie ait cinq ans ? Quelle signification cela a-t-il ? Probablement aucune. Peut-être le moment lui a-t-il simplement paru le bon, tout s'alignant parfaitement. Mais pourquoi ce matin-là ? Passait-elle par hasard ? Venait-elle nous voir pour une raison particulière ? A-t-elle agi sur un coup de tête, et simplement saisi sa chance ? D'une certaine manière, je l'espère, parce que dans le cas contraire, cela voudrait dire qu'elle nous a espionnés et suivis, matin après matin. La seule chose qui me réconforte un peu, c'est que si vraiment elle a agi de la sorte, alors je n'ai pas à me reprocher ce qui est arrivé. Elle serait passée à l'acte tôt ou tard.

Quoi qu'il en soit, tous ces raisonnements sont inutiles. Pour le moment, ma priorité est de ramener Ellie.

Je tremble tandis que j'enfile mes chaussures, et quitte ensuite la maison. Je décide d'y aller à pied. Je ne sais pas trop pourquoi ; peut-être que je me dis qu'il me sera plus facile de semer quelqu'un qui me suivrait ; en même temps, cela n'a guère d'importance puisque je suis sur le point de régler cette histoire une bonne fois pour toutes. Et puis, je n'aime pas trop l'idée d'ajouter une condamnation pour conduite en état d'ivresse à toutes les charges qui pèsent déjà contre moi. Quand j'entre dans Jubilee Park, je passe du petit trot au pas de course.

J'arrive finalement devant la maison d'Emma. Avant de m'engager dans l'allée, je m'arrête un instant pour reprendre mon souffle et mes esprits. Si Ellie est là, elle est probablement en vie. Mais, prise au dépourvu, Emma pourrait décider d'en finir. Je suis parfaitement conscient que c'est elle qui a toutes les cartes en main.

Je sonne. Quelques secondes plus tard, j'entends des bruits de pas, puis elle ouvre la porte. Je lui décoche mon plus beau sourire et dis bonjour.

58

Nick

— Nick, entre. Tout va bien ?

— Ouais, très bien. Je suis sorti marcher un peu. J'avais besoin de m'éclaircir les idées. Je passais par là, alors j'ai pensé à venir te dire un petit bonjour.

— Oh, d'accord. Eh bien, je n'allais pas tarder à aller me coucher. J'ai une longue journée demain. Je t'offre un verre, ou quelque chose ?

— Juste un verre d'eau, ce sera parfait, dis-je, la gorge desséchée d'avoir couru.

— Vraiment ? Rien de plus fort ? Tu as déjà commencé, on dirait. Tu sens l'alcool. Je croyais que tu ne buvais plus.

Je laisse échapper un petit rire.

— Bien vu. Allez, va pour un verre.

Nous passons dans le salon. Je souffre de devoir jouer la comédie, alors que je sais qu'Ellie est probablement au grenier en train de se demander ce qui se passe. Je n'ai qu'une envie : me débarrasser d'Emma, là, tout de suite, et foncer à l'étage retrouver ma fille. Mais quelque chose en moi m'en dissuade.

Je pense à la logique, à la rationalité qu'il y a derrière ce plan qu'elle a mis des années à mettre en œuvre. Il est peu probable qu'elle ait laissé beaucoup de choses au hasard. Bien sûr, je pourrais monter, tirer l'échelle du grenier, faire sortir Ellie et l'emmener. Mais si elle avait piégé les lieux, je ne sais trop comment ?

Il y a de bonnes chances pour que ce soit le stress, l'alcool et le manque de sommeil qui m'inspirent ces pensées délirantes, mais la situation est tout sauf normale.

Une chose est sûre : j'ai beau la considérer sous tous les angles, il faut maintenant que je passe à l'action.

Je dois m'assurer que je me trouve près d'une issue. Près de la cuisine peut-être, pour le cas où il me faudrait trouver une arme quelconque.

— Alors, dis-moi, tu tiens le coup ? me demande-t-elle.

Elle est bonne actrice. Elle l'a toujours été.

— J'ai connu de meilleurs moments. Je repensais aujourd'hui aux années d'université, à cette époque où nous n'avions pas tout ce stress de la vie d'adulte.

Elle a un grand sourire nostalgique.

— Je repense souvent à ces années-là, moi aussi.

— Tash, non. Je crois que cette période-là n'a été pour elle qu'un passage, un moyen d'atteindre un but. La plupart des gens gardent une photo souvenir encadrée du jour de la remise des diplômes. Tash a balancé les siennes quelque part au grenier, avec son pull et le reste.

— Son pull ?

— Ouais. Celui de l'université. Celui avec l'écusson dessus.

Le sourire d'Emma s'est légèrement effacé. C'est presque imperceptible.

— Pourquoi un pull en particulier ?

— Pourquoi pas ? Où as-tu mis le tien ?

Elle avale sa salive.

— Je ne sais pas. Je ne m'en souviens plus. Ça fait longtemps.

— Tu l'as probablement mis au grenier, dis-je en me tenant prêt. Qu'y a-t-il d'autre là-haut ?

Emma reste un instant silencieuse, puis :

— Nick, qu'est-ce qui se passe ?

Je garde un visage impassible.

— Je viens de tout comprendre. Je me suis trompé sur toute la ligne pendant des années. Tu n'as jamais pu oublier pour nous deux, n'est-ce pas ? Tu n'as jamais pu accepter que je me mette en couple avec Tasha, et quand Ellie est née, ça t'a anéantie. Pas vrai ?

— Tu racontes n'importe quoi.

Sa voix est parfaitement calme. Elle paraît presque dénuée d'émotion, et c'est ce qui m'effraie le plus. La colère, je peux gérer. La détresse, pourquoi pas ? Mais cette voix glaciale, impénétrable, et ce regard vide commencent à m'inquiéter.

— Au contraire, je sais exactement ce que je dis. Et je sais aussi exactement où se trouve Ellie.

— Tu ne sais rien de rien, me rétorque-t-elle, cette fois d'un ton plus ferme.

On sent chez elle une résolution inflexible.

Tout ce que je peux faire, c'est hocher la tête et plonger mon regard dans le sien en m'efforçant de rester calme moi aussi, et de prendre les bonnes décisions pour protéger au mieux Ellie. La dernière chose que je veux, c'est qu'Emma panique et lui fasse du mal. Elle pourrait m'en faire, à moi aussi. Elle pourrait très bien dissimuler un couteau dans sa manche, je n'en sais rien. Et elle est bien plus près que moi du buffet. Elle pourrait sortir n'importe quoi d'un des tiroirs avant que j'aie le temps d'approcher. Je lui demande :

— Pourquoi Jen Hood ?

Elle redresse la tête dans un tressaillement. Ma question l'a manifestement choquée. Mais cela ne dure qu'une fraction de seconde ; le calme descend à nouveau sur elle, et elle sourit.

— C'est une anagramme, Nick. J'aurais cru qu'un type aussi intelligent que toi devinerait quelque chose d'aussi basique que ça. *John Doe.* Monsieur Tout-le-monde, quoi. Mais ça n'a aucune importance qui est Jen Hood. Ç'aurait pu être Dupont, Durand ou Tartempion.

Je secoue la tête.

— Tu es cinglée.

— C'est ce que tu crois, réplique-t-elle à la façon d'une gamine irascible.

Je me sens légèrement soulagé que mon insulte ne l'ait pas fait sortir de ses gonds. Je l'ai regrettée aussitôt, mais je me rends compte que je peux pousser les choses un peu plus loin encore.

— Dis-moi pourquoi, Emma. Pourquoi as-tu voulu que je tue Tasha ?

J'essaie d'adopter un ton apaisant, presque bienveillant. N'est-ce pas, au fond, ce que tout un chacun attend ?

— Parce que je t'aimais, Nick. Parce que je t'aime toujours. As-tu la moindre idée de ce que ça signifie ?

— Je sais ce que ça signifie pour la plupart des gens. Mais je ne suis pas certain que cela s'applique aux psychopathes.

Elle hausse le ton pour la première fois :

— Je ne suis pas une psychopathe !

Elle cligne des yeux, avant de retrouver son calme.

— Ellie est en sécurité, ajoute-t-elle. Elle l'est bien davantage avec moi qu'avec *elle*, d'ailleurs.

— Ça, je n'en doute pas, dis-je sincèrement. Mais elle a besoin d'être avec ses parents.

Emma garde le silence ; alors, je lui pose une autre question qui me brûle les lèvres depuis que j'ai compris que c'était elle.

— Pourquoi avoir essayé de m'impliquer, *moi*, dans le meurtre de Tasha ? Si tu voulais qu'on soit ensemble tous les deux, pourquoi avoir risqué que je me fasse arrêter et qu'on m'envoie en prison ? Tu m'aurais tout simplement perdu ainsi. Pourquoi ne pas avoir engagé un tueur ?

— Parce que je voulais que tu me le prouves, Nick. Je voulais que tu me prouves ton amour pour moi. J'aurais dû être sa mère, répond-elle d'une voix étranglée.

C'est le premier signe d'émotion que je lui vois manifester depuis des années.

— En quoi est-ce que ça aurait prouvé quelque chose ? Tout ça n'a aucun sens.

— Au contraire, rétorque-t-elle, comme si le fou c'était moi. Elle aurait dû être *notre* fille.

Je secoue la tête.

— Ça ne change rien au fait que ce n'est pas le cas. C'est ma fille. Et celle de Tasha.

— Elle aurait soudé notre couple, Nick. Ça aurait tout changé. Elle est la seule chose qui a permis que Tasha et toi restiez ensemble. Mais tu ne l'as plus. Moi, si. Il faut que tu reviennes vers moi.

Malgré moi, je laisse échapper un petit rire.

— Je ne peux pas faire ça. Elle est notre enfant, à Tasha et à moi.

Emma s'avance vers moi sans que je l'aie anticipé. J'ai le réflexe de vouloir me défendre, mais quelque chose m'en empêche. Je suis pris au dépourvu parce que son mouvement n'est pas menaçant, qu'il n'a rien de violent : il est doux et fluide.

Elle se colle à moi, essaie de m'embrasser, force ma bouche avec sa langue en même temps qu'elle descend sa main sur le devant de mon jean. Je serre les mâchoires et tente de la repousser

— Faisons-le, Nick. Faisons un enfant rien qu'à nous. Assurons notre amour.

Je me tortille pour échapper à son étreinte et la repousse aussi violemment que je le peux. Elle tombe à la renverse et laisse échapper un grognement d'animal blessé en même temps que sa tête rebondit sur le coin de la table basse.

Je saisis ma chance et me précipite vers l'escalier.

59

Nick

Je monte les marches deux par deux, mes pas lourds résonnant sourdement tandis que j'appelle Ellie à grands cris. Quand j'arrive en haut des marches, je me rends compte que je ne suis jamais monté ici. Je suis désorienté. Pas une fois, depuis toutes ces années qu'Emma habite ici, nous n'avons été invités à visiter l'étage. Rien de spécialement anormal en soi ; j'en éprouve juste un sentiment bizarre.

Il n'y a jamais eu de raison particulière à cela. Nous sommes venus ici de nombreuses fois, mais toujours pour boire un verre ou dîner. Les toilettes se trouvant en bas, quelle raison aurions-nous eu de monter ?

Je lève la tête et cherche une trappe d'accès au grenier. Je n'en vois pas. Il y a trois portes sur le palier, toutes les trois fermées. Je colle mon oreille contre chacune d'elles en espérant entendre quelque chose derrière. Je cherche à me souvenir de ce que j'ai vu dans la vidéo. Était-ce réellement un grenier ? N'ai-je pas confondu avec une réserve, ou peut-être une chambre d'amis à la décoration rudimentaire ? Non, c'était bien un grenier. Je suis certain d'avoir aperçu des chevrons et une fenêtre de toit. Je remarque soudain une autre volée de marches au-dessus de l'escalier que je viens de monter. Elles mènent certainement au grenier.

Je grimpe jusqu'en haut, et me retrouve face à une grosse porte en bois marron à l'aspect menaçant. Rien d'autre. Elle est le dernier obstacle qui m'empêche encore de retrouver ma fille. Je crie son nom, et je l'entends derrière qui m'appelle : « Papa ! » à cet instant, je sens mon cœur se briser, et un flot d'adrénaline se déverser dans mes veines et m'empêcher presque de respirer. Plus rien n'existe autour de moi ; j'ai l'impression d'être dans un tunnel. Tout ce que je vois, c'est la porte en face de moi, et je visualise Ellie debout derrière, terrifiée. Je fais jouer la poignée, donne un coup d'épaule dans la porte, mais elle ne bouge pas.

— Écarte-toi de la porte, chérie. J'arrive.

Je m'efforce de paraître fort et plein de confiance, mais c'est comme si un courant électrique me traversait, et je me rends compte que ma voix ressemble à celle d'un collégien. Je ne suis qu'à quelques secondes de retrouver ma fille, de mettre fin à ce cauchemar. J'ai les jambes en coton, mais je sais qu'il faut que je rassemble toutes mes forces, toute ma volonté pour franchir cette porte. C'est la dernière chose que je dois faire.

Au moment où je recule pour prendre de l'élan et tenter d'enfoncer la porte, je sens le bras d'Emma s'enrouler autour de mon cou. L'espace d'une seconde, ma trachée est légèrement écrasée. Dans un réflexe, j'agrippe son bras, le tire vers le bas et le lui tords, mû par une nouvelle et brusque poussée d'adrénaline. J'entends son épaule craquer ; on dirait le bruit d'un pistolet à bouchon sur une fête foraine.

Elle hurle de douleur. Instinctivement, je plie le genou, relève la jambe et donne un coup de pied en arrière ; je sens ma botte entrer en contact avec son estomac, et puis plus rien – juste le vide et le silence –, jusqu'à ce que résonne le bruit sourd et glaçant de sa tête heurtant le mur en bas des marches du grenier. Cela n'a duré qu'une seconde, deux peut-être, mais le temps m'a paru comme suspendu.

Il y a un grand silence.

Je sais qu'elle ne se relèvera pas cette fois. Je n'ai pas besoin de regarder pour le savoir, mais je le fais tout de même. Elle a le regard fixe, vide, vitreux, et du sang lui coule des narines. Une expression de douleur se lit sur son visage. Pas une douleur physique ; quelque chose comme une détresse affligée. Et un grand vide intérieur.

Je ne prends pas le temps de réfléchir à la manière dont je vais pouvoir expliquer ce qui est arrivé, ni même à ce que cela signifie pour moi. Il n'y a qu'une seule chose qui occupe mon esprit pour le moment, une seule chose qui compte, qui m'importe plus que tout au monde. Je jette toutes mes forces contre cette porte. Une fois, deux fois. Mon épaule accuse le coup ; la douleur irradie le long de mon bras et dans mon dos. Je l'ignore.

Aucune douleur ne peut être plus grande pour le moment que la frustration d'être aussi près du but sans pouvoir mettre la main sur Ellie. Finalement, à la troisième tentative, la porte cède.

Il faut une seconde pour que tout s'aligne à nouveau. Pour que le bruit de la porte arrachée de ses gonds cesse de résonner en écho dans le grenier ; pour que la poussière retombe ; pour que mes yeux s'habituent à la pénombre de la pièce.

L'unique source de lumière est une ampoule faiblarde qui pendouille au bout d'un fil accroché à un chevron. Dans un coin, derrière un carton, je distingue deux yeux cernés et effrayés. Ellie a l'air tout à la fois désemparée, hébétée et lasse. J'ai un pincement au cœur.

— Tout va bien, ma chérie.

J'essaie d'être aussi calme et rassurant que possible, mais intérieurement, je ressens tout le contraire. Je sais pourtant qu'il faut que j'empêche Ellie d'éprouver un nouvel accès d'angoisse ou même de s'affoler. Elle n'a que trop subi cela, sans doute, ces derniers jours. Le seul fait d'y penser me cause un déchirement.

— C'est moi. C'est papa.

Ma voix se fêle en disant cela. La gorge serrée, j'essaie de contenir mes larmes.

Tandis que je m'approche des cartons, Ellie sort en rampant, se lève puis marche vers moi, avant de jeter ses bras autour de mes jambes. Nous restons ainsi une minute peut-être, incapables de bouger ; puis je me penche, la soulève et la serre dans mes bras.

Je plonge mon regard au fond de ses yeux, et constate que la peur et la fatigue commencent à s'y dissiper. Une forme de bonheur apparaît maintenant sur son visage, cette sorte de contentement propre à l'enfance que les adultes ne ressentent plus. Elle sait que je suis là. Elle sait qu'elle est en sécurité.

Cette intimité retrouvée me procure un immense sentiment de sérénité. Le poids de ma fille dans mes bras, la chaleur de sa peau si douce, son odeur unique. Tout cela m'a tellement manqué ; j'en ai tellement rêvé ces derniers jours. Je croyais toutes ces choses perdues à jamais.

Tout, cependant, paraît être rentré dans l'ordre, et plus rien d'autre n'a réellement d'importance ; ni Emma gisant morte au pied de l'escalier, ni mon mariage parti à vau-l'eau, ni la police essayant désespérément de me coller tout ce qu'elle peut sur le dos. J'ai récupéré Ellie, et c'est tout ce qui compte. C'est tout ce qui a jamais compté.

Nous franchissons la porte et descendons l'escalier. J'enfouis le visage d'Ellie dans le creux de mon épaule quand nous arrivons en bas, à l'endroit où gît le cadavre d'Emma. Elle n'a pas besoin de voir cela, de connaître la fin. Elle a traversé suffisamment d'épreuves comme cela. Tout ce qu'elle a besoin de savoir, c'est qu'elle est saine et sauve, et qu'elle n'a plus de raison de s'inquiéter pour quoi que ce soit. Jamais. Je compte bien y veiller.

Dehors, l'air froid du soir me fouette la peau, et je sens des gouttes de pluie tomber sur moi. À n'importe quel autre moment, ce serait désagréable, mais ce soir ça m'est totalement égal. Pour la première fois depuis longtemps, je me sens à nouveau vivant.

60
Nick

J'ai appelé la police en arrivant à la maison. Rentrer à pied m'a laissé tout le temps de réfléchir à ce que j'allais leur raconter.

Je leur ai dit que j'étais allé chez Emma. J'ai expliqué qu'elle a tenté de me séduire et que j'ai entendu des bruits provenant du grenier. Elle a essayé de m'empêcher de monter, et nous nous sommes battus. Elle est tombée et s'est cogné la tête. Deux fois. Bizarrement, c'est cette partie que la police a eu du mal à croire. C'est drôle comme la vérité parfois paraît plus étrange que la fiction.

Mais pour la police, tout concorde. Rien ne leur permet plus d'imaginer que j'aie pu essayer de tuer Tasha. Tout ce qui avait une chance de m'incriminer a disparu comme la lumière dans les yeux d'Emma. Je ne sais pas si les e-mails de Jen Hood feront jamais surface un jour. Je suppose que non. Je ne vois pas pourquoi Emma les aurait conservés sur son ordinateur. Je pense qu'elle se rendait comme moi dans des cybercafés. Il y a des années qu'elle planifiait tout cela. Je suis certain qu'elle aura couvert ses traces bien mieux que je n'ai su le faire.

Tasha a montré les mêmes dehors stoïques en apprenant toute l'histoire. Je ne sais absolument pas ce qu'elle pense, en son for intérieur. Je doute de jamais le savoir d'ailleurs.

McKenna est assise sur le canapé en face de moi et Tasha, tandis qu'Ellie est installée devant la télé, déjà accaparée par les dessins animés. Pour elle, la vie continue, presque comme si rien ne s'était passé.

— Nous avons trouvé de vieilles photos, dit McKenna. En fait, il y en a beaucoup. Une des chambres du haut était quasiment un sanctuaire, Nick. Il y avait des centaines de photos de vous et Emma à l'époque de l'université, ainsi que quelques-unes de vous trois. Le visage de Tasha était… disons juste *supprimé* sur la plupart d'entre elles. Elle tenait un journal également. Il parle très largement de vous deux. De son obsession pour vous. Nous n'avons pas encore eu le temps de l'examiner dans le détail.

J'avale ma salive.

— Elle tenait un journal ? Récemment ?

— Elle a arrêté il y a un peu plus de cinq ans, semble-t-il. À peu près à l'époque où Tasha est tombée enceinte. Mais je ne peux pas en dire davantage pour le moment, je le regrette. Il va falloir que nous en prenions connaissance plus précisément.

— Je comprends. Je suis juste heureux que toute cette histoire soit terminée. J'apprécie vos efforts pour lever les dernières zones d'ombre.

— Il y a autre chose, ajoute-t-elle. Derek Francis. Dans la… chambre d'Emma… nous avons trouvé de nouveaux éléments. Elle a photocopié des pages du journal qu'elle tenait à l'époque où elle était écolière. Nous n'avons pas encore mis la main sur l'original, mais ce devrait être une simple question de temps. Elle y raconte comment M. Francis l'a invitée chez lui et l'a agressée sexuellement durant plusieurs mois. Cela explique, je pense, pourquoi elle était aussi abîmée intérieurement. Elle s'est servie de cela pour le faire chanter par la suite.

Je suis bouche bée.

— Je comprends mieux maintenant pourquoi il a déclaré qu'il ne m'a pas vu installer Ellie dans la voiture. Il était à sa merci.

— Exactement. C'est aussi pour cette raison qu'il s'est montré aussi prudent, aussi méfiant toutes ces années. Il a dû apercevoir Emma quelquefois par ici ; pour lui, la pression devait être permanente.

— Seigneur ! Est-ce qu'il va être poursuivi ?

McKenna hausse les sourcils et soupire.

— Le problème est qu'il n'y a plus personne pour porter plainte. Le journal d'une défunte ne peut être pris pour argent comptant. La défense s'en donnerait à cœur joie si, après tout cela, nous tentions de convaincre un jury que le récit d'Emma est celui d'un esprit équilibré et rationnel. Si elle était toujours en vie et qu'elle se présentait elle-même devant un tribunal, ce serait peut-être différent, mais maintenant qu'elle…

Elle s'interrompt et laisse la phrase en suspens, qui flotte dans l'air tel un relent persistant.

— Par ailleurs, reprend-elle, il y a tout lieu de penser qu'elle est aussi derrière votre agression, Tasha. Cela paraît logique, et sans Emma pour témoigner du contraire, c'est l'hypothèse que je retiendrai.

Elle me regarde en disant cela, et je ne peux m'empêcher de penser que, peut-être, elle essaie de me dire autre chose à demi-mot.

— À ce propos, poursuit-elle, la compagnie du téléphone nous a fourni des renseignements utiles. Ils ont déterminé par triangulation où se trouvait votre téléphone. Il s'avère que vous l'aviez bien sur vous quand vous avez traversé le parc, dit-elle en s'adressant à Tasha mais en me regardant. Il a été éteint juste après l'agression, une quarantaine de mètres plus loin. Il semble que la personne qui l'ait pris, qui que ce soit, se dirigeait vers le canal.

Je sais ce qu'elle se dit, tout comme elle sait, elle, qu'il n'est pas possible que l'agresseur de Tasha, ce soit moi. En ce qui me concerne, je n'avais aucune raison de faire cela. Elle sait seulement que quelque chose n'est pas clair.

Je la quitte des yeux un instant pour reporter mon regard sur Ellie, toujours absorbée dans ses dessins animés. Je prie pour qu'elle grandisse en oubliant toute cette épreuve, et devienne une personne épanouie et sûre d'elle-même. Un peu comme sa mère. Parce que je dois bien l'admettre : faire preuve de timidité, rester en retrait, n'est pas toujours la meilleure façon d'être.

Le programme de dessins animés qu'elle regardait se termine, et je la sens qui devient grognon. Je souris doucement en reconnaissant un de ces signes qui me faisait râler intérieurement. L'agitation, la fatigue dans ses yeux ; toutes ces choses qui me mettaient en colère, parce que je savais que j'allais récupérer ensuite une petite fille capricieuse, n'ont pas de prise sur moi ce soir, heureux que je suis qu'elle soit là avec nous, tout simplement.

Je me lève et vais dans la cuisine, laissant McKenna et Tasha discuter toutes les deux. J'ouvre le placard à céréales et en sors la poupée Rosie. Je la regarde un moment. Ses yeux semblent avoir perdu leur étincelle d'humanité. Je n'ai plus peur en la regardant. Je ferme le placard et retourne dans le salon. Je m'approche d'Ellie, m'accroupis à côté d'elle et lui tends la poupée. Elle me sourit d'un air radieux ; l'idée que quelqu'un ait pu vouloir lui faire du mal, si peu que ce soit, me serre le cœur.

Je repense à ce qui vient d'arriver. Cela me bouleverse que quelqu'un ait dû mourir pour que je récupère Ellie, mais je savais depuis le début que ce serait certainement le cas, depuis le premier e-mail de Jen Hood. C'était presque inévitable. Je songe à ce que j'ai failli faire. La radio dans le bain. L'agression dans le parc. Je songe à ce qui serait advenu, aux conséquences qu'aurait eues la mort de Tasha.

Je me giflerais maintenant d'avoir pu être aussi stupide. Si vous êtes assez détraqué pour enlever un enfant, vous ne redevenez pas brusquement normal dès lors que la victime de votre chantage a fait ce que vous vouliez. Emma n'avait aucune intention de remplir sa part du marché. Elle ne m'aurait pas rendu Ellie, ne nous aurait pas laissé continuer tranquillement notre vie. Elle a très clairement laissé entendre qu'elle voulait que nous formions à nouveau un couple. C'était son plan depuis le premier jour. Aurais-je jamais été libre ? Non. Tôt ou tard, j'aurais dû tenter de rompre en douceur de nouveau, et risquer peut-être d'aggraver encore plus la situation. J'ai le don de compliquer les choses, mais cette fois, Dieu sait où cela m'aurait mené.

Je m'imagine reclus dans la chambre-sanctuaire à l'étage, menotté aux montants en acier du lit, pendant qu'elle me cajole et me dit que je suis tout à elle maintenant. Je considère que j'ai eu de la chance ; je m'en tire bien. Peut-être n'est-il pas si difficile que cela, après tout, de commettre le crime parfait.

Épilogue

Chassez le naturel, il revient au galop, dit le proverbe. Mais je n'en jurerais pas. Je ne suis assurément plus l'homme que j'étais avant, et ce naturel d'ordinaire si prompt à revenir, Tasha elle-même lui a fait un croche-pied. Tout a changé dans notre vie. Comment ne pas revoir ses priorités après ce que nous avons vécu ?

J'ai presque eu le choc de ma vie quand Tasha est venue me voir quelques jours après le retour d'Ellie, et m'a dit qu'elle allait demander à passer moitié moins d'heures au bureau, et compenser l'autre moitié en travaillant depuis la maison. Je ne suis pas sûr d'être ravi de l'avoir aussi souvent avec moi ici, mais je sais que ce sera profitable à Ellie. Depuis le temps que j'insiste pour qu'elle fasse moins d'heures et passe plus de temps avec Ellie et moi, je ne vais pas me plaindre maintenant qu'elle décide de le faire – et de son propre chef, de surcroît. Peut-être vais-je devoir renouveler mon abonnement au club de sport pour avoir un peu de temps à moi.

Elle semble plus heureuse depuis qu'elle a pris cette décision. Même si ses nouveaux horaires ne démarreront qu'à la fin du mois, c'est comme si on lui avait déjà ôté un énorme fardeau. Je le vois à la vie qui brille dans son regard.

Nous formons une nouvelle famille maintenant. Je n'irai pas jusqu'à dire que le monde est de nouveau un petit paradis, mais les choses ont bien changé. Le premier dimanche suivant le retour d'Ellie, nous sommes allés nous balader dans l'après-midi. Exactement comme nous le faisions autrefois. Tasha a suggéré que nous allions dans les bois, mais je lui ai dit que cela ne me tentait pas plus que cela. « *Évitons de faire comme si nous étions les mêmes qu'avant* », ai-je dit. Mieux vaut faire table rase du passé. Les bois ne figurent donc plus dans l'équation, ce qui me va parfaitement. Tout n'était pas idéal auparavant, et je sais que notre vie future ne sera pas parfaite non plus. Mais Tasha et moi avons le sentiment d'avoir appris des choses. Nous nous serions bien passés de certaines d'entre elles, mais elles étaient nécessaires.

Je ne veux pas avoir l'air de m'emballer, mais je pense que Tasha a finalement compris que prendre soin de sa famille ne signifie pas nécessairement passer toutes ses journées dans un bureau encombré juste pour pouvoir ajouter un zéro de plus à son solde bancaire. Elle ne s'y serait jamais résolue avant ce qui est arrivé, mais je crois réellement que le fait qu'elle renonce à une partie de ses heures de bureau et passe plus de temps à la maison va l'aider à retrouver un plus grand sentiment de fierté personnelle, en plus de nous rapprocher en tant que famille. Je m'avance peut-être un peu, mais j'ai cet espoir.

Je crois que ce qui est arrivé nous a tous changés. Il ne pouvait en être autrement. Certes, Tasha n'est pas parfaite. Loin de là. Mais moi non plus, je le sais bien. Je n'arrête pas de repenser à cette soirée dans la chambre universitaire d'Emma, quand je lui ai annoncé que je la quittais. Cet aveu-là est à l'origine de tout ce qui est arrivé par la suite ; cela signifie aussi que j'ai sans doute évité le pire ce soir-là. Tasha a beau me mettre hors de moi quelquefois, je me dis que j'aurais pu finir avec quelqu'un comme Emma.

Ce qui m'a le plus étonné, c'est la rapidité avec laquelle les médias ont détourné leur attention de nous. Quand Ellie est rentrée, un certain nombre d'agences de presse nous ont contactés afin que nous racontions notre histoire, mais nous leur avons clairement fait savoir que nous ne répondrions à aucune demande d'interview, présentes ou futures, donc inutile d'insister, « merci beaucoup par avance ». Ce n'est sans doute pas idéal pour un écrivain de tourner ainsi le dos à une forme de publicité gratuite, mais ce n'est pas le genre d'attention médiatique que je recherche. Le chapitre est clos.

Je mentirais si je disais que les ventes de mes livres n'ont pas augmenté. Mon vieil éditeur a même procédé à un nouveau tirage de *Marée noire*. Je ne ferai pas fortune avec ça, certes, mais cela peut m'aider à signer un contrat avec un nouvel éditeur dans un avenir proche. J'entrevois au moins la lumière au bout du tunnel.

Les parents de Tasha, Dieu merci, n'ont pas fait le voyage depuis l'Australie. Au lieu de cela, ils nous ont suggéré d'aller les voir pour Noël cette année. Ils adoreraient revenir en Angleterre, ont-ils confié ; mais à leur âge, ils n'ont pas envie que ce soit une visite éclair et voudraient rester au moins un mois. Je leur ai très gentiment proposé, puisque le voyage les inquiète, que ce soit nous qui allions les voir à la place. Pour deux semaines.

Nous avons également décidé que nous avions tous besoin de vraies vacances. Je me réjouissais à l'avance de pouvoir m'étendre sur une plage durant quelques jours, de sentir l'océan me caresser les orteils. Il n'y a rien de tel que le soleil pour recharger ses batteries. Mais Tasha a eu une autre idée. Nous partirons donc faire du camping en Suisse, un peu plus tard dans l'année. Je n'ai jamais campé de ma vie, ni Tasha, mais elle tenait vraiment à faire quelque chose d'un peu plus ordinaire. Je n'ai pas voulu discuter.

Une des choses qui m'a le plus surpris est la facilité avec laquelle elle a accepté mon histoire de pertes au jeu. Je pensais qu'elle m'en ferait voir de toutes les couleurs avec cela. J'étais persuadé qu'elle allait me mettre plus bas que terre. Mais non. Je l'aurais pourtant parié. C'est passé comme une lettre à la poste ; c'est à peine si elle a haussé les sourcils. J'imagine qu'elle a d'autres priorités maintenant. Qui ne serait pas heureux de perdre 3 000 livres si cela signifiait réussir à sauver sa fille ? J'ai presque tué pour elle. *J'ai* tué pour elle. Mais je refuse d'en avoir mauvaise conscience. J'ai déjà suffisamment tendance à m'apitoyer sur mon sort et à ruminer mon passé comme cela.

Je veux croire que nous ne voyons plus les choses sous le même angle aujourd'hui, Tasha et moi. Ce qui compte dans la vie, ce n'est pas le boulot, les ragots de sortie d'école, ou faire mieux que son voisin. Tout ça ne risque pas de disparaître. Les seules choses que l'on peut perdre véritablement sont les êtres qui nous sont le plus proches. Précisément ce à quoi on tient le plus.

Formons-nous une famille plus unie maintenant ? Oui, indubitablement. Reste-t-il une part de non-dit susceptible de refaire surface à un moment ou à un autre ? Absolument. Je peux presque le garantir. Quand les choses se seront tassées, je sais que Tasha aura quelques questions à me poser. Mais je sais aussi que, quelles que soient les réponses que je lui apporterai, cela n'aura plus d'importance. Plus vraiment.

Derek est venu nous voir quelques jours après le retour d'Ellie. Je n'arrivais pas à y croire quand je l'ai vu qui attendait là, sur notre perron. Je ne l'avais même encore jamais vu aller plus loin que le bout de son allée. Il est resté là un moment sans bouger, les yeux baissés, rivés sur le paillasson. Il avait l'air d'avoir quelque chose en tête ; je lui ai demandé ce qui n'allait pas. Tout ce qu'il a dit a été : « Je suis sincèrement désolé. » Et il en avait l'air. Il est difficile d'éprouver de la sympathie pour un homme qui vous a menti, a menti à la police et a failli vous faire arrêter pour l'enlèvement de votre propre enfant. Et ça l'est encore plus quand vous découvrez plus tard que l'homme en question a un passé de pédophile.

Un long silence a suivi ses excuses, mais j'ai eu l'impression qu'il avait encore des choses à dire.

Alors, je suis resté là à l'observer sans bouger. Je me fichais complètement qu'il se sente mal à l'aise. Finalement, il a repris la parole pour dire qu'il pensait que j'aimerais savoir qu'il avait mis sa maison en vente. Il tenait à me prévenir avant que je ne voie l'écriteau *à vendre* devant chez lui. Je l'ai remercié, et lui ai souhaité bonne chance pour la suite. Il m'a fallu beaucoup de force, et que je me morde la langue pour pouvoir dire cela, mais j'ai réussi. J'étais fier de moi. Je ne sais pas quel avenir l'attend au juste. Il avait l'air usé, comme s'il avait pris vingt ans de plus en une semaine. J'imagine que notre passé nous rattrape toujours, tôt ou tard, quand bien même nous imaginons en être débarrassés.

Suis-je assez naïf pour croire qu'à partir de maintenant tout va se dérouler sans accrocs ? Non, bien sûr que non. Je suis juste reconnaissant à la vie de nous laisser au moins une chance de nous battre.

Remerciements

J'ai tendance à écrire mes livres très rapidement, mais je me suis retrouvé bloqué un certain temps avec *Tue-moi si tu veux*.

Tout a commencé par un embryon d'idée, qui a fini par donner peu à peu une intrigue. Mais il y a une chose que je n'avais pas, et cette chose, c'était une fin. Ou plutôt, j'avais une fin, mais je n'arrivais pas à trouver un moyen de l'intégrer à l'intrigue existante d'une manière qui me satisfaisait.

J'ai passé plusieurs mois à discuter du livre de temps à autre avec ma femme – un laps de temps durant lequel j'ai écrit et publié deux autres romans –, jusqu'à ce que je réussisse finalement à faire en sorte que l'ensemble tienne debout. Par conséquent, mes premiers remerciements vont à ma femme, grâce à qui ce livre a pu voir le jour. Sans sa contribution, il traînerait probablement encore au fond d'un tiroir quelque part.

Je dois également remercier Lucy Hayward, qui a fait un travail remarquable en me faisant remonter ses impressions concernant l'histoire et son intrigue, et aidé à peaufiner la première édition de *Tue-moi si tu veux*, publié en indépendant au mois de décembre 2015.

Cette édition a connu un énorme succès, grâce auquel Amazon m'a approché au début de l'année 2016 avec l'idée de publier le livre sous sa bannière Thomas & Mercer. J'en remercie Jane Snelgrove, mon éditrice à Amazon Publishing, et lui sais gré de son soutien, de ses conseils et de son goût irréprochable en matière de livres.

Merci également à Charlotte Herscher, ma conceptrice éditoriale chez Amazon, pour son extraordinaire diligence à travailler avec moi sur le développement de *Tue-moi si tu veux*, afin d'en faire le livre que vous venez de lire. Je n'aime guère devoir reprendre un livre d'une manière générale, mais Charlotte a su faire de ce qui aurait pu être une perspective décourageante – ajouter trente mille mots, et faire un certain nombre de changements substantiels en un laps de temps très court –, quelque chose de tout à fait faisable. L'autre avantage non négligeable est que si vous repérez la moindre erreur, je peux m'en prendre à elle.

Toute l'équipe de Thomas & Mercer a été fantastique et d'un grand soutien ; ils sont trop nombreux pour que je les nomme tous ici, mais ils se reconnaîtront.

Un immense merci également à David Parry, ancien inspecteur de police dans le comté du Leicestershire, pour ses éclaircissements judicieux et détaillés concernant la procédure et les méthodes policières. Ma gratitude va également à tous les agents de police et enquêteurs qui m'ont fourni des informations complémentaires et permis de vérifier certains faits, mais qui préfèrent qu'on ne les nomme pas ici.

Merci également à Dave Whitelegg, l'un des meilleurs experts britanniques en sécurité informatique, pour ses informations sur le *dark web*.

Enfin, merci à vous, chers lecteurs, d'avoir acheté ce livre et – je l'espère –, d'avoir pris plaisir à le lire. On oublie trop souvent que les personnes les plus importantes dans la carrière d'un auteur, celles qui lui sont le plus indispensables, ce sont précisément ses lecteurs ; pour ma part, je suis parfaitement conscient du fait que, sans vous, je ne serais pas en train d'écrire ces lignes.

PRIX DES LECTRICES

Ce roman fait partie de notre sélection

Prix des lectrices Charleston 2020

Retrouvez tout au long de l'année 6 romans au format poche, choisis avec soin par les éditions Charleston pour vous faire voyager, réfléchir ou rêver…

Un jury de choc, composé de nos plus fidèles lectrices, désignera le grand vainqueur à l'automne 2020.

Bonne lecture !

SÉLECTION
PRIX
DES
LECTRICES
CHARLESTON

PEFC PEFC/14-38-00277

Achevé d'imprimer en février 2020
par Novoprint
Dépôt légal : mars 2020
Imprimé en Espagne